Im Goldmann Verlag sind folgende
Originalabenteuer von Raumschiff Enterprise
erschienen:

Band 1: **Der unwirkliche McCoy** (23730) • Band 2: **Strafplanet Tantalus** (23731) • Band 3: **Spock läuft Amok** (23732) • Band 4: **Das Silikonmonster** (23733) • Band 5: **Der Asylplanet** (23734) • Band 6: **Die Lichter von Zhetar** (23735) • Band 7: **Das Paradies-Syndrom** (23737) • Band 8: **Der Doppelgänger** (23738) • Band 9: **Rückkehr zum Morgen** (23739) • Band 10: **Ein kleiner Privatkrieg** (23740) • Band 11: **Der Tag der Taube** (23741) • Band 12: **Spock muß sterben!** (23742) • Band 13: **Jenseits der Sterne** (23600) • Band 14: **Klingonen-Gambit** (23601) • Band 15: **Galaxis in Gefahr** (23602) • Band 16: **Die falschen Engel** (23603) • Band 17: **Spock, Messias!** (23619) • Band 18: **Wie Phoenix aus der Asche** (23620) • Band 19: **Der Teufelsplanet** (23627) • Band 20: **Gefangene des Wahnsinns** (23616) • Band 21: **Welt ohne Ende** (23613) • Band 22: **Das Phoenix-Verfahren** (23614) • Band 23: **Planet der blauen Blumen** (23615) • Band 24: **Grenze zur Unendlichkeit** (23617) • Band 25: **Die Expertin** (23618) • Band 26: **Zwischen den Welten** (23621) • Band 27: **Welt ohne Sterne** (23650) • Band 28: **Perrys Planet** (23651)

SCIENCE FICTION

ABENTEUER

JAMES BLISH

RAUMSCHIFF ENTERPRISE 8

Der Doppelgänger

STAR TREK© 8

GOLDMANN VERLAG

Aus dem Amerikanischen übertragen von Rosemarie Hammer,
überarbeitet von Hermann Urbanek

Umwelthinweis:
Alle bedruckten Materialien dieses Taschenbuches
sind chlorfrei und umweltfreundlich.
Das Papier enthält Recycling-Anteile.

Der Goldmann Verlag
ist ein Unternehmen der Verlagsgruppe Bertelsmann

Made in Germany · 4. Auflage · 12/92

Eine frühere Ausgabe erschien 1973 unter den Titeln »Enterprise 10«
und »Enterprise 11« im Williams Verlag GmbH, Alsdorf
Umschlagillustration: Oliviero Berni/Agt. Schlück
Umschlaggestaltung: Design Team München
Satz: IBV Satz- und Datentechnik GmbH, Berlin
Druck: Elsnerdruck, Berlin
Verlagsnummer: 23738
Herstellung: Peter Papenbrok/sc
Redaktion: Hermann Urbanek/SN
ISBN 3-442-23738-6

Inhalt

[1] TV-Titel: Kirk : 2 = ?
[2] TV-Titel: Das Spukschloß im Weltall

[3] TV-Titel: Spitze des Eisbergs
[4] TV-Titel: Der verirrte Planet

Spocks Gehirn

Das merkwürdig elegante Raumschiff, das sich auf dem Hauptbildschirm der *Enterprise* abzeichnete, antwortete auf keiner der üblichen Frequenzen und reagierte auf keins der im interstellaren Funkverkehr gebräuchlichen Zeichen.

Seine Form war ungewöhnlich. Spock stand über seine Anzeigegeräte gebeugt und beobachtete es.

»Unbekannter Bauart«, sagte er. »Es hat Ionen-Antrieb und ist mit einem Ionen-Konverter ausgerüstet, der uns noch unbekannt ist.«

»Vergrößerungsfaktor Zehn, Mr. Chekov«, befahl Kirk, doch die Vergrößerung erbrachte nichts. Das fremde Schiff blieb so geheimnisvoll, wie es vorher gewesen war – eine lange, schlanke, glitzernde Nadel in der Schwärze des Alls.

»Was meinen Sie dazu, Scotty?«

»Tut mir leid, Captain. So etwas ist mir noch nie begegnet, aber sieht es nicht herrlich aus?« Er pfiff bewundernd durch die Zähne. »Und dazu noch Ionen-Antrieb! Ich habe das Gefühl, von den Erbauern dieses Dings könnten wir einiges lernen, wer immer sie auch sein mögen.«

»Können Sie Lebensformen an Bord feststellen, Mr. Spock?« fragte Kirk.

»Ja, Sir. Ein Exemplar, menschlich oder zumindest menschenähnlich, aber merkwürdig inaktiv. Doch die lebenserhaltenden Systeme funktionieren offenbar. Die Atmosphäre an Bord besteht aus einem ganz normalen Stickstoff-Sauerstoff-Gemisch.« Er beugte sich noch tiefer über seine Instrumente. »Moment mal, Captain...«

»Was ist, Mr. Spock?«

»Meine Sensoren registrieren einen Transmitterstrahl, der eine menschliche Lebensform transportiert!«

»In welche Richtung?«

»Genau auf uns zu... auf die Brücke der *Enterprise!*«

Die Offiziere und Techniker auf der Brücke bewegten sich unruhig in ihren Sesseln hin und her, Kirk griff nach dem Intercom: »Wache! Sofort auf die Brücke!« sagte er rasch.

Er hatte den Befehl noch nicht ausgesprochen, als sich vor ihnen eine Gestalt zu materialisieren begann und mehr und mehr Substanz gewann. Eine atemberaubend hübsche Frau erschien genau in der Mitte der Kommandozentrale. Sie trug eine kurze, bauschige, schillernde Tunika und sah ganz wie eine menschliche Frau aus, nur ihre Schönheit war außergewöhnlich. Am linken Arm trug sie eine Spange, die mit verschiedenfarbigen Steinen besetzt war. Um ihre Mundwinkel spielte ein leichtes Lächeln.

Ihr Materialisieren mitten auf der Brücke und nicht im Transporterraum machte ihr Erscheinen noch geheimnisvoller.

»Ich bin Captain James T. Kirk«, stellte sich der Captain vor. »Sie befinden sich an Bord des Sternenschiffes *Enterprise.*«

Sie drückte auf einen der Steine in ihrer Armspange, ein summender Ton wurde hörbar, dann begann das Licht der Brückenbeleuchtung zu flackern, wurde wieder hell, flackerte von neuem; der Ausdruck der Überraschung gefror auf den Gesichtern der Anwesenden, als die Lähmung einsetzte. Kirk, Spock und Scott stürzten bewußtlos zu Boden. Wieder flackerte die Beleuchtung, der summende Ton wurde lauter und drang in die Korridore hinaus. Drei Wachsoldaten kamen zur Tür hereingerannt, strauchelten und fielen aufs Gesicht. Das Summen schwoll noch stärker an und drang auch in die Krankenstation. Dr. McCoy und Schwester Chapel waren eben dabei, einen Patienten zu untersuchen. Sie blickten überrascht auf, als das Licht zu flackern begann – als es wieder normal brannte, lagen der Doktor, die Krankenschwester und ihr Patient in tiefer Bewußtlosigkeit auf dem Boden.

Stille breitete sich an Bord der *Enterprise* aus.

Immer noch lächelnd, beugte sich der hübsche Eindringling über den reglosen Kirk, stieg über ihn hinweg und betrachtete aufmerksam Scotts Gesicht, dann wandte sie sich Spock zu. Als sie sich über ihn beugte, wurde ihr Lächeln noch strahlender.

Niemand an Bord wußte nachher genau, wie lange er ohnmächtig gewesen war. Nur langsam fand Kirk ins Bewußtsein zurück; er bemerkte, daß alle Leute der Brückenwache auch eben erst zu sich kamen und sich mühsam hochrappelten.

»Was… wo?« fragte er unzusammenhängend.

»Was ist denn passiert?« fragte Sulu verstört.

Kirk schob sich mühsam in seinen Kommandosessel.

»Lagebericht, Mr. Sulu!«

Sulu las mechanisch die Anzeigen auf der Konsole ab.

»Keine Veränderungen seit der letzten Kontrolle, Sir.«

»Mr. Spock?«

Aber der Vulkanier war nicht auf seinem Posten. Spock war verschwunden. Kirk warf Scott einen überraschten Blick zu.

»Dieses Mädchen…«, sagte er verblüfft. »Sie ist auch verschwunden.«

»Ja«, sagte Kirk. »Dieses Mädchen…«

Der Intercom summte.

»Jim! Jim! Komm sofort herunter in die Krankenstation! Sofort! Jim, es ist sehr dringend!«

McCoys Stimme klang nicht nur überaus erregt, sie klang verzweifelt. Der Arzt der *Enterprise* sah sich in der Krankenstation einer Situation gegenüber, die ihn mit Grauen erfüllte. Er mußte sich mit aller Energie zu jedem Handgriff zwingen. In der Brutkammer des Lebenserhaltungs-Systems, umwunden von pulsierenden Schläuchen und Röhren und bedeckt von Meßgeräten, lag Spocks regloser Körper. Über den Schläfen war sein Schädel von einem Wundverband umhüllt. Mit zitternden Fingern drehte McCoy immer wieder an den Einstellknöpfen.

»Jetzt?« fragte er.

Schwester Chapel ließ keinen Blick von den Kontrollen auf ihrer Konsole und nickte. Sie legte einen Schalter um, Lichter begannen auf dem Bildschirm zu tanzen.

»Wir haben's geschafft«, sagte sie und seufzte erleichtert. »Gott sei Dank!«

McCoy stützte sich schwer auf den Operationstisch, als die Tür aufschwang und Kirk atemlos hereinstürzte.

»Pille! Was, um Himmels willen, ist denn…« Kirk stockte, als er durch die transparente Scheibe Spock erkannte.

»Spock?« Er warf einen flüchtigen Blick auf die Kontrollgeräte des Lebenserhaltungs-Systems. Die Meßwerte waren sehr, sehr niedrig.

»Was ist passiert?« fragte er mit rauher Stimme.

Schwester Chapel antwortete ihm. »Als ich wieder zu Bewußtsein kam, fand ich ihn auf dem Operationstisch.«

»So?«

»Nein«, sagte McCoy. »Nicht so.«

»Nun sag mir doch endlich, was passiert ist!« schrie Kirk.

»Ich weiß es nicht!« schrie McCoy zurück.

»Du läßt doch das Lebenserhaltungs-System auf vollen Touren laufen. War er tot?«

McCoy stützte sich schwerfällig auf und pochte mit den Fingerknöcheln auf die Platte des Operationstisches.

»Hier fing alles an«, murmelte er.

»Verdammt noch mal, Pille! Rede endlich!«

»Er war schlimmer zugerichtet, als tot zu sein.«

»Was soll das heißen?«

»Jim...«, sagte McCoy mit flehender Stimme, als ob er um Verzeihung bitten wollte, weil er in seiner Hilflosigkeit nicht mehr weiter wußte.

»Jim... sein Gehirn ist verschwunden.«

»Erzähl weiter.«

»Technisch gesehen war das die perfekteste Operation, die ich je gesehen habe. Jedes Nervenende säuberlich durchtrennt, abgeklemmt und versiegelt; sonst nichts verletzt, nichts zerschnitten, nichts zerstört, nicht einmal Blut. Eine chirurgische Wunderleistung.«

»Spocks Gehirn...«, sagte Kirk entgeistert und hatte Mühe, sich zu beherrschen.

»...ist verschwunden.« Die Begeisterung des Doktors an der fachlichen Seite des Falls war plötzlich erloschen. Seine Stimme klang spröde, als er fortfuhr:

»Spock... dieser unglaublich widerstandsfähige vulkanische Organismus hat durchgehalten, bis ich ihn an die Anlage angeschlossen hatte. Sein Körper lebt noch... aber ohne Geist, nur vegetativ.«

»Das Mädchen«, sagte Kirk.

»Welches Mädchen?«

»Sie hat ihm das Gehirn genommen. Ich weiß nicht wohin und nicht wozu, aber sie hat Spocks Gehirn geraubt.«

»Jim...«

»Wie lange kannst du seinen Körper am Leben erhalten?«

»Höchstens ein paar Tage. Selbst das kann ich nicht garantieren.«

»Diese Auskunft ist sehr unbefriedigend, Pille.«

»Wenn es einem von uns passiert wäre, könnte ich dir sagen, beliebig lang, aber die Physiologie eines Vulkaniers schränkt meine Möglichkeiten stark ein. Spocks vulkanischer Organismus ist noch stärker von den Gehirnfunktionen abhängig als ein menschlicher. Die Gehirne der Vulkanier sind bei weitem komplexer als...«

»Ich fragte: wie lange, Doktor McCoy?« unterbrach ihn Kirk. »Ich muß es wissen.«

Müde drehte sich McCoy um und betrachtete das Datenband, auf dem die Meßergebnisse aufgezeichnet wurden.

»Er hat bei dieser Operation erheblich an Rückenmarkflüssigkeit verloren. Die Reserven sind minimal. Spocks Bedarf an Blut der Gruppe T-negativ... zweimal totaler Blutaustausch...«

Er blickte auf. »Drei Tage – maximal.«

Kirk trat an die transparente Scheibe der Kammer, in der Spock lag. Er spürte, wie sich beim Anblick des wächsernen Gesichts sein Herz zusammenkrampfte. Spock, sein Freund, sein Kamerad in tausend gefahrvollen Abenteuern; Spock, der jederzeit zuverlässige, exakte Denker, der Verstand in Person, kristallklar und unbestechlich. Und nun...

»Also gut«, sagte er. »Ich habe also drei Tage Zeit.« McCoy sah den entschlossenen Ausdruck auf dem Gesicht des Captains und gab Schwester Chapel einen Wink, sie allein zu lassen.

»Jim, du glaubst doch nicht etwa, daß du ihm das Gehirn wiederbeschaffen kannst? Wie willst du es finden? Wo willst du es suchen? Willst du die ganze Galaxis durchforschen?«

»Ich werde es finden.«

»Und selbst wenn du es findest, Jim, mit den heutigen Mitteln der chirurgischen Technik ist die Implantation eines Gehirns unmöglich.«

»Aber diese Techniken muß es geben. Wenn das Gehirn auf diese bewundernswerte Weise entfernt worden ist, dann muß es auch wieder einzupflanzen sein.«

»Aber *ich* kenne diese Techniken nicht«, stieß McCoy gequält hervor.

»Die Diebin muß diese Techniken kennen. Und ich werde dieses Wissen aus ihr herausquetschen! So wahr mir Gott helfe, ich werde es aus ihr herausquetschen!«

Es war Sulu, der die Ionen-Spur des geheimnisvollen Raumschiffs entdeckte.

»Mr. Scott, ich habe die Spur!«

Scott notierte Zahlen auf ein Plastiktäfelchen, das er in der Hand hielt. »Eine Ionen-Spur? Die kann nur von diesem Schiff sein.«

»In welche Richtung für sie, Mr. Chekov?« fragte Kirk.

Chekov stand an Spocks Computerkonsole und ließ die Sternkarten durchlaufen. »Sie führt ins System Sigma Draconis, Sir.«

»Heften wir uns an die Fersen«, sagte Kirk. »Mr. Sulu! Gehen Sie auf die höchste Geschwindigkeit, bei der Sie die Spur nicht verlieren.«

»Aye, aye, Captain. Sol Sechs!«

»Mr. Chekov, fragen Sie den Computer ab. Er soll uns sämtliche verfügbaren Daten über das System Sigma Draconis liefern.«

Sulu wandte sich an Kirk. »Ankunft in sieben Stunden fünfundzwanzig Minuten Erdzeit bei Sol Sechs, Sir.«

»Und es kann nur die Spur dieses Schiffs sein, Scotty?«

»Ganz sicher.«

Chekov meldete von Spocks Posten: »Wir kommen jetzt in Sensoren-Reichweite des Sigma-Draconis-Systems.«

»Ich habe die Spur verloren«, sagte plötzlich Sulu entsetzt.

Kirk sprang von seinem Sessel auf. »Sie haben die Spur zu Spock verloren?«

»Sie war plötzlich weg. Bei Sol Sechs gab es einen unvorhergesehenen Ruck…«

»Bitte keine Entschuldigungen«, sagte Kirk. »Also gut. Wir haben die Spur verloren, aber sie führte in dieses Sonnensystem, und dort muß sie auch wieder zu finden sein.« Er wandte sich nach Chekov um. »Schalten Sie eine schematische Darstellung dieses Sonnensystems auf den Hauptbildschirm!«

Eine Sonne und neun Planeten in ihrer derzeitigen Position erschienen auf der Mattscheibe.

»Die Daten, Mr. Chekov«, bat Kirk.

»Die Sonne, Spektralklasse G 9. Drei Planeten der Klasse M mit intelligenten Lebensformen, der erste auf Stufe 5 der Technologie-Skala, der zweite auf Stufe 6...«

»Was dem Entwicklungsstand der Erde um 2030 entspräche«, warf Kirk ein.

»Aber dieses Schiff, Captain«, fuhr Scott dazwischen. »Entweder sind seine Erbauer uns um einige tausend Jahre technischer Entwicklung voraus – oder es ist das Produkt eines technologischen Zufalls. Aber das wäre der unwahrscheinlichste Fall in der Geschichte der Technik.«

»Wie sieht es mit dem dritten Klasse-M-Planeten aus, Mr. Chekov?«

»Keine technische Zivilisation, Sir. Er ist mit Stufe 2 auf der zwanzigteiligen Technologie-Skala angegeben. Berichten zufolge befindet er sich in einem Stadium der Eiszeit. Es gibt zwar intelligente Lebensformen, aber auf primitivem Niveau.« Chekov wandte sich dem Captain zu. »Ich muß jedoch hinzufügen, daß diesen Daten keine detaillierten Untersuchungen der Föderation zugrunde liegen. Die Informationen beruhen auf Sensoren-Beobachtung aus großen Entfernungen und sehr alten Berichten von Kontaktaufnahmen mit den Bewohnern. Ob sie heute noch zutreffen, ist zweifelhaft.«

»Verstanden, Mr. Chekov. Es gibt also in diesem System drei Planeten der Klasse M, von denen keiner eine so hoch entwickelte Zivilisation trägt, daß sie interstellare Raumfahrt betreiben könnte. Nun, eine von den dreien muß es doch irgendwie geschafft haben.«

Chekov, der an dem summenden Computer arbeitete, Daten eingab, abfragte und verglich, war im Moment zu beschäftigt, um die Ironie der letzten Bemerkung des Captains mitzukriegen, denn als er die Sensoren-Ergebnisse mit den Anzeigen auf dem Hauptbildschirm verglich, stellte er Abweichungen fest. »Das ist seltsam, Captain. Ich registriere extrem hohe Energieerzeugung auf Planet 7.«

»Das ist der mit der primitiven Zivilisation und der Eiszeit, nicht wahr?«

»Ja, Sir.«

»Und ihre Quelle, Mr. Chekov?«

»Sie könnte natürlichen Ursprungs sein, starker Vulkanismus, gigantische Stürme, es gibt ein Dutzend Möglichkeiten, aber die Frequenzen sind verblüffend regelmäßig.«

»Tasten Sie nochmals die Oberfläche mit den Sensoren ab.«

»Keine Anzeichen höherer Zivilisation, Sir. Primitive, menschenähnliche Bewohner, winzige Siedlungen. Offenbar eine Jäger- und Sammlerkultur, noch kaum Ansätze zur gesellschaftlichen Entwicklung.«

»Mit verblüffend regelmäßigen Frequenzen in einer extrem hohen Energieerzeugung?«

»Ich habe keine Erklärung dafür, Captain.«

Kirk drehte sich um und wandte sich an alle, die auf der Brücke Dienst hatten. »Diesmal haben wir keine Zeit, Fehler zu machen«, sagte er. »Wir müssen den richtigen Planeten wählen, landen und finden, was wir suchen. Mr. Chekov, welchen Planeten empfehlen Sie?«

»Den dritten, Sir. Er steht uns am nächsten und hat die dichteste Bevölkerung.«

»Technologisch auf Stufe 5«, warf Scott ein. »Von dort kann das Schiff nicht gekommen sein, das wir gesehen haben.«

»Es kann von keinem dieser Planeten gekommen sein«, sagte Chekov.

»Man muß sein Glück dort versuchen, wo die Chancen am besten stehen«, erwiderte Scott. »Captain, ich würde auf den vierten Planeten tippen. Er ist technologisch höher entwickelt als der dritte.«

»Hm«, meinte Kirk. »Aber der Ionen-Antrieb liegt heute sogar noch außerhalb unserer technischen Möglichkeiten. Halten Sie es tatsächlich für möglich, daß es dieser Zivilisation gelungen ist, ihn zu entwickeln?«

»Aber was wollen Sie mit Spocks Gehirn?« warf Uhura ein.

»Mit was?« fragte Kirk.

»Ich sagte, was wollen sie mit Spocks Gehirn anfangen? Ich kann mir nicht vorstellen, wozu sie es brauchen könnten.«

Kirk sah sie nachdenklich an. »Das ist eine interessante Frage, Leutnant. Wieso brauchen sie ausgerechnet Spocks Gehirn? – Dieser siebente Planet, Mr. Chekov, sagten Sie nicht, er ist vereist?«

»Ja, Sir, schon seit einigen Jahrtausenden. Nur der Äquatorgürtel ist eisfrei, aber auch dort herrschen unangenehm niedrige Temperaturen. Es gibt in den Tropengegenden humanoide Lebensformen, sie leben dort unter härtesten Bedingungen.«

»Aber die Energie, Mr. Chekov, haben Sie doch auf diesem Planeten registriert.«

»Ja, Sir, es ist paradox, aber es gibt keinen Zweifel.«

Kirk ließ sich in seinen Sessel zurücksinken. Drei Tage – dann würde Spocks Körper absterben. Nun gut, er hatte die Wahl, mußte wählen und entscheiden, er mußte die schwerwiegende Entscheidung treffen. Und er traf sie.

»Ich lande mit einer Gruppe auf Planet 7«, sagte er.

Scott räusperte sich und blickte finster zu Boden.

»Ist etwas, Mr. Scott?«

»N-nein, nichts, Sir.«

»Also gut. Wir treffen uns in wenigen Minuten im Transporterraum.«

Kirk hatte schon viele trostlose Landschaften gesehen, aber diese Einöde schoß eindeutig den Vogel ab.

Es gab zwar so etwas wie Vegetation, die aber kaum diesen Namen verdiente: niedrige, braune flechtenartige Gewächse, hartgefroren, sie knirschten, wenn man darauftrat. Kein Grün, nur schroffe Felsen, schwarze Gesteinsmassen, da und dort mit Schnee gesprenkelt, wo ihn der Wind in die Nischen und Spalten geweht hatte, und der Wind blies konstant und war eisig kalt. Kirk zog die Schultern hoch und hoffte, daß der Rest des Landekommandos – Doktor McCoy, Scott, Chekov und zwei Sicherheitswachen –

froh waren wie er, die leichten, beheizten Kaltwetter-Anzüge anzuhaben.

»Können Sie etwas feststellen, Mr. Scott?« Sein Atem gefror zu einem eisigen Nebel, als er sprach.

»Einige Lebensformen, weit verstreut, auch humanoide darunter, aber von ungewöhnlicher Größe.«

»Behalten Sie die Anzeigen im Auge, Mr. Scott. Es sind Wilde. – Welche Daten zeigen Ihre Geräte an, Mr. Chekov?«

Chekov hakte seinen Tricorder vom Gürtel und schwenkte ihn, um das Felsplateau, auf dem sie materialisiert waren, zu untersuchen. Er hatte keine Ahnung, daß ihm jemand dabei zusah. Über ihm, in einer Felsspalte, dem Ausgang einer schmalen Schlucht und geschützt durch einen Überhang, lag ein Mann, in Fell gekleidet und mit einer riesigen Keule bewaffnet. Er war durch die Schlucht geklettert, lag flach auf dem Bauch am Rand des Felsvorsprungs und spähte hinunter, um zu beobachten, was sich unter ihm tat.

Chekov, der seine Runde gemacht hatte, kam wieder zurück. »Nichts, Captain«, sagte er. »Ich kann keine ungewöhnliche Energie-Abstrahlung feststellen, auch keine nennenswerte Energie-Erzeugung. Die Atmosphäre ist normal, die Temperaturverhältnisse... nun, sagen wir, sie sind nicht tödlich.«

»Wenn man ein dickes Fell hat«, sagte McCoy.

Inzwischen hatten sich zu dem Mann auf dem Felsvorsprung weitere fellgekleidete Gestalten gesellt, ihre Gesichter waren unter parka-ähnlichen Kapuzen verborgen. Sie verteilten sich, schwärmten aus. Die meisten von ihnen trugen schwere Keulen, einer hatte einen Speer.

»Captain«, brüllte Chekov plötzlich. »Irgend etwas ist über uns, ganz in der Nähe! Hier, da oben, auf dem Felsvorsprung...«

»Phaser auf Betäubung!« befahl Kirk. »Aber nur auf meinen ausdrücklichen Befehl feuern!«

Chekov sah von seinem Tricorder auf. »Ich habe sechs Lebensformen registriert, Humanoide, riesige.«

»Denkt daran, wir brauchen mindestens einen von ihnen, der bei Bewußtsein ist.«

Er hatte noch nicht ausgeredet, als oben am Rand des Felsvorsprungs ein Riese von einem Mann auftauchte, mit einem Bart, der ihm bis auf die Brust fiel. Der Riese hob seine Keule, schwang sie über dem Kopf und schleuderte sie herab. Er traf eine der Sicherheitswachen, die einen überraschten Schrei ausstieß und zu Boden stürzte. Auf den Schrei hin tauchten auch die anderen fünf Gestalten auf und bombardierten das Landekommando der *Enterprise* mit Keulen und Felsbrocken.

Kirk zielte mit seinem Phaser auf einen von den Burschen und drückte ab. Der Wilde taumelte, stürzte und kam polternd den Hang heruntergerollt. Die übrigen riefen sich irgend etwas zu und verschwanden wieder.

Der Kerl, den Kirk erwischt hatte, schien ein unglaublich dickes Fell zu haben, denn nach kürzester Zeit kam er wieder zu sich. Er schlug um sich und versuchte, wieder auf die Beine zu kommen, aber Scott hielt ihn mit einem Judogriff nieder, der äußerst schmerzhaft sein mußte, wenn er sich bewegte. Das schien der Gefangene rasch einzusehen, und er resignierte. Er warf Kirk einen verängstigten Blick zu und glaubte, daß man ihn nun töten werde. Kirk hob die leeren Handflächen, um ihm klarzumachen, daß er ihm nichts Übles wollte, und sagte: »Wir kommen nicht als Feinde, sondern als Freunde. Wir wollen euch nichts Böses tun. Verstehst du mich?«

Er verstand offenbar, denn langsam verschwand der Ausdruck von Angst aus seinen Augen. Kirk sprach weiter auf ihn ein: »Wir wollen dir nichts tun. Du brauchst keine Angst zu haben. Wir wollen dir nur ein paar Fragen stellen. – Lassen Sie ihn los, Mr. Scott!«

»Seien Sie vorsichtig, Captain! Der Bursche kann Sie in der Luft zerreißen; er hat Kräfte wie ein Bulle.«

»Lassen Sie ihn los!« wiederholte Kirk.

Der Wilde erhob sich und sagte: »Ihr gehört nicht zu den Anderen?«

»Nein«, sagte Kirk. »Wir gehören nicht zu den Anderen. Wir kommen von sehr weit her.«

»Aber ihr seht aus wie sie, seid ebenso klein, mit einem Faustschlag könnte ich euch töten.«

»Aber das wirst du nicht tun«, sagte Kirk. »Wir sind Menschen wie ihr. Warum habt ihr uns überfallen?«

»Wenn die Anderen kommen, kämpfen wir. Wir haben euch für Andere gehalten.«

»Wer sind diese Anderen?«

»Sie bringen Lust und Schmerz.«

»Leben sie hier bei euch?«

»Sie kommen zu uns.«

»Wo seht ihr sie, wenn sie zu euch kommen? Wo tauchen sie auf?«

Der Wilde breitete die Arme aus: »Überall. Ob wir auf der Jagd sind, ob beim Essen, selbst während der Nacht, wenn wir schlafen.«

»Aber *woher* kommen sie?«

Er starrte Kirk verständnislos an.

»Kommen sie vom Himmel herab?« bohrte Kirk weiter.

»Nein, sie sind hier, überall. Ihr werdet sehen, sie werden auch zu euch kommen. Keiner von uns ist vor ihnen sicher.«

»Jim, frage ihn nach ihren Frauen«, sagte McCoy, dann wandte er sich selbst an den Mann: »Kommen die Anderen wegen eurer Frauen?«

»Frauen?«

»Ja, Frauen. Die weiblichen Mitglieder eurer Art.«

»Eure Worte sagen mir nichts.«

Kirk versuchte es erneut. »Wir suchen einen unserer... Freunde, er ist verschwunden.«

»Wenn er hier ist, dann haben ihn die Anderen.«

»Kannst du uns zu den Anderen führen?«

»Keiner will von sich aus die Anderen aufsuchen.«

»Wir wollen es! Zeig uns den Weg zu ihnen, und wir lassen dich frei.«

»Captain«, rief Chekov erregt dazwischen. »Ich habe meinen Tricorder eben zufällig senkrecht nach unten gerichtet. Die Nadel schlägt voll aus! Genau hier, wo wir stehen! Unter der Oberfläche! Mauerwerk, Hohlräume; offenbar Ruinen. Ein ausgedehntes Ruinenfeld!«

»Könnten es unterirdische Bauwerke sein?«

»Schwer zu sagen, Sir. Auf jeden Fall sehr alt und unter einer dicken Schicht Erdreich begraben. Aber ich verstehe nicht, warum das unsere Sensoren nicht angezeigt haben.«

»Ich wette, daß wir diese Anderen dort finden werden. Da unten hausen sie also!« sagte Kirk. »Mr. Scott, untersuchen Sie diese ›Ruinen‹ einmal genauer.«

Scott und eine der Sicherheitswachen machten sich auf den Weg, um weitere Messungen vorzunehmen. Als sie sich entfernten, stieß der Wilde einen heiseren Schrei aus. »Nicht gehen!« schrie er. »Nicht gehen!«

Chekov und McCoy versuchten, ihn zu beruhigen, doch vergeblich. Sie hielten ihn fest, aber er riß sich los und brüllte in panischer Angst.

»Laßt ihn los!« befahl Kirk, und sie gehorchten.

»Nicht gehen!« schrie er verzweifelt und schien den Tränen nahe, dann rannte er davon und kletterte gehetzt den Abhang zu dem Felsvorsprung hinauf, als wäre ihm der Teufel auf den Fersen.

»Wie haben es die Anderen gemacht, um solche Furcht zu erzeugen?« fragte Chekov kopfschüttelnd.

»Das werden wir bald feststellen«, entgegnete McCoy trocken.

»Pille, was, sagte er, bringen ihnen die Anderen? Sagte er nicht ›Lust und Schmerz‹ oder so etwas Ähnliches?«

»Ja, Jim, und das ist eine recht merkwürdige Kombination, würde ich sagen.«

»Ich finde alles hier recht merkwürdig«, sagte Kirk. »Eine unterirdische Ruinenstadt auf einem Planeten, auf dem eine Eiszeit herrscht…«

»Und ein Mann, der nicht weiß, was Frauen sind«, warf Chekov ein.

»Es muß einen roten Faden geben, durch den diese merkwürdigen Einzelbeobachtungen verbunden sind. Nur sehe ich ihn noch nicht«, sagte Kirk nachdenklich. »Spock müßte jetzt hier sein, um Licht in diese mysteriöse Angelegenheit zu bringen. – Verstehen Sie mich nicht falsch, Mr. Chekov. Ich will Sie nicht beleidigen.«

»Ich wünschte es auch, daß er hier wäre, Captain«, sagte Chekov schlicht.

»Es sieht ganz so aus, als ob du mit deiner Ahnung recht gehabt hättest, Jim«, meinte McCoy. »Wenn es hier vielleicht vor vielen Millionen Jahren eine Stadt gegeben hat, dann…«

Kirk nickte. »Dann könnten ihre Bewohner ein technisches Niveau gehabt haben, um ein Schiff zu bauen, wie wir es gesehen haben.«

»Captain! Wir haben etwas gefunden«, rief Scott. Er und der Wachposten standen am Rand des Abhangs, wo die zerklüftete Felswand bis ins Tal abfiel. Sie standen vor einer Felsspalte, die gerade breit genug war, daß sich auch einer der fellgekleideten Riesen hindurchzwängen konnte. Hinter der Spalte öffnete sich eine geräumige Höhle – oder war es ein Raum?

»Ich habe einen Blick hineingeworfen«, sagte Scott. »Es sind Nahrungsmittel drin, Captain.«

»Nahrungsmittel?«

»Und noch eine Menge anderes Zeug, alles mögliche. Scheint eine Art Versorgungslager zu sein. Das müssen Sie sich ansehen, Captain.«

Die Höhle maß etwa vier Meter im Quadrat, und es hätte dunkel in ihr sein müssen, aber das war nicht der Fall. Es war hell genug, daß man die Vorräte deutlich sehen konnte. An einer Wand entlang waren säuberlich Nahrungsmittel gestapelt, an der anderen bündelweise Felle, Keulen, Stahlmesser, mehrere Werkzeuge, Äxte.

»Ein Lagerhaus unserer muskulösen Freunde«, sagte McCoy.

»Das glaube ich nicht, Pille.«

Kirk nahm eine der Äxte in die Hand. »Geschmiedeter und gehärteter Stahl«, sagte er. »Das haben diese bärtigen Wilden nie und nimmer produziert!« Er trat an den Höhleneingang und fuhr mit den Fingern über die Kanten. Sie waren ungewöhnlich glatt. Er untersuchte die Felswände, den Boden – da bemerkte er einen dünnen Lichtstrahl, der in regelmäßigen Abständen erschien und wieder erlosch. Er ging von einer kleinen Fotozelle aus, die sich in der Wand zwischen den aufgestapelten Nahrungsmitteln befand. Er wartete. Der Strahl erschien wieder; er war auf die gegenüberliegende Wand gerichtet – und dort befand sich eine zweite Fotozelle.

»Scotty, Pille!« rief er. Er hielt sie mit einer Handbewegung zurück, als sie näher traten. Der Lichtstrahl erschien wieder. »Da! Was haltet ihr davon?«

»Es könnte irgendeine Warnanlage sein, um die Wilden von den Nahrungsmitteln fernzuhalten«, sagte Scott.

»Wäre es möglich, daß der Strahl tödlich ist?« fragte ihn McCoy.

»Wäre durchaus möglich.«

»Wie wäre es mit folgender Erklärung?« sagte Kirk nachdenklich. »Die Nahrungsmittel dienen als Köder, um diese Wilden hier hereinzulocken.«

»In dem Fall, Captain, wäre die Fotozelle ein Signalgeber, der irgend jemanden darüber unterrichtet, daß sich einer der Wilden in der Höhle befindet«, sagte Scott.

»Dann könnte diese Höhle eine raffinierte Falle sein«, meinte Kirk.

»Die genausogut auch hinter uns zuschnappen kann«, brummte Chekov nervös.

»Genau«, sagte Kirk. »Deshalb bleiben Sie und das Sicherheitsteam draußen beim Eingang. Wir halten mit euch Kontakt. Solltet ihr innerhalb von fünf Stunden nichts von uns hören, kehren Sie auf die *Enterprise* zurück und geben dem Oberkommando der Sternenflotte einen ausführlichen Bericht über die Ereignisse und Beobachtungen durch. Verstanden?«

»Ja, Sir.«

»Dann beziehen Sie jetzt vor dem Eingang der Höhle Posten.«

»Zu Befehl, Sir.«

Scott und McCoy überprüften ihre Kommunikatoren, und McCoy hängte sich seinen Tricorder über die Schulter. Darauf drangen sie in den hinteren Teil der Höhle vor und unterbrachen den Strahl. Kirk drehte sich um. Hinter ihnen hatten Metalltüren den Höhleneingang verschlossen.

»Phaser auf Betäubung schalten!« befahl er.

Ein durchdringendes Brummen brach die Stille, wurde zu einem Winseln – und die Höhle begann sich unter ihren Füßen zu bewegen, senkte sich wie ein Aufzug in einem Schacht nach unten. Die Bewegung war rasch und gleichmäßig und schien kein Ende zu nehmen.

»Captain, die Energieemission, die wir festgestellt hatten, steigt rapide an«, meldete Scott, der seinen Tricorder überprüfte.

»Hohes Energieniveau?« fragte Kirk.

»Es würde reichen, diesen Planeten aus seiner Bahn zu werfen.«

Das Winseln wurde langsam leiser.

»Natürlichen oder künstlichen Ursprungs, Mr. Scott?«

»Diese Energiemengen? Künstlich, würde ich sagen.«

»Und die Quelle?«

»Entweder ein Fusionsreaktor von einigen hundert Kilometern Durchmesser oder…«

»Oder was, Mr. Scott?«

»Ionen-Energie.«

»Aha.« Kirk lächelte dünn. Ionen-Energie. Also doch! Dieses Schiff, das Mädchen, das sich Spocks Gehirn holte… Er mußte einen Wutanfall unterdrücken, Wut war sinnlos, er brauchte jetzt seine fünf Sinne mehr denn je. Aber er hatte recht gehabt! Die Tür des Aufzugs war so fugenlos in die Höhlenwand eingelassen, daß sie erst sichtbar wurde, als sie aufglitt. Draußen stand ein junges Mädchen und warf einen Blick herein. Kirk sah die mit Edelsteinen besetzte Armspange und das Gesicht, das plötzlich einen überraschten und erschrockenen Ausdruck zeigte. Ihre Hand fuhr hoch, aber bevor die Finger die Knöpfe auf der Armspange erreicht hatten, traf sie der Lähmungsstrahl aus Kirks Phaser. Sie stürzte zu Boden.

Scott sicherte, während Kirk die Spange vom Arm des Mädchens löste und der Doktor seinen Tricorder auf sie richtete.

»Ist sie in Ordnung, Pille?« fragte er.

McCoy nickte. »In spätestens einer Minute kann sie wieder sprechen, das heißt, wenn sie will.«

Ihre hübschen Wimpern begannen sich zu bewegen, sie kam zu sich. Ihre erste Reaktion war der Griff nach ihrem linken Handgelenk. Kirk grinste und hielt ihr die Spange vor die Nase. »Von diesen Späßchen haben wir langsam die Nase voll«, sagte er sarkastisch.

Sie versuchte hochzuschnellen und ihm die Spange zu entreißen, aber McCoys fester Griff machte ihr ihre Hilflosigkeit deutlich.

»Ihr gehört nicht hierher!« keuchte sie. »Ihr seid keine Morg.«

Kirk ignorierte ihre Bemerkung und sagte: »Sie führen uns jetzt zu demjenigen, der hier das Sagen hat. Wir möchten nämlich mit ihm reden.«

»Ihm«, sagte sie. »Wer ist *Ihm?* Ich bin Luma, ich kenne keinen *Ihm.*«

»Wer ist hier der Chef?« fragte Kirk ungeduldig. Er fühlte, daß wieder der Zorn in ihm hochstieg. »Wo ist das Gehirn, das ihr gestohlen habt? Wo habt ihr es hingebracht? Verstehen Sie?«

»Ihr gehört nicht hierher! Ihr seid weder Morg noch Eymorg. Und von einem Gehirn weiß ich nichts.«

»Nun hören Sie mir mal genau zu, meine Beste. Ich habe weder Zeit noch Lust, mich mit Ihren Lügen aufzuhalten. Ich quetsche die Wahrheit aus Ihnen heraus. Das geht sehr schnell! Verstanden?«

»Jim, sie lügt nicht. Ich hatte die ganze Zeit mein Gerät auf sie gerichtet. Sie sagt die Wahrheit, sie weiß wirklich nichts«, warf McCoy dazwischen und befestigte seinen Tricorder wieder am Schulterriemen. Das Mädchen benutzte die kurze Ablenkung und rannte auf eine Tür am Ende des Korridors zu. Kirk setzte ihr nach und holte sie ein, bevor sie sie erreichte, aber es gelang ihr im letzten Moment, eine Fotozelle zu berühren, die sich am Türrahmen befand. Er riß sie zurück und verstellte ihr den Weg.

»Wo befinden wir uns hier?« herrschte er sie an.

»Eben hier«, antwortete sie verständnislos.

»Wer sind Sie?«

»Ich habe Ihnen bereits gesagt, daß ich Luma heiße. Ich bin ein Eymorg. Sie sind kein Eymorg. Sie sind aber auch kein Morg. Ich habe keine Ahnung, was Sie überhaupt sind.«

»Hm«, brummte Kirk. »Die scheinen hier tatsächlich Bedarf an Gehirnen zu haben. Behalt sie im Auge, Scotty!«

»Von der können Sie nichts erfahren, Captain. Sie hat den Verstand eines Kindes.«

»Dann hat sie sicher eine Schwester, die nicht zurückgeblieben ist«, sagte Kirk wütend. »Und zu der wird sie uns jetzt bringen. Ich hab' genug von diesen Unschuldsbeteuerungen.«

Er drehte an der Wählscheibe seines Kommunikators. »Captain Kirk an Chekov... Captain Kirk an Chekov. Bitte kommen!«

Keine Antwort. Er änderte die Einstellung des Geräts und versuchte es noch einmal: »Kirk an Chekov... Kirk an Chekov...«

»Faszinierend! Endlose Aktivität, und alles läuft reibungslos ab. Faszinierend!«

Kirk erstarrte. Ein eisiger Schauder überlief seinen Körper. *Spocks Stimme!* Vertraut und lieblich tönte sie aus dem Gerät, formulierte langsam und klar die Worte.

»Faszinie...«, brüllte Kirk begeistert in den Kommunikator. »Spock! Spock! Sind Sie das wirklich?«

»Captain? Captain Kirk?«

»Ja, Spock! Ja! Ja!«

»Es freut mich, wieder eine menschliche Stimme zu hören. Und ganz besonders, daß es Ihre ist.«

Ohne einen Ton herauszubringen, reichte er mit zitternden Händen den Kommunikator an McCoy weiter. Freudig überrascht rief der Doktor: »Wo sind Sie, Spock? Wir sind hier, um sie herauszuholen.«

»Sind Sie es, Doktor McCoy? Sind Sie mit dem Captain hier?«

»Natürlich. Wo sollte ich sonst sein?« McCoy reichte das Gerät an Scott weiter.

»Wo befinden Sie sich, Mr. Spock?«

»Sie sind also auch da, Mr. Scott! Unglücklicherweise habe ich keine Ahnung, wo ich mich befinde.«

Kirk ergriff wieder den Kommunikator. »Wir werden Sie finden und rausholen, Spock. Es kann nicht mehr lange dauern. Halten Sie durch!«

»Gut, Captain. Es ist höchst unwahrscheinlich, daß es mir gelingen könnte, mich zu euch durchzuschlagen.«

McCoy ergriff wieder das Wort: »Spock. Wenn Sie schon nicht wissen, wo Sie sich befinden, können Sie uns wenigstens sagen, was mit Ihnen geschieht? Das könnte uns vielleicht weiterhelfen.«

»Tut mir leid, Doktor. Ich war bislang nicht in der Lage, das herauszubekommen.«

»Sie müssen Sie aber für etwas benutzen«, beharrte McCoy.

»Das könnte schon sein«, sagte Spock. »Aber im Moment habe ich nicht das Gefühl, daß ich nützlich bin. Ich funktioniere zwar irgendwie, aber etwas Nützliches leiste ich sicher nicht.«

»Spock«, sagte Kirk. »Denken Sie weiter konzentriert nach. Wenn wir dahinterkommen, zu welchem Zweck Sie benutzt werden, könnten wir Schlüsse daraus ziehen, wo man Sie versteckt hält. Denken Sie weiter konzentriert nach, dann werden wir Sie finden.«

Die Tür am Ende des Gangs glitt auf. Zwei von den riesigen Wilden traten heraus. Sie trugen metallene Stirnbänder; ein zweites Metallband führte über die Schädeldecke und unter dem Kinn hindurch. Hinter ihnen stand die schöne Passagierin von dem Raumschiff mit Ionenantrieb.

Sie deutete auf Kirk, McCoy und Scott, aber die Wilden rührten sich nicht. Sie drückte einen roten Stein an ihrer Armspange, und die beiden griffen nach ihren Stirnbändern und krümmten sich vor Schmerzen, dann stürzten sie sich in einer Mischung aus Furcht und frustriertem Zorn auf die Männer der *Enterprise.* McCoy fühlte eine Rippe knacken, als einer der beiden Riesen seine Pranken um ihn legte. Kirk gelang es, sich aus dem Griff seines Angreifers zu winden, wartete, bis der Bursche sich zum zweitenmal auf ihn warf, ließ sich nach hinten fallen, und sein Gegner schlug einen Purzelbaum und krachte zu Boden. Er riß seinen Phaser heraus und betäubte den Mann. Mit einem Karateschlag fällte er den zweiten, der Scott bearbeitete.

Als die schöne Dame an der Tür sah, daß sich das Blatt gewendet hatte, drückte sie rasch auf einen gelben Stein an ihrer Armspange. Kirk verlor das Bewußtsein, sein Phaser polterte zu Boden. In derselben Sekunde brachen auch McCoy und Scott zusammen und gingen zwischen den bewußtlosen Morgs zu Boden.

Der Dame schienen die fünf reglosen Männer, die zu ihren Füßen ausgestreckt lagen, ausgesprochen Spaß zu machen. Luma trat neben sie. Sie schien das Schauspiel ebenso zu genießen.

Es war eine Welt der Frauen, die sich unter der Oberfläche des Planeten befand.

Im Ratszimmer hatte an einem T-förmigen Tisch eine Gruppe überaus attraktiver Damen Platz genommen. Das Mädchen, das eben Kirk, McCoy und Scott außer Gefecht gesetzt hatte, lächelte immer noch triumphierend, als sie sich am Kopfende des Tisches niederließ. Die anderen erhoben und verbeugten sich und sagten in singendem Tonfall: »Ehre sei Kara der Führerin!« Neben jeder der

Frauen kniete ein Mann, den Kopf rasiert, gut genährt und unterwürfig wie Eunuchen. Gelegentlich streichelte eine Dame gelangweilt ihren Begleiter wie ein Schoßhündchen.

Auf ein Zeichen Karas hin wurde ein Tor geöffnet. Zwei muskulöse gezähmte Wilde führten Kirk, McCoy und Scott herein und stießen sie vor sich her zum Kopfende des Tisches. Alle drei trugen sie ein metallisches Band, das man ihnen über die Schläfen gelegt und um den Kopf geschlungen hatte. Ihre fremdartige Männlichkeit rief Unruhe unter den anwesenden Damen hervor, doch es war nicht die Reaktion normaler erwachsener Frauen, sondern eher die von Kindern bei ihrem ersten Besuch im Zoo.

Scott war der erste, der Kara wiedererkannte. »Das ist doch die, die bei uns an Bord war«, flüsterte er Kirk zu.

Kirk nickte. »An das Lächeln kann ich mich erinnern«, sagte er bitter.

»Wollen Sie etwas sagen?« fragte Kara zuvorkommend.

»Ich hätte nur eine Frage«, sagte Kirk. »Was haben Sie mit dem Gehirn meines Ersten Offiziers gemacht?«

»Wir kennen Ihren Ersten Offizier nicht.«

»Was habt Ihr mit seinem Gehirn gemacht?« sagte Kirk hart. »Ihr habt Spocks Gehirn!«

»Ach ja, Gehirn.« An irgend etwas schien sich Kara bei diesem Wort zu erinnern. »Sie fragten auch schon Luma nach einem Gehirn. Wir haben keine Ahnung, was Sie damit meinen.«

Sollten die Mädchen tatsächlich *alle* so dumm sein? fragte sich Kirk. Was auch in den hübschen Köpfen sein mochte, viel war nicht damit los, das war sicher. Immer mit der Ruhe, mahnte er sich. Wir müssen ganz langsam vorgehen, um sie nicht zu überfordern. Er seufzte. »Also noch mal von vorn«, sagte er geduldig und formulierte seine Worte langsam und deutlich. »Sie waren doch an Bord meines Sternenschiffes, Madam. Sie kamen an Bord, um das Gehirn meines Ersten Offiziers Spock zu holen, und Sie holten es! Was also soll das Gerede, Sie wüßten nichts von einem Gehirn?«

»Wir haben keine Ahnung, was Sie meinen«, sagte Kara. »Wir leben hier unten, das ist unsere Welt, und die Morg leben über uns. Ihr aber seid Fremde.«

Kirk konnte sich nicht mehr beherrschen, er wollte es auch

nicht. »Hören Sie, Madam«, brüllte er. *Sie* waren es, die an Bord meines Schiffs kam, *Sie* haben…«

McCoy legte beruhigend die Hand auf seinen Arm. »Jim, beruhige dich. Es könnte tatsächlich sein, daß sie sich nicht daran erinnern kann. Vielleicht weiß sie wirklich nichts mehr davon. Ihr Gedächtnis könnte gelöscht worden sein, denn eins ist sicher: Diese Frau kann die schwierige Operation nicht durchgeführt haben.«

»Wenn Intelligenz dazu gehört, dann war sie es sicher nicht«, sagte Kirk sarkastisch.

Kara deutete auf Luma. »Ihr habt ihr weh getan! Es ist nicht gestattet, einer von uns weh zu tun!«

»Es tut mir leid«, sagte Kirk. »Wir wollten niemandem weh tun.«

»Wenn Ihr nach Hause zurückkehren wollt, Ihr seid frei.«

Kirk raffte allen Charme zusammen, den man ihm bisweilen nachsagte: »Madam«, begann er lächelnd. »Unser größer Wunsch wäre es, hier unten weilen zu dürfen. Wir möchten von euch lernen und euch von uns erzählen. Bald wären wir keine Fremden mehr.«

Die Frauen waren entzückt. Sie lächelten und nickten. McCoy beschloß, nun auch seinen Charme in die Waagschale zu werfen. »Oben«, sagte er schaudernd, »ist es ungastlich und kalt. Aber hier bei Euch ist es gemütlich und warm. Vielleicht ist es Ihre Schönheit, meine Damen, die diesen Ort so einladend macht.«

Die Mädchen waren von so viel Höflichkeit begeistert, daß sogar Scott sich zu einem Kompliment hinreißen ließ. »Da oben«, sagte er mit brüchigem Schmelz in der Stimme, »gibt's keine Sonne. Hier aber ist es hell – hell von soviel Schönheit und Lieblichkeit.«

Doch das war Kirk zuviel, das brachte das Faß zum Überlaufen. Ihm riß die Geduld.

»Also, nun hören Sie mal zu!« sagte er barsch. »Ich möchte den Chef dieses Ladens hier sprechen!«

»Chef dieses Ladens…?« wiederholte Kara verständnislos.

»Genau! Den Chef. Denjenigen, der diese Welt hier regiert.«

»Regiert? – Ich bin die Führerin, regiere diese Welt. Niemand sonst.«

»Und wer bedient eure Maschinen, steuert sie, repariert sie«, fragte Scott verblüfft. »Sie?«

Kirk schloß die Augen und seufzte. »Das ist doch alles recht kompliziert hier. Es muß doch eine Kontrollinstanz geben!«

»Kontrollieren?« sagte sie. »Kontrollinstanz?«

Ihre Reaktion zeigte, daß sie das Wort verstand.

»Kontrollinstanz! Ja! Genau da wollen wir hin! Wir wollen, daß Ihr uns zu eurer Kontrollinstanz bringt!« sagte Kirk.

Kara sprang erschrocken auf und starrte ihn entsetzt an. »Niemals! Das ist verboten! Sie ist weit weg und alleine. Wir dienen der Kontrollinstanz. Niemand sonst darf sich in ihrer Nähe aufhalten.«

»Wir wollen ihr nichts tun, um Himmels willen...«, sagte Kirk rasch, doch es war, als hätte er eine Handgranate in ein Munitionsdepot geworfen.

»Ihr seid gekommen, um unsere Welt zu zerstören!« kreischte Kara. Die übrigen Frauen, angesteckt durch ihre Hysterie, sprangen auf und flatterten herum wie aufgescheuchte Hühner. Sie fingerten alle an ihren Armspangen herum.

»Halt! Halt!« schrie Kirk in den Tumult. »Wir wollen nichts zerstören! Wir sind doch keine Barbaren! Wir wollen nur...«

McCoy trat vor und sagte mit ruhiger Stimme: »Wir wollen nur mit jemandem sprechen, der uns sagen kann, was mit Spocks Gehirn geschehen ist.«

»Gehirn! Gehirn! Immer wieder dieses Gehirn! Was meint ihr damit? Es ist die Kontrollinstanz, nicht wahr?«

»Nun ja. In gewisser Weise ist es eine Kontrollinstanz«, sagte McCoy. »Es ist die Instanz, die die Funktionen eines menschlichen Körpers kontrolliert.« Langsam dämmerte ihm der Grund der allgemeinen Hysterie. Er warf Kirk einen vielsagenden Blick zu. »Und vulkanisches Gehirn hat hinsichtlich Kontrollfunktionen eine immense Kapazität, Jim!«

Scott, der ebenfalls bemerkt hatte, daß Kara das Wort »Gehirn« im Sinn von »Kontrollinstanz« verwendete, flüsterte entsetzt: »Wäre es möglich, daß sie Spocks Gehirn als...« Er beendete den Satz nicht.

»Die Tatsache, daß es ein vulkanisches Gehirn ist, macht die

Möglichkeit wahrscheinlich«, sagte McCoy sachlich.

Kirk warf sich auf die Knie und flehte: »Große Führerin! Wir sind von einer fernen Welt gekommen, um eure Kontrollinstanz kennenzulernen. Wir haben ...«

»Lügen! Nichts als Lügen! Ihr seid gekommen, um sie uns wegzunehmen. Ihr habt es selbst gesagt!«

Kirk, immer noch auf den Knien, sagte leise: »Er ist unser Freund. Wir bitten euch, uns zu ihm zu bringen.«

Aber das Entsetzen in den Augen der Frauen war bei seinen Worten nur noch größer geworden. Einige begannen zu schluchzen. Kara erhob sich: »Seid ruhig! Wir haben nichts zu fürchten! Wir können uns vor ihnen schützen!«

Doch die Frauen waren nicht zu beruhigen. Vielleicht war es doch die physische Nähe der Männer, die ihnen soviel Angst einjagte. Sie stießen ihre Sessel zurück und flohen aus dem Ratszimmer.

Kirk stürzte auf Kara zu: »Sie müssen uns zu ihm bringen!« rief er verzweifelt.

Sie drückte den roten Stein auf ihrer Armspange. Die Metallstreifen, die man ihnen um die Köpfe gelegt hatte, schienen plötzlich mit glühend heißen Spindeln gespickt zu sein, die sich in ihre Gehirne bohrten. Sie fuhren mit den Händen an die Schläfen, als der unsägliche Schmerz ihr Denken auslöschte, die Erinnerung an Spock, an die *Enterprise*, an alles. Die Qual breitete sich aus, überflutete die Kehle, durchdrang die Brust und lähmte den Atem. Keuchend versuchte Kirk, das Band von der Stirn zu reißen – und brach zusammen. Neben ihm stürzten McCoy und Scott ohnmächtig vor Schmerzen zu Boden.

»Ich muß erst in Erfahrung bringen, was zu tun ist«, rief Kara den Morg zu. »Laßt sie einstweilen hier und bewacht sie!«

Die beiden Morg zögerten. Kara legte drohend einen Finger an ihre Armspange. Die Geste tat ihre Wirkung. Sie stiegen über die Bewußtlosen und stellten sich zu beiden Seiten als Wachen auf.

Der Schmerz war vorüber. Kirk öffnete die Augen und sah, daß auch McCoy sich bewegte.

»Alles okay, Pille?«

McCoy nickte; seine Augen waren blutunterlaufen. »Ich... ich hätte nicht für möglich gehalten, daß der menschliche Organismus eine derartige Qual überleben kann«, flüsterte er.

Auch Scott war zu sich gekommen und zerrte wütend an dem Metallband an seiner Stirn. »Das Ding ist mit irgendeiner Art magnetischer Kraft am Schädel befestigt.«

»Kein Wunder, daß die Morg so gehorsam sind«, sagte Kirk und kam mühsam auf die Beine. »Aber was mich in erster Linie interessiert: Von wem oder was wird diese unterirdische Stadt funktionsfähig erhalten? Die Luft ist frisch, die Temperatur ist angenehm; es muß doch eine Steuerzentrale geben.«

»Sicher wird sie nicht von den Männern gesteuert«, sagte McCoy, »denn die leben an der eisigen Oberfläche dieses Planeten wie Tiere. Also müssen es Frauen sein, denn die leben hier in einer komfortablen Umwelt und genießen die Vorzüge einer fortgeschrittenen Zivilisation.«

»Nicht eine von den Frauen hier wäre in der Lage, eine derart komplizierte Anlage in Funktion zu halten«, sagte Scott. »Dazu gehört eine ganz schöne Portion Intelligenz, und davon ist bei denen keine Spur vorhanden.«

»Immerhin waren sie intelligent genug, diese Kopfbänder zu entwickeln«, sagte Kirk. »Eine geniale Idee, sich auf die Art die Männer gefügig zu machen.«

»Lust und Schmerz«, zitierte McCoy den Wilden, den sie nach ihrer Landung gefangen hatten. »Ich bin sicher, dir ist auch der andere Aspekt nicht entgangen, Jim.«

»Ja, Schönheit, Sex, Wärme, genügend Nahrung, eine geradezu paradiesische Vorstellung für einen Morg – aber alles allein im Besitz der Frauen.«

»Und welche Funktion soll Spocks Gehirn in dieser von Frauen beherrschten Welt haben?« fragte Scott.

Kirk antwortete nicht. Die Morg-Wächter beachteten sie nicht und standen an dem Konferenztisch, auf dem säuberlich nebeneinander ihre Tricorder und Kommunikatoren lagen. Nur die Handphaser fehlten.

»Pille«, sagte Kirk leise. »Siehst du auch, was ich sehe?«

»Unsere Ausrüstung liegt nur deshalb da, Jim, weil die Frauen keine Ahnung von ihrer Funktion haben.«

»Meine Herren«, sagte Kirk, »würden Sie mir beipflichten, wenn ich sage: Die Technik bietet uns die Möglichkeit, das Problem zu lösen, wie wir wieder zu unserer Ausrüstung kommen?«

»Einverstanden«, murmelte Scott. »Machen wir uns an die Arbeit, Captain.«

Sie schlenderten auf den Morg zu. Kirk packte einen am Kiefer und nahm ihn in die Zange. Der Morg wand sich vor Schreck und Schmerz und stieß einen gurgelnden Laut aus. Der andere Morg warf einen ängstlichen Blick auf die Tür, ob man den Schrei gehört hatte, dann warf er sich mit einem Satz auf Scott. Beide Wächter waren respekteinflößende Muskelpakete, aber ihre lange Gewöhnung an das weichliche Leben unter der Oberfläche hatte sie verlernen lassen, ihre Kräfte wirkungsvoll einzusetzen. Kirk fällte seinen Goliath mit einem Handkantenschlag gegen die Kehle. Scott landete seine Faust genau an der richtigen Stelle, und sein Gegner krachte zu Boden. Die Techniken des Faustkampfs waren die Lösung ihres Problems. Keine vierzig Sekunden hatte es gedauert, und die beiden Wächter waren ausgezählt.

Kirk griff hastig nach seinem Kommunikator und suchte nach der bewußten Einstellung. »Spock! Spock! Auf dieser Frequenz habe ich Sie vorhin erreicht. Können Sie mich hören, Spock? Hier Kirk.«

»Natürlich, Captain.« Spocks Stimme war deutlich und laut zu vernehmen. »Ich kann Sie gut hören, aber ich habe das Gefühl, mich langsam in die Unendlichkeit auszudehnen. Sind Sie wieder an Bord der *Enterprise?*«

»Nein. Wir hatten nur vorübergehend die – Verbindung verloren.«

»Ich hoffe, es ist Ihnen nichts zugestoßen.«

»Nein! – Spock, haben Sie inzwischen herausfinden können, welche Funktion Sie zu erfüllen haben. Ist es eine physische, oder...?«

»Ich bin nicht sicher, Sir. Ich habe das Gefühl, einen Körper zu haben, der einen unendlichen Raum einnimmt.«

»Körper?« fuhr Scott dazwischen. »Sie haben doch keinen Körper.«

Spock zögerte. »Keinen Körper? Was bin ich dann?«

»Sie sind ein vom Körper gelöstes Gehirn«, sagte McCoy.

»Tatsächlich? Faszinierend! Das erklärt natürlich vieles. Meine Medulla oblongata scheint aber offensichtlich Atmung und Kreislauf zu steuern und hält gleichbleibend meine normale Körpertemperatur aufrecht.«

»Spock«, sagte McCoy. »Ein vom Körper gelöstes Gehirn am Leben zu erhalten ist ein medizinisches Wunder, aber es ohne Körper in allen seinen Funktionen weiterarbeiten zu lassen ist unmöglich.«

»Ich würde Ihnen gern zustimmen, Doktor, wenn es nicht die jetzt bestehende Tatsache gäbe. Es ist doch unbestreitbar, daß mein Gehirn funktioniert, oder nicht?«

»Ja, Spock. Es funktioniert. Ich muß Ihnen recht geben, und in diesem Fall tue ich es sogar gern.«

»Wie wurde die Operation durchgeführt?«

»Das wissen wir nicht.«

»Warum setzen Sie dann Ihr Leben aufs Spiel und kommen hierher?«

»Wir wollen Sie zurückholen«, sagte Kirk.

»Zurück wohin? In meinen Körper?«

»Ja, Spock.«

»Sehr gut gemeint von Ihnen, Captain, aber wahrscheinlich undurchführbar. Mein Körper...«

McCoy nahm den Kommunikator. »Sie haben wohl nicht für möglich gehalten, Spock, daß ich soviel Grips im Kopf hatte, ihn in die Lebenserhaltungskammer zu stecken?«

»Natürlich, Doktor. Aber ich glaube nicht, daß Sie über die technischen Möglichkeiten und medizinischen Kenntnisse verfügen, ein Gehirn zu implantieren. Diese Kenntnisse gibt es meines Wissens in der gesamten Galaxis nicht.«

Kirk nahm McCoy den Kommunikator wieder aus der Hand. »Die Kenntnisse, ein Gehirn vom Körper zu trennen, gibt es aber offensichtlich – und zwar *hier!* Und die Kenntnisse, dieses Gehirn wieder zu implantieren, gibt es hier wahrscheinlich auch!«

»Captain, wieviel Zeit ist vergangen, seit mein Gehirn von meinem Körper getrennt wurde?«

»Achtundvierzig Stunden.«

»Sir, Dr. McCoy wird Sie sicher darauf aufmerksam gemacht haben, daß mein Körper allerhöchstens zweiundsiebzig Stunden…«

»Ich weiß, Spock. Uns bleiben nur noch vierundzwanzig Stunden…«

»Das scheint mir eine sehr kurze Zeitspanne zu sein, die chirurgischen Kenntnisse für eine derartige Operation zu erwerben.«

»Sehr kurz. Eine Frage, Spock. An unseren Köpfen hat man Metallbänder angebracht, mit denen uns irrsinnige Schmerzen zugefügt werden, wenn wir nicht gehorchen. Wissen Sie, wie wir uns von ihnen befreien können? Wir müssen sie loswerden.«

»Ich werde darüber nachdenken«, sagte die Stimme.

»Beeilen Sie sich, Spock! Und bleiben Sie in Kontakt mit uns. Kirk Ende.«

Vorsichtig verließen sie das Ratszimmer und traten in den Korridor hinaus. Niemand war zu sehen.

»Meine Herren, die Dame hat uns wiederholt darauf aufmerksam gemacht, daß wir keine Morg sind«, sagte Kirk. »Wir sind disziplinierte Männer, intelligent, haben ein Ziel vor Augen. Wir werden dieses Ziel verfolgen, auch wenn man uns quält und uns von unserem Weg abzubringen versucht.«

Der Kommunikator summte.

»Ich habe die Antwort auf Ihre Frage gefunden, Captain«, sagte Spocks Stimme. »Die Metallbänder werden manuell kontrolliert. Ein Druck auf den blauen Stein einer Armspange löst den Kontakt. Ich begreife zwar den Sinn dieser Information nicht, aber…«

»O doch, ich schon«, sagte Kirk. »Vielen Dank, Spock.«

Den blauen Stein. Das mußte er sich merken. Sie schienen hier überhaupt eine besondere Vorliebe für Farben zu haben. Die prächtige Tür am Ende des Gangs sah aus wie das farbige Glasfenster einer Kathedrale, aber sie hatte sicher eine ganz andere Funktion. Obwohl sie sich nur langsam näherten, summte McCoys Tricorder mit ungewöhnlicher Lautstärke. Mit jedem vorsichtigen Schritt nahm die Lautstärke um ein Vielfaches zu, bis der Doktor sagte: »Ich muß ihn abstellen. Diese Energien hält mein Tricorder nicht aus.«

»Spock«, fragte Kirk in seinen Kommunikator. »Können Sie

feststellen, ob Sie sich in der Nähe der Energiequelle befinden?«

»Nein, das kann ich nicht feststellen. Aber Sie, Captain, befinden sich in ihrer unmittelbaren Nähe.«

Diese Feststellung klang mehr als glaubwürdig. Sie standen vor der geschmückten Tür, ihre farbigen Glasflächen strahlten blendendes Licht aus. Kirk stieß sie auf, und sie standen einer riesigen Wand gegenüber, die mit Anzeigegeräten, leuchtenden Skalen und blitzenden Instrumenten bedeckt war. Der Raum hätte das Laboratorium eines Magiers sein können, der in die Mysterien der geheimen Wissenschaften eingeweiht war. Eine weitere Wand wurde von einer breiten Steuerkonsole eingenommen, auf der sich ein helmartiges Gerät befand. Davor stand ein großer schwarzer Behälter, der auf einem Metallrahmen montiert und von einer Menge Fotozellen bedeckt war, die man so adjustiert hatte, daß sie einer entsprechenden Anzahl in der Steuerkonsole genau gegenüberlagen. Sie standen in dauernder Verbindung, und ständig gingen Energieströme zwischen ihnen hin und her.

Kara stand hoch aufgerichtet vor dem schwarzen Behälter und wandte ihnen den Rücken zu.

Obwohl sie sich vorsichtig näher schlichen, mußte sie ein Geräusch gehört haben. Sie fuhr herum und tastete automatisch nach ihrer Armspange. Wieder fuhr ihnen der Schmerz ins Gehirn, und Scott stieß einen röchelnden Schrei aus. Trotzdem stolperten sie weiter, taumelten, die Knie gaben nach, Feuer in der Brust, das Gesicht qualvoll verzerrt.

Kirk erreichte sie als erster, riß ihre Hand von der Armspange und zerrte sie ihr vom Arm. Der blaue Stein. Er drückte ihn – die Metallbänder lösten sich von ihren Stirnen. Kara stieß einen gellenden Schrei aus.

Der Schrei schien kein Ende zu nehmen, und sein Echo hallte durch den Raum, und nun erst bemerkten sie, wie riesig dieser Raum war. So weit das Auge reichte, kilometerweit, ein endloser Tunnel voll fremdartiger Maschinen, glitzernder Metallflächen, leuchtender Skalen, glühender Kontrollampen – Produkte einer unbekannten Zivilisation. Staunend betrachteten sie das Wunder einer hochentwickelten Technologie. Scott fand als erster seine Stimme wieder: »Captain, es ist unglaublich! Das, glaube ich, ist eine Lufterneuerungsanlage, aber ich bin mir nicht sicher. Das da könnte ein hydroponischer Regulator sein. Die meisten dieser Anlagen scheinen der Versorgung dieser unterirdischen Welt zu dienen, aber die Konstruktion dieser Maschinen geht weit über alles hinaus, was ich bisher gesehen habe.«

Kirk betrachtete den schwarzen Behälter. Er glitzerte unter den Lichtstrahlen, die aus den Fotozellen der Kontrollkonsole fielen, Impulse huschten hin und her. Signale? Wie, wußte er nicht. Er trat auf ihn zu.

»Spock«, sagte er, »Sie befinden sich in einem schwarzen Behälter, der durch Lichtstrahlen über Fotozellen mit einer Kontrollkonsole verbunden ist.«

Spocks Stimme schien jetzt ganz aus der Nähe zu kommen.

»Unglaublich«, sagte er.

»Spock, Sie sagten, daß Sie das Gefühl haben zu atmen, daß Ihr Blutkreislauf nach wie vor funktioniert und Ihre Körpertemperatur normal ist. Könnte es sein, daß Ihr Gehirn eine Anlage zur Lufterneuerung steuert, Heizungsanlagen reguliert und Trinkwasser aufbereitet?«

»Sie haben recht, Captain, das ist wohl genau das, was ich tue.«

Kara riß sich von McCoy los, der sie festgehalten hatte, und stürzte sich verzweifelt auf Kirk, um ihn von dem schwarzen Behälter zu drängen. Er packte sie und hielt sie fest; sie sackte in sich zusammen und kreischte: »Sie dürfen uns die Kontrollinstanz nicht nehmen, sonst müssen wir sterben! Die Kontrollinstanz ist noch jung, kräftig – perfekt!«

»Überaus schmeichelhaft«, sagte der schwarze Behälter.

Sie sank zu Boden und umklammerte Kirks Knie. »Bitte, lassen Sie ihn uns! Er wird uns zehntausend Jahre Leben spenden.«

»Sie werden eine neue Kontrollinstanz finden«, sagte Kirk.

Sie schluchzte: »Es gibt keine andere. Die alte ist verbraucht. Die neue muß bei uns bleiben, uns Leben schenken.«

»Captain«, sagte Spocks Stimme. »So einfach scheint das Problem nicht lösbar zu sein. Mein Gehirn ist für das Leben und Wohlergehen einer großen Bevölkerung verantwortlich. Wenn Sie es mitnehmen, werden die Versorgungsanlagen zusammenbrechen.«

»Jim«, sagte McCoy und sah Kirk niedergeschlagen an. »Hier ist das Gehirn gut versorgt. Wenn wir es von den Anschlüssen lösen und an Bord bringen, könnte es uns unter den Händen sterben.«

»Das ist das Risiko«, sagte Spock. »Captain, sosehr ich mich auch danach sehne, wieder an Bord der *Enterprise* zu sein, die Vorstellung, diese von mir abhängige Gesellschaft im Stich zu lassen und ihrem sicheren Tod zu überantworten, belastet mein Gewissen ungeheuer.«

»Unsinn!« erwiderte Kirk. »Ihr macht ein abstraktes Problem daraus. Da braucht nur ein Mädchen anfangen zu heulen, und schon hört ihr auf, praktisch zu denken. Sie hat das Gehirn aus Ihrem Schädel geholt, sie wird es wieder an Ort und Stelle bringen!«

Er packte Kara an den Schultern und schüttelte sie heftig. »Wie haben Sie das Gehirn herausoperiert?«

»Ich weiß es nicht.«

»Sie kann es nicht wissen, Jim. Ihre geistigen Fähigkeiten sind nahezu erloschen. Die Kontrollinstanz hat ihr alle Entscheidungen abgenommen, sie hat für sie gedacht.«

»Aber sie hat die Operation durchgeführt«, brüllte Kirk erbost und schüttelte das Mädchen noch heftiger. *»Wie haben Sie das angestellt?«*

»Es war... das alte Wissen«, keuchte sie erschöpft und verängstigt.

»Woher hatten Sie das Wissen?«

»Ich... ich habe den Lehrer aufgesetzt.«

Sie deutete auf das helmartige Gerät, das auf der Kontrollkonsole stand.

»Wie haben Sie das gemacht?« forschte Kirk weiter. »Zeigen Sie es uns!«

Sie stieß einen erschreckten Schrei aus. »Das ist verboten! Die Alten haben es verboten. Nur auf ihren Befehl darf der Lehrer benutzt werden.«

»Sie sollen es uns zeigen!« befahl Kirk hart.

Mit tränenüberströmtem Gesicht raffte sich Kara auf, ging zur Kontrollkonsole und griff nach dem Helm. Sie hob ihn herunter und setzte ihn vorsichtig auf den Kopf. Durch ihr Schluchzen hörte man Spocks Stimme, die in sachlichem Tonfall sagte: »Wenn ich den Vorgang erklären darf, Captain. Wenn sie den Helm aufsetzt, ist sie unmittelbar mit den Speicherbänken verbunden, in denen die Erbauer dieser Anlage ihr gesamtes Wissen niedergelegt haben. Es ist eine ungeheure Ansammlung von Daten, sie können abgerufen und durch diesen Helm unmittelbar ins Gehirn gespeist werden. Wenn die Priesterführerin diesen Helm aufhat, verfügt sie über das Wissen ihrer Vorfahren. Er wird jedoch nur sehr selten benützt, nur dann, wenn Umstände eintreten, die die Alten vorausgesehen und berücksichtigt haben. Etwa, wenn ein Steuergehirn verbraucht ist und stirbt.«

Das klang überzeugend. Das Gesicht Karas unter dem Helm hatte sich verändert. Nichts von ihrer kindischen Hysterie war übriggeblieben. Ihre Augen betrachteten sie prüfend, wirkten intelligent und hellwach und spiegelten die Gedanken, die hinter ihrer Stirn vorgingen. Selbst ihre Stimme hatte sich verändert, klang ruhig und sachlich, als sie sagte. »Diese Erklärung ist im wesentlichen korrekt, nur unterschätzt die Kontrollinstanz meine Funktion. *Ich* rufe aus den Speicherbänken die Informationen ab, die ich benötige. Ohne mich, Captain der *Enterprise*...«

Diese Kara war eine Frau, mit der man rechnen mußte. McCoy war die überraschende Verwandlung nicht entgangen. »Das stimmt. Ohne Sie hätte diese chirurgische Meisterleistung nie durchgeführt werden können, daß Spocks Gehirn jetzt noch lebt und tadellos funktioniert.«

Sie verbeugte sich lächelnd. »Vielen Dank für das Kompliment, Doktor«, sagte sie sarkastisch.

»Wir alle bewundern ihren Beitrag zu...«, sagte Kirk.

»Schon gut«, unterbrach sie ihn. »Dann werden Sie auch Ihren Beitrag zu würdigen wissen – *da!*«

Sie hatte plötzlich einen Phaser in der Hand.

»Captain!« rief Scott. »Sie hat ihn auf Töten eingestellt!«

»Ganz recht«, sagte sie. »Und das ist euer Beitrag. Dieses Wissen habe ich von *euch* – wie man tötet.«

Kirk hatte sich als erster wieder gefaßt. »Wie man tötet, wußten Sie, bevor wir hierherkamen. Sie haben Spock getötet, als Sie sein Gehirn entfernten.«

Sie lachte. »Sterben? Die Kontrollinstanz? Sie wird unter diesen Bedingungen zehntausend Jahre lang leben!«

»Die Kontrollinstanz, ja. Aber Spock nicht, er wird tot sein. Sein Körper liegt jetzt schon im Sterben. Bald wird es zu spät sein, um seine Existenz als Individuum wiederherzustellen.«

»Nein. Nur die unwesentliche Hülle, die die Kontrollinstanz geborgen hat, wird sterben.«

»Aber zu einem lebendigen Wesen gehört ein Gehirn *und* ein Körper, ein Gehirn allein ist kein Lebewesen«, erwiderte Kirk.

Der Phaser lag ganz ruhig in ihrer Hand. Ihre Augen leuchteten, und sie lächelte spöttisch, als sie sagte: »Behalten Sie Ihre Philosophie für sich, Captain. Sie werden mir jetzt so lange Gesellschaft leisten, bis die sterbliche Hülle der Kontrollinstanz tot ist. Dann werden wir uns verabschieden, und Sie können mit Ihren Leuten an Bord zurückkehren.«

»Ihre Vorfahren benutzen Sie dazu, einen Mord zu begehen«, sagte Kirk.

Sie lächelte. »Ich habe ihren Gesetzen zu gehorchen.«

»Es gibt Gesetze, die noch älter als Ihre Vorfahren sind und die den Mord verbieten«, sagte Kirk eisig.

Das Lächeln auf ihrem Gesicht erstarb, als sie die Kälte in der Stimme des Captains spürte.

»Warum wollen Sie unsere Situation nicht verstehen?« sagte sie ernst. »Mein Volk braucht Ihre Kontrollinstanz nötiger als Sie Ihren Freund, wir können ohne sie nicht leben.«

Eine Woge des Zorns stieg in Kirk hoch. Mit ausgestrecktem Finger fuhr er auf sie los: »Niemand hat das Recht, über das Leben eines anderen zu verfügen, ganz gleich zu welchem Zweck! Das ist Anmaßung, Sie…«

Er trat auf sie zu, Kara hob den Phaser, zielte – und ließ ihn sinken. Scott, der sich unbemerkt hinter sie geschlichen hatte, griff ihr über die Schulter und nahm ihn ihr aus der Hand. Ihre Augen waren voll Tränen.

»Ich habe den Befehl ausführen müssen«, flüsterte sie.

»Sie werden uns helfen«, sagte Kirk mit ruhiger Stimme. »Wie lange hält das Wissen an?«

»Drei Kyras«, sagte sie.

»Sie werden das Gehirn wieder genau dorthin bringen, wo Sie es gestohlen haben«, sagte Kirk.

»Und mein Volk verraten? – Nie!«

»Jim, wenn der Helm bei ihr funktioniert hat, vielleicht funktioniert er auch bei mir«, sagte McCoy, trat zu Kara und hob ihr das Gerät von der Stirn, doch Spocks Stimme fuhr dazwischen: »Ich warne Sie, Doktor. Ihre Gehirnstruktur ist nicht dieselbe. Es könnte sein, daß Sie sich Ihr Gehirn ausbrennen.«

»Ich bin Chirurg. Wenn ich nur einen Hinweis auf diese Techniken erfassen kann, werde ich sie vielleicht im Gedächtnis behalten und nicht wieder vergessen.«

»Pille, wie lange können wir das Gehirn am Leben erhalten, wenn wir es dem lebenserhaltenden System entnehmen?«

»Höchstens fünf oder sechs Stunden.«

»Und wenn wir es an das lebenserhaltende System an Bord anschließen, gibt uns das etwas mehr Zeit?«

»Vielleicht ein paar Stunden.«

»Ich kann nicht verantworten, daß Sie das Risiko eingehen und den Helm aufsetzen, Doktor«, sagte Spocks Stimme.

McCoy reichte den Helm an Kirk weiter und trat zu dem schwarzen Behälter. »Spock, haben Sie denn nicht verstanden, was ich gesagt habe? Ich kann als Arzt diese medizinischen Techniken vielleicht im Gedächtnis behalten. Wissen Sie was das bedeutet? – Ich könnte sie der Menschheit weitergeben! Ist das nicht ein Risiko wert? *Sie* würden dieses Risiko, ohne zu zögern, eingehen, wie ich Sie kenne! Wieso soll ich nicht das gleiche Recht für mich beanspruchen?«

»Nimm dir den Helm, Pille«, sagte Kirk, »und setz ihn dir schon auf.«

McCoy stülpte sich vorsichtig das Gerät über den Kopf. Spocks Stimme gab genaue Anweisungen: »Mr. Scott, im linken unteren Feld der Kontrollkonsole sehen Sie folgende Schalter...«

»Ja, Sir.«

»Sehen Sie den kleinen Hebel neben der erleuchteten Skala im beleuchteten Feld?«

»Natürlich, Mr. Spock.«

»Drücken Sie diesen Hebel zwei Marken tiefer, und bewegen

Sie ihn rechtwinklig nach rechts, wo sich die Nut befindet.«

Ein tiefes Brummen wurde hörbar, als Energie von der Kontrollkonsole in die Schaltkreise des Helms floß. McCoys Hand fuhr zur Kehle, sein Kopf wurde nach hinten gerissen und seitlich verdreht, als ob es ihm das Genick brechen wollte. Während sein Gesicht wie verklärt wirkte, als offenbarten sich ihm die Mysterien der Schöpfung, wand sich sein Körper im Martyrium unsäglicher Qualen. Dann verlor er das Bewußtsein und glitt zu Boden. Scott schob den Hebel hastig wieder in seine Ausgangsstellung, dann eilte er zu Kirk und half ihm, den Helm vorsichtig von McCoys Kopf zu lösen. Kirk saß auf dem Boden und hielt den bewußtlosen Doktor im Arm, doch plötzlich schlug dieser die Augen auf.

Sie waren zunächst verschleiert, aber langsam wurden sie klar und begannen zu leuchten. Mit einem überraschten Schrei fuhr er hoch und schien außer sich vor Freude und Glück.

»Natürlich!« rief er. »Klar! Es ist wirklich kinderleicht! Ob ihr's glaubt oder nicht, ein Schuljunge könnte diese Operation durchführen!«

»Na dann viel Glück, Doktor«, sagte Spocks Stimme trocken.

In der Krankenstation an Bord der *Enterprise* war alles für die bevorstehende Operation vorbereitet.

Spocks Körper lag auf dem Operationstisch, bis zum Kopf mit einem Laken bedeckt. Nur der obere Teil des Schädels lag frei und war von einer Plastikmanschette umgeben. Am Kopfende stand Schwester Chapel, die Augen mit einem Ausdruck wachsenden Erstaunens auf die Bewegungen der gummibehandschuhten Hände McCoys gerichtet. Er arbeitete mit einer Selbstsicherheit, die sie noch nie bei einem Chirurgen beobachtet hatte, und obwohl sie eine perfekte Assistentin war, hatte sie Mühe, ihm mit dem Zureichen der Instrumente nachzukommen. Sie wünschte, Kirk und Scott könnten auch Zeuge dieser Meisterleistung sein, wie es ihr vergönnt war, aber beide hatten mit Kara im Nebenraum hinter einem Trenngitter Platz genommen.

Sie trat an das Gitter und flüsterte Kirk zu: »Captain, kein Grund zur Besorgnis. Es ist unglaublich, aber er verschweißt Ganglien, verbindet Nervenenden und verknüpft Nervenfasern, die man kaum mit bloßem Auge wahrnehmen kann, als ob er sein Leben lang nichts anderes getan hätte.«

»Wie lange wird es noch dauern?«

»Ich habe keine Ahnung, Sir. Er arbeitet viel rascher, als ich es je bei einem Chirurgen gesehen habe. Man kann seinen Bewegungen kaum folgen.«

»Der Zeitfaktor ist entscheidend«, sagte Kirk. »Wir können beim besten Willen nicht voraussagen, wie lang dieses eingegebene Wissen bei ihm anhalten wird.«

Kara weinte. Kirk legte seinen Arm um ihre Schulter und fragte: »Was ist mit Ihnen?«

»Ihr habt ihn wieder, aber wir sind verloren«, schluchzte sie.

Er führte sie in den Korridor hinaus. »Nein«, sagte er. »Ihr seid nicht verloren – ihr habt keine Kontrollinstanz mehr, aber das ist nicht weiter schlimm. Ihr braucht bloß aus eurer Unterwelt heraufzusteigen und an der Oberfläche zu leben.«

»Wir würden die Kälte nicht überleben.«

»Doch. Ihr werdet überleben. Wir werden euch behilflich sein, bis ihr euch selbst helfen könnt. Ihr werdet euch feste Häuser bauen. Und ihr werdet es lernen, euch durch Arbeit warm zu halten. Ihr werdet lernen, Frauen zu sein und keine Treibhauspflänzchen mehr.«

»Captain Kirk!«

Schwester Chapel stand in der Tür der Krankenstation. »Bitte kommen Sie rasch!«

McCoy hatte die Operation unterbrochen. Er war einen Schritt vom Operationstisch zurückgetreten, stützte sich auf den Instrumententräger, hatte die Augen geschlossen und atmete schwer. Er sah elend aus. »Ich kann nicht mehr«, keuchte er. »Ich... ich kann nicht mehr.«

»Seine Erinnerung läßt nach«, flüsterte Schwester Chapel.

»Pille!« rief Kirk.

McCoy taumelte auf ihn zu. »Diese Ganglien... diese Nerven... Tausende und Abertausende... wie soll ich... woher soll ich wissen, wo sie... mein Gott!« Er schlug die Hände vors Gesicht. »Der Thalamus... das Pallium... wie soll ich...?«

»Pille! Du darfst jetzt nicht aufgeben!«

Schwester Chapel, die die Computer-Anzeigen im Auge behielt, sagte leise: »Doktor, die Rückenmarkflüssigkeit ist fast völlig aufgebraucht.«

McCoy stöhnte. »Ich weiß aber nicht, was ich tun soll! Es ist weg, einfach weg! Ich kann mich an nichts mehr erinnern! Ein Gehirn kann man nicht einfach implantieren wie eine Niere.«

»Aber du kannst es, Pille. Ein Schuljunge kann es, hast du mir gesagt!«

»Es ist weg, Jim! Versteh doch! Einfach weg! Er wird sterben – und ich kann's nicht verhindern!«

»Dr. McCoy!«

Die Stimme klang gepreßt, qualvoll, wie aus zugeschnürter Kehle, aber es war unverwechselbar die Stimme Spocks. Sie starrten auf den leblosen Körper, der unter dem Laken auf dem Tisch lag. McCoy fragte mit vor Erstaunen zitternder Stimme: »Spock, sind Sie das tatsächlich? Wie können Sie sprechen?«

»Wenn Sie mir die Nerven des Sprechzentrums vollends anschließen«, krächzte er, »kann ich Ihnen vielleicht behilflich sein.«

McCoy stürzte zurück an den Operationstisch und griff nach einem chirurgischen Besteck, warf es wieder hin, wählte ein anderes und bellte Schwester Chapel ein paar Anweisungen zu. Plötzlich fing Spock an zu husten, dann klang seine Stimme weniger verzerrt. »Gut«, sagte er. »Schön langsam, eins nach dem anderen. Jetzt nehmen Sie sich das Hörzentrum vor. Nur Mut, Doktor. So schwer ist es nicht…«

»Doch, Spock! Es ist, als müßte ich mit einem Vorschlaghammer Nadeln einfädeln.«

»Nur Mut, Doktor«, sagte Spock geduldig. »Ich habe schon wieder Tastempfindungen in einigen Körperpartien. Stimulieren Sie die Nervenenden, und beobachten Sie die physiologische Reaktion. Ich werde Ihnen jeweils sagen, ob die Verbindung stimmt. Und wenn sie stimmt, verschweißen Sie die Nervenenden mit dem Trilaser.«

»Nun?« fragte Kirk gespannt.

McCoy brummte eine unverständliche Antwort in seine Maske. Durch das Trenngitter sah Kirk, daß Spock seine Arme unter dem Laken bewegte, er beugte sie normal auf und ab, beugte sie und streckte sie wieder aus.

»Sehr gut«, sagte Spock. »Nun vernähen Sie bitte die Blutgefäße, Doktor. Fangen Sie mit der Halsschlagader an.«

Das blasse, schweißbedeckte Gesicht, verzerrt vor Anspannung, warf Kirk einen Blick zu. »Selbst wenn das gutgeht, ich überlebe es nicht«, sagte er. »Dieser verfluchte Vulkanier gibt mir Anweisungen, wie ich operieren soll!«

Mit einem Seufzer der Erleichterung lehnte sich Kirk zurück und lächelte. Wenn sie sich wieder zu zanken anfingen, waren sie über dem Berg. McCoy hielt einen Augenblick inne, um sich von Schwester Chapel den Schweiß von der Stirn tupfen zu lassen. Dann beugte er sich wieder über seine Arbeit, und Spock sagte: »Alle Verbindungen sind hergestellt, die Schädelknochen wieder verschweißt. Wir sind fertig, Doktor.«

»Stimmt das, Pille?« fragte Kirk.

McCoy hob den Kopf. »Woher soll ich das wissen? Fragen Sie doch ihn. Er weiß sowieso alles besser. Mag sein, daß ich eine Menge Fehler gemacht habe beim Verschweißen der Ganglien, beim Verknüpfen der Nervenenden. Die Nervenströme scheinen normal zu sein, aber – wer weiß?«

Schwester Chapel tupfte ihm den Schweiß von der Stirn, als Spocks Augenlider zuckten. Dann schlug er die Augen auf, hob den Kopf und zog in seiner unnachahmlichen Art die Augenbrauen in die Höhe. McCoy traute seinen Augen nicht; er hätte nie gedacht, *das* jemals wieder zu sehen. »Jim!« rief er laut.

Kirk sprang auf. Spock hatte sich aufgerichtet und saß auf dem Operationstisch. »Meine Herren«, sagte er und betastete mit den Fingerspitzen vorsichtig seinen frisch bandagierten Schädel.

»Es ist mir ein Vergnügen, Sie wiederzusehen.«

»Spock! Spock!« sagte Kirk gerührt und schluckte. »Wie geht es Ihnen?«

»Ich kann nicht klagen. Ich fühle mich eigentlich ganz wohl. Ich glaube, ich bin wieder fit, Sir.«

Er schwang seine Beine über den Rand des Operationstischs und wollte herunterrutschen.

»Um Himmels willen, Spock!« schrie Kirk entsetzt. »Bleiben Sie liegen! Sie können doch noch nicht aufstehen!«

Spock hielt inne, und sein Gesicht verzerrte sich vor Schmerz. »Ich glaube, Sie haben recht, Sir. Ich habe scheußliche Kopfschmerzen. Ich bleibe noch ein bißchen liegen und schließe die Augen.«

»Das will ich wohl meinen«, sagte Kirk. »Legen Sie sich nieder und schlafen Sie. Schlafen Sie, soviel Sie können.«

Spock schloß schläfrig die Augen – und riß sie sofort wieder auf. »Die Augenlider funktionieren tadellos«, sagte er überrascht. »Faszinierend! Ich habe den Eindruck, Doktor, daß Sie doch keine schwerwiegenden Fehler gemacht haben.«

McCoy seufzte: »Ich habe ein chirurgisches Wunder vollbracht, um Sie wieder zusammenzuflicken.«

»Es tut mir leid, Doktor, daß ich Ihnen keine Blaupausen zur Verfügung stellen konnte. Dann hätten Sie sich leichter getan.«

McCoy wandte sich resigniert nach Kirk um und sagte: »Ich verstehe nicht, warum ich ihm auch sein Mundwerk wieder mit dem Gehirn verbunden habe.«

Scott trat aus dem Aufzug und schaute neugierig zur Tür herein. »Wir haben ein Team Techniker hinunter auf den siebten Planeten gebeamt, Captain«, berichtete er.

»Haben Sie schon erste Meldungen erhalten, Mr. Scott?«

Scott rieb sein Kinn und sagte: »Tja, Sir, die Wiedervereinigung des männlichen mit dem weiblichen Teil der Bevölkerung scheint nicht so ganz einfach zu sein. Sie trauen einander nicht.«

»Sehr menschlich«, sagte Spock.

»Und sehr kalt da unten«, warf McCoy ein. »Besonders für die Frauen. Aber unsere Hilfstruppen haben die Damen mit den nötigen Mitteln ausgestattet, daß sie Nahrungsmittel, Felle und Werkzeuge von den Männern einhandeln können.«

»Ach was?« sagte Kirk und blickte erstaunt von einem zum anderen. »Mit was? Mit Geld?«

»Nein, Sir«, sagte Scott. »Mit Parfüm.«

»Ich bin sonst nicht zu Prognosen geneigt«, sagte Kirk, »aber in diesem Fall möchte ich behaupten, daß der Konflikt zwischen den Geschlechtern auf Planet 7 sich bald gelegt haben wird.«

»Ich sehe die Voraussetzungen nicht, Captain, auf die Sie Ihre Prognose stützen«, sagte Spock.

»Mein lieber Mr. Spock. In langen kalten Winternächten... wissen Sie, was da wärmer ist als ein Holzfeuerchen? – Zusammenkuscheln!«

»*Zusammenkuscheln,* Sir?«

»Eine sehr beliebte und überaus angenehme Angewohnheit bei Menschen verschiedenen Geschlechts, Mr. Spock«, sagte McCoy. »Ich kann mir aber kaum vorstellen, daß Sie dafür Verständnis aufbringen.«

»Natürlich nicht, Doktor. Es ist eine in der ganzen Galaxis bekannte Tatsache, daß wir Vulkanier uns mittels Postwurfsendungen fortpflanzen.« Er lächelte.

»Spock!« schrie McCoy entsetzt. »Um Himmels willen! Haben Sie eben gegrinst! Das darf doch nicht wahr sein! Spock hat tatsächlich gegrinst!«

»Das verdanke ich nur Ihren phänomenalen chirurgischen Künsten, Doktor. Ich wollte niesen. Sie müssen da einen Nerv falsch angeschlossen haben.«

»Habt ihr das gehört?« sagte McCoy wütend. »Von allen Patienten, die ich bisher behandelt habe, ist das bei weitem der undankbarste. Ich hätte...«

Kirk hob die Hand. Es fiel ihm sichtlich schwer, den nötigen Ernst aufzubringen und das sympathische Gerangel zu unterbrechen. Spock nickte dem erbosten McCoy höflich zu und ging zum Aufzug, um zu seinem Platz auf der Brücke zurückzukehren.

Als er verschwunden war, konnte Kirk nicht länger an sich halten, prustete und lachte lauthals, ein herzliches befreiendes Lachen.

Er lachte noch, als er auf der Brücke in seinem Sessel Platz nahm. Zu Sulu, der neben ihm saß und auch von einem Ohr bis zum anderen grinste, sagte er: »Das wäre erledigt, Mr. Sulu. Wir verlassen die Umlaufbahn. Sol drei voraus.«

Der Doppelgänger

Das Wüstengebiet des Planeten wies eine Vielfalt von interessanten Mineralien und tierischen Lebensformen auf. Kirk überwachte selbst das Beamen der Behälter mit den Proben an Bord der *Enterprise,* als ein eisiger Wind aufkam und ihm Sand ins Gesicht wehte. Neben ihm stand Sulu, der vor Kälte zitterte und ein sanftmütiges hundeähnliches Wesen an der Leine hielt.

»Die Temperatur beginnt rasch zu fallen, Captain.«

»Sie wird bei Einbruch der Dunkelheit auf unter minus 100 Grad sinken«, sagte Kirk. Er wischte sich den Sand aus den Augen und streichelte das Tier, das Sulu hielt. Plötzlich ertönte ein Schrei, Kirk fuhr herum. Der Geologe Fisher, der an einem Felsabhang Proben herausgeschlagen hatte, war abgestürzt. Sein Overall war von oben bis unten mit einem gelblichen Erz beschmiert.

»Haben Sie sich verletzt?« fragte Kirk.

»Ich habe mich in die Hand geschnitten, Sir«, sagte Fisher.

Es war eine häßliche tiefe Wunde. »Melden Sie sich sofort in der Krankenstation«, sagte Kirk.

Gehorsam hakte Fisher seinen Kommunikator vom Gürtel. Im Transporterraum der *Enterprise* stand Scott an den Kontrollen. Er empfing den Ruf Fishers, mit dem er bat, an Bord gebeamt zu werden, und sagte ins Mikrophon: »Okay, wir haben Sie im Visier, Fisher.« Er wandte sich nach dem Techniker Wilson um, der die Schaltungen bediente. »Energie«, befahl er.

Als Fisher in einem Funkenregen auf der Plattform Gestalt annahm, flammte auf der Kontrollkonsole eine rote Warnlampe auf.

»Zusatzadjustierung einschalten!« sagte Scott hastig. Wilson legte einen Schalter um; die rote Warnlampe erlosch.

Fisher materialisierte und stieg von der Plattform.

»Was ist passiert?« fragte Wilson.

»Ich habe was abgekriegt«, sagte Fisher.

Wilson betrachtete die gelben Schlammspritzer auf seinem Overall. Einige der Batzen von dem angetrockneten Dreck waren abgeplatzt und auf die Plattform des Transporters gefallen.

»*Was* abgekriegt?« fragte Wilson.

»Keine Ahnung, irgend so einen Erzschlamm. Ich habe ihn noch nicht untersucht.«

Scott griff nach einem Sensor und richtete ihn auf den Geologen.

»Das Erz ist magnetisch«, sagte er. »Dekontaminieren Sie Ihren Anzug, Fisher!«

»Jawohl, Sir.«

Scott runzelte die Stirn und untersuchte die Transporterkontrollen. »Es sah fast so aus, als sei eben etwas durchgebrannt, Wilson«, brummte er. »Das gefällt mir nicht.«

Kirks Stimme schreckte ihn aus seinem Brüten. »Hier Kirk. Ich bin fertig hier. Beamt mich hinauf.«

»Warten Sie noch einen Moment, Captain«, sagte Scott und überprüfte noch einmal alle Kontrollen. »Es scheint alles in Ordnung zu sein.« Wilson warf ihm einen prüfenden Blick zu und wartete auf seine Anweisungen. »Sicherheitshalber schalten wir sofort die Zusatzadjustierung ein, um eine Gegenkontrolle zu haben. Übernehmen Sie die Synchronisation, Wilson.« Er trat wieder ans Mikrophon und sagte: »Sind Sie bereit, Captain? Wir haben Sie im Visier.«

Er schaltete die Energie auf den Transporter. Ein merkwürdiges winselndes Geräusch mischte sich in das vertraute Brummen der Anlage. Scott drehte hastig die Kontrollen, um den Ton zum Verschwinden zu bringen. Er beschloß, Kirk zu warnen und das Hochbeamen zu verschieben, aber der Prozeß war schon eingeleitet und nicht mehr aufzuhalten. Nervös blickte der Chefingenieur auf die Plattform. Im Funkenregen tauchte Kirk auf; er sah sich verwirrt um und war leichenblaß. Als er von der Plattform trat, knickten ihm die Knie ein, er wäre fast hingefallen. Scott eilte erschrocken auf ihn zu. »Was ist mit Ihnen, Captain? Kann ich Ihnen helfen?«

»Nein, es geht schon. Nur eine vorübergehende Übelkeit«, sagte Kirk. »Es ist sicher nichts Ernstes.« Er sah sich verwundert um. »Der Transporterraum bleibt doch nicht unbeaufsichtigt, wenn Sie mich begleiten?«

»Aber nein, Captain. Wilson ist nur kurz weg, um ein Werkzeug zu holen, wird aber jeden Augenblick zurück sein.«

Die Tür des Transporterraumes schloß sich hinter ihnen. Über der Plattform des Geräts erschien ein weiterer Funkenregen, ein Mensch nahm Gestalt an. Als er sich vollständig materialisiert hatte, stand das exakte Ebenbild Kirks im Raum; es sah genau wie Kirk aus – bis auf die Augen. Es waren die Augen eines gehetzten Tiers, das gerade seinem Käfig entronnen ist.

Er sah sich ängstlich um, als erwarte er einen Angriff.

Wilson kam herein. Er spürte sofort, daß irgendwas nicht stimmte.

»Ist Ihnen nicht gut, Captain?«

Die Antwort war ein heiseres Knurren. Der Doppelgänger blickte gehetzt um sich, als suche er einen Fluchtweg, und leckte seine trockenen Lippen. Da entdeckte er die Tür, die Wilson offen gelassen hatte.

Draußen auf dem Korridor sagte Kirk: »Jetzt geht es mir schon wesentlich besser. Sie gehen besser wieder in den Transporterraum zurück, Scotty.«

»Ja, Sir.«

»Danke für die Hilfe.«

»Ich würde Ihnen empfehlen, sich bei Dr. McCoy einmal gründlich untersuchen zu lassen.«

»Ich werde mir Ihren Rat zu Herzen nehmen, Chefingenieur. Ich werde mir von ihm meine Maschinerie mal gründlich überprüfen lassen.«

Er brauchte nicht weit zu gehen; am nächsten Quergang stieß er mit McCoy zusammen. »Wir werden nicht umhin können, in den Korridoren bald Verkehrsampeln einzubauen, damit...« Er brach ab und starrte Kirk an. »Was ist denn mit dir los?«

»Keine Ahnung«, sagte Kirk.

»Du siehst aus, als wärst du gegen eine Wand gelaufen.«

»Ist das deine Diagnose als Fachmann?«

»Laß meine Diagnose aus dem Spiel, Jim. Leg dich erst mal hin. Ich muß zuerst einen Simulanten verarzten, dann komme ich zu dir, und wir werden mal nachsehen, was dir fehlt.«

»Wenn du mich findest«, sagte Kirk und ging den Korridor hinunter. McCoy sah ihm nach, dann eilte er zurück zur Krankenstation, um Fisher zu verarzten.

Der Geologe hatte den verschmutzten Overall ausgezogen. McCoy reinigte die Schnittwunde an seiner Hand. »Das reicht, um Sie eine Zeitlang vom Dienst zu suspendieren«, sagte McCoy. »Sie haben sicher nichts gegen ein paar Tage Urlaub, oder?«

Fisher grinste. Der Doktor verband die Wunde und blickte auf, als die Tür aufging.

»Schnaps«, sagte das Duplikat Kirks, trat aber nicht ein, sondern blieb im Türrahmen stehen.

Die Forderung, das Benehmen, das ganze Verhalten waren so uncharakteristisch für Kirk, daß McCoy sofort stutzig wurde, aber er unterdrückte seine Überraschung in Fishers Gegenwart. Er entschloß sich, die Forderung zu ignorieren.

»Gehen Sie auf keinen Fall arbeiten«, sagte er zu Fisher, »und halten Sie den Verband mit diesem Antisepticum feucht. Ich gebe Ihnen die Flasche mit.«

»Danke, Sir«, sagte Fisher. Er hob die verbundene Hand und grüßte den Doppelgänger Kirks. »Es ist nur ein Kratzer, Captain.«

Der Doppelgänger reagierte nicht auf seine Bemerkung. McCoy drehte sich zu ihm um und bedeutete ihm, hereinzukommen.

»Setz dich, Jim«, sagte er. »Ich glaube, wir sollten erst einmal...«

Er hielt inne. Der Doppelgänger durchquerte den Raum und machte sich an dem Schrank mit den Alkoholika zu schaffen, mit den Nägeln riß er an der verschlossenen Tür.

»Schnaps, habe ich gesagt!«

McCoy starrte ihn entgeistert an. Der Doppelgänger knurrte drohend, als die Schranktür nicht nachgab. Verwirrt und verunsichert versuchte es McCoy von neuem: »Setz dich doch erst einmal, Jim.«

Der Doppelgänger begann mit einemmal am ganzen Leib zu zittern, mit kehliger Stimme flüsterte er: *»Gib mir Schnaps!«*

»Was ist denn nur los mit...?« begann McCoy, als der Doppelgänger die Faust hob, um die Glastür des Schranks einzuschlagen.

»Jim!« schrie McCoy.

Der Doppelgänger fuhr herum, duckte sich zum Sprung und

ballte die Fäuste. Instinktiv wich der Doktor zurück und hob die Hände, um den drohenden Schlag abzuwehren. Dann riß er sich zusammen und sagte: »Beruhige dich doch, du kriegst deinen Schnaps, aber setz dich hin!«

McCoy fand keine Gelegenheit, ihm den Schnaps zu geben. Als er die Schranktür geöffnet hatte, fühlte er sich beiseite gedrängt. Der Doppelgänger griff nach einer Flasche hochprozentigen Alkohols und eilte zur Tür.

»Bitte, Jim! Trink ihn in deiner Kabine. Ich komme in ein paar Minuten bei dir vorbei und...«

Die Tür fiel krachend ins Schloß.

McCoy eilte ans Visaphon und schaltete es ein. Spocks Gesicht erschien auf dem Bildschirm.

»Hat sich unten auf dem Planeten etwas Außergewöhnliches ereignet, Mr. Spock?« fragte er.

»Nur ein kleiner Unglücksfall, Doktor«, sagte Spocks kühle Stimme. »Aber ich bin sicher, daß er Ihre sagenhaften Fähigkeiten als Arzt in keiner Weise überfordern dürfte.«

Doch McCoy war zu verwirrt über den Vorfall, als daß er die Spitze bemerkt hätte. »Betraf er auch den Captain?«

»Nein.«

»Ich weiß nicht. Irgend etwas mit ihm stimmt nicht. Er war eben bei mir und hat sich aufgeführt wie ein Wilder.«

Der Wilde stolperte den Korridor entlang und hatte plötzlich Appetit, sich in aller Ruhe einen Schluck zu genehmigen. Ein Schild neben der Tür, vor der er stand, besagte, daß sie zur Privatkabine von Bootsmaat Janice Rand führte. Er öffnete sie, bemerkte, daß niemand da war, und schlüpfte hinein. Drinnen öffnete er die Flasche, setzte sie an die Lippen und trank den Schnaps mit gierigen Zügen; dann grunzte er glücklich und rülpste. Das Brennen in der Kehle reizte seinen Appetit nur noch mehr. Mit halbgeschlossenen Augen trank er weiter; sein Gesicht war das Gesicht eines Kirk, der entbunden war von allen Hemmungen, befreit von jeder Selbstdisziplin, gelöst von allen moralischen Zwängen.

Kirk selbst hatte sich von seinem mysteriösen Schwindelanfall noch nicht ganz erholt. Er war allein in seiner Kabine, hatte das Hemd ausgezogen und lag auf dem Bett. Er massierte seine Halsmuskeln und bewegte seine Schultern, um sich zu entspannen und um den Kopf wieder klarzubekommen. Als jemand an der Tür klopfte, rief er: »Wer ist da?«

»Spock, Sir.«

»Kommen Sie herein!« sagte Kirk und drückte den Knopf des Türöffners.

»Dr. McCoy hat mich gebeten, bei Ihnen vorbeizuschauen«, sagte Spock.

Kirk schlüpfte wieder in sein Hemd. »Wieso ausgerechnet Sie?«

»Das kann Ihnen nur Dr. McCoy sagen, Captain.«

»Aber er muß doch einen Grund gehabt haben, daß er Sie gebeten hat«, sagte Kirk mißtrauisch.

»Man müßte es annehmen«, sagte Spock begütigend und betrachtete Kirks Gesicht mit seinen klaren Augen.

»Tja, Mr. Spock. Ich hoffe, Sie erkennen mich wieder, wenn wir uns das nächstemal wiedersehen«, sagte Kirk sarkastisch.

»Dr. McCoy sagte mir, Sie hätten sich wie ein Wilder benommen.«

»Das hat McCoy tatsächlich gesagt?« fragte Kirk ungläubig. »Er muß sich einen Spaß erlaubt haben.«

»Hm. Ich gehe jetzt zurück auf die Brücke«, sagte Spock. »Ich werde McCoy berichten, daß Sie hier waren.«

Als sich die Tür hinter Spock schloß, griff Kirk nach seiner Uniformjacke. Das Intermezzo hatte ihn leicht verwirrt.

Auf Deck 12, einige Stockwerke über ihm, fühlte sein Doppelgänger die Auswirkungen des Alkohols. Aber er war sofort wieder nüchtern genug, um aufzustehen und sich im Schlafzimmer zu verstecken, als er ein Geräusch an der Tür hörte. Er beobachtete Janice Rand, die ihre Kabine betrat. Als sie ihren Tricorder ablegte, kam er aus seinem Versteck hervor und trat vor sie hin.

Es war nicht eben Kirks Gewohnheit, die Schlafräume von attraktiven weiblichen Mitgliedern seiner Mannschaft aufzusuchen, deshalb war Janice zutiefst überrascht, den Captain in ihrem zu finden. Sie beschloß zu lächeln. »Das ist aber eine unerwartete Überraschung«, sagte sie scherzhaft.

Das Lächeln erstarb auf ihrem Gesicht, als sie den lauernden, bösen Blick bemerkte, mit dem er sie ansah. »Ist Ihnen nicht gut, Sir? Kann ich Ihnen...?« Sie erstarrte. Der Doppelgänger war so nahe an sie herangetreten, daß sie den Alkohol in seinem Atem roch. Sie errötete, als sie die Nähe seiner Männlichkeit spürte und unterdrückte eine peinliche und unangenehme Vorahnung. »Kann ich... kann ich irgend etwas für Sie tun, Captain?«

»Aber sicher«, sagte er grinsend. »Und als Anrede genügt Jim völlig, Janice.«

Weder sein Tonfall noch seine Worte paßten zu dem Bild, das sich Janice Rand bisher von Captain Kirk gemacht hatte. Sie hatte ihn bisher nur als einen Vorgesetzten kennengelernt, der sich den weiblichen Besatzungsmitgliedern gegenüber zwar höflich, aber kühl verhielt. Seit dem Tag, an dem sie ihren Dienst angetreten hatte, war er für sie der begehrenswerteste, aber zugleich unerreichbarste Mann gewesen, den sie je kennengelernt hatte. Doch das war ihr ganz privates Geheimnis. Es war ihr unvorstellbar, daß er doch erreichbar sein sollte – nicht Captain James T. Kirk vom Sternenschiff *Enterprise* und nicht für die unbedeutende zwanzigjährige Janice Rand mit Dienstgrad eines Bootsmaats. Er hatte getrunken, gut, Männer trinken manchmal gern, und wenn sie betrunken sind, wollen sie... Aber dennoch. Warum ausgerechnet sie? Es gab eine Menge Frauen an Bord, warum sollte dieser blendend aussehende Mann ausgerechnet an ihr interessiert sein? Hatte eine Verkettung glücklicher Umstände dazu geführt, daß gerade sie das Ziel seiner sexuellen Wünsche war? Sie fühlte sich plötzlich nackt unter seinen Blicken, obwohl sie ihre Uniform trug.

»Ich... Captain, ich... was Sie wollen, ich weiß nicht...« stammelte sie.

»Du bist viel zu sehr Frau, um nicht genau zu wissen, was ich will«, sagte der Doppelgänger. »Ich bin verrückt nach dir, seit du an Bord bist. Wir wissen beide, wie wir uns danach gesehnt haben. Wir können es nicht mehr beiseite schieben, so tun, als ob nichts wäre. Jetzt nicht mehr. Wir sind ganz allein, nur du und ich. Versuche nur, dein Begehren zu leugnen – wenn du es danach überhaupt noch kannst...«

Er riß sie in seine Arme und preßte seine Lippen auf die ihren. Für einen Moment war sie wie gelähmt vor Schreck, dann versuchte sie, ihn von sich zu drücken. »*Bitte,* Captain. Nicht so. Sie... wir...«

Sein gutaussehendes Gesicht verzerrte sich vor Wut. Wieder riß er sie hart an sich und küßte sie. Sie stöhnte und versuchte, sich aus seiner Umarmung zu befreien. Er drückte sie noch fester an sich und küßte ihren Nacken, ihren Hals.

»Sie tun mir weh«, flüsterte sie.

»Dann wehre dich nicht dagegen! Im Grunde willst du dich doch gar nicht wehren!«

Sie starrte in die Augen ihres Gegenübers, von denen sie glaubte, es seien Kirks Augen. Er hatte recht, mußte sie sich schamhaft eingestehen, sie *wollte* sich nicht wehren, weder gegen seine Küsse noch... aber wie konnte er es wagen, *das* vorauszusetzen?

»Muß ich Ihnen erst einen dienstlichen Befehl geben, Bootsmaat Rand?«

Diesmal waren seine Küsse von unverhüllter Brutalität. Janice, wütend über die Enthüllung einer Tatsache, die sie weder selbst wahrhaben wollte, noch wünschte, daß sie anderen bekannt würde, begann, sich ernsthaft zur Wehr zu setzen. Sie hob die Hand und zerkratzte ihm das Gesicht. Er fuhr zurück, und sie benutzte die Gelegenheit, in den Korridor zu entkommen. Doch kaum hatte sie die Tür geöffnet, hatte er sie eingeholt und riß sie zurück. Fisher, der noch einmal in die Krankenstation gegangen war, weil er die Flasche mit dem Antiseptikum hatte stehen lassen, kam gerade den Korridor entlang und sah die beiden miteinander ringen.

»Machen Sie, daß Sie verschwinden!« brüllte der Doppelgänger Kirks den verdutzten Geologen an.

Janice atmete erleichtert auf. Der Captain war selbst schuld, daß es zu dieser peinlichen Szene gekommen war. Wenn er deswegen den Respekt der Besatzung verlieren sollte, so hätte er das sich selbst zuzuschreiben. »Rufen Sie Mr. Spock!« rief sie.

Fisher starrte sie hilflos an. *»Rufen Sie sofort Mr. Spock!«* schrie sie. Fisher drehte sich um und begann zu rennen. Der Doppelgänger umklammerte sie noch fester, doch als er bemerkte, daß Fisher zum nächsten Intercom eilte, ließ er sie los und setzte ihm nach.

Fisher drückte den Knopf des Geräts. »Hier ist Fisher, Geologe. Kommen Sie sofort auf Deck 12, Sektion...«

Der Doppelgänger packte ihn von hinten, wirbelte ihn herum und schlug ihm mit der Faust mitten ins Gesicht. »Hilfe! Sektion 3«, brachte Fisher noch heraus, bevor ihn der zweite Schlag traf.

Sein Schrei drang durchs Intercom auf die Brücke. Spock rannte zum Aufzug und rief über die Schulter dem Navigator Farrell zu: »Übernehmen Sie das Kommando!«

Deck 12 lag verlassen da. Spock zögerte, dann ging er den Korridor entlang und betrachtete aufmerksam den Fußboden und die Wände. Seinen scharfen vulkanischen Augen entging nichts; er blieb plötzlich stehen, bückte sich und fuhr mit dem Finger über einen dunklen Strich auf dem Boden. Rot und naß, Blut!

Die Blutspur führte zur Kabine von Bootsmaat Janice Rand. Er stieß die Tür auf. Sie saß in einem Sessel, ihre Uniform war zerknittert und halb geöffnet, ihr Haar zerzaust. Sie sah ihn wortlos an, ihre Augen blickten leer, und namenloses Entsetzen stand ihr ins Gesicht geschrieben. Neben ihr lag Fisher auf dem Boden. Sie brachte immer noch kein Wort heraus, als Spock sich zu ihm hinunterbeugte. Sein Gesicht war zu einer breiigen blutigen Masse zermalmt.

»Wer hat das getan?« fragte Spock.

Fisher bewegte mühsam seine zerschlagenen Lippen. »Captain Kirk, Sir«, keuchte er, dann rollte sein Kopf zur Seite. Er hatte das Bewußtsein verloren.

»Und Bootsmaat Rand behauptet, ich habe sie überfallen?« fragte Kirk ganz ruhig.

»Ja, Sir«, sagte Spock. »Und der Geologe Fisher beschuldigt Sie, sowohl sie als auch ihn mißhandelt zu haben.«

»Ich habe in der letzten halben Stunde meine Kabine nicht verlassen«, sagte Kirk.

Spock hielt eine fast leergetrunkene Schnapsflasche in die Höhe.

»Was ist das?« fragte Kirk.

»Das ist die Flasche Schnaps, die Sie sich nach Aussage von Dr. McCoy in der Krankenstation geholt haben. Ich habe sie in Bootsmaat Rands Zimmer gefunden. Sie lag neben Fisher auf dem Boden.«

»Und McCoy behauptet, *ich* hätte diese Flasche bei ihm geholt?« Kirk spürte, daß er wieder einen dieser seltsamen Schwindelanfälle bekam. Er schloß die Augen; es war, als ob der Sternenhimmel um ihn kreiste. Er zwang sich, trotzdem aufzustehen.

»Dann ist es unsere Aufgabe, herauszufinden, was auf dem Schiff vor sich geht«, sagte er, schob Spock beiseite und trat auf den Korridor hinaus.

Die Aufzugtür schloß sich hinter ihnen – und der Doppelgänger Kirks, der in einem unbeleuchteten Seitenkorridor gelauert hatte, huschte wie ein Schatten zur Tür von Kirks Kabine. Schwer atmend blieb er davor stehen, dann öffnete er sie. Sein Blick fiel auf den Schließmechanismus der Schlafkabine. Er drückte den Knopf, ließ sich erschöpft aufs Bett fallen und schloß die Kabinentür hinter sich ab. Dann vergrub er sein Gesicht in die Kissen, um dem Anblick und den Geräuschen einer Welt zu entgehen, die ihn haßte.

In der Krankenstation berichtete Bootsmaat Rand: »Dann küßte er mich und sagte, daß wir... ich sollte... Er sagte, er sei der Kapitän und könne mir befehlen...«

Sie richtete ihre Worte an Spock, hielt ihre Augen gesenkt und betrachtete ihre kalten Hände, um dem Blick des Captains nicht zu begegnen.

»Erzählen Sie weiter«, sagte Kirk.

Sie hob den Blick und sah ihn an. »Ich... ich wußte nicht mehr, was ich tun sollte. Als Sie zu mir sagten, Sie hätten mir gegenüber schon immer... zärtliche Gefühle gehegt, sie immer nur verborgen...«

»Habe ich Sie richtig verstanden, Bootsmaat Rand? Ich soll gesagt haben, daß ich Ihnen gegenüber schon immer zärtliche Gefühle gehegt habe?« fragte Kirk.

»Ja, Sir. Das haben Sie gesagt.« Sie drehte sich um und wandte sich verzweifelt an McCoy. »Er *ist* doch der Captain, Doktor!« Ihr

Gesicht wurde starr. »Ich konnte nicht mit Ihnen sprechen, Captain!« stieß sie hervor. »Ich mußte mich gegen Ihre Zudringlichkeit zur Wehr setzen, Sie stoppen, Ihnen das Gesicht zerkratzen...«

»Bootsmaat Rand«, sagte Kirk, trat näher und tat so, als bemerke er nicht, wie sie vor ihm zurückschauderte. »Sehen Sie mich genau an! Betrachten Sie mein Gesicht. Sehen Sie irgendwelche Kratzspuren?«

»Nein, Sir«, antwortete sie.

»Ich war in meiner Kabine und habe keinen Schritt vor die Tür getan, Bootsmaat. Wie könnte ich gleichzeitig in Ihrer *und* meiner Kabine gewesen sein?«

Sie rang die Hände. »Aber...« Sie brach ab und schluchzte. »Ich werde doch am besten wissen, was geschehen ist. Und *Sie* sind es gewesen! Ich... ich möchte nicht, daß Sie meinetwegen in Schwierigkeiten geraten. Ich hätte vielleicht kein Wort über die Sache verlauten lassen, wenn der Geologe Fisher nicht hinzugekommen wäre...«

»Bootsmaat«, sagte Kirk. »Das war nicht *ich!*«

Sie begann zu weinen. Sie sah sehr klein und sehr jung aus in ihrer zerknitterten Uniform und mit ihrem tränennassen Gesicht. Kirk streckte die Hand aus, um sie ihr beruhigend auf die Schulter zu legen, aber sie zuckte zurück, als ginge er mit einem Brandeisen auf sie los.

»Sie können jetzt in Ihre Kabine zurückgehen, Bootsmaat«, sagte Spock.

Sie wischte sich die Tränen ab und stand auf. Als sie an der Tür war, sagte Kirk: »Bootsmaat!« Sie blieb stehen. *»Das war nicht ich«*, wiederholte er. Sie ging hinaus, ohne sich noch einmal umzudrehen.

Spock brach das Schweigen. »Captain. Wir müssen einen Betrüger an Bord haben.«

Das war typisch für Spock, *er* zweifelte nicht an ihm. Kirk öffnete seinen Uniformkragen, als sei er ihm plötzlich zu eng geworden. Nach einem Moment des Zögerns ging er zur Tür des Behandlungsraums, durch die McCoy verschwunden war, um den verletzten Fisher wieder zusammenzuflicken. Er fand den Doktor an der Arbeit, zu beschäftigt, um aufzublicken, aber Fisher, der ausgestreckt auf dem Operationstisch lag, sah ihm entgegen – und in den Augen des Geologen war unverhohlener Haß.

Das Intercom summte, und Scotts Stimme sagte: »Captain, haben Sie einen Moment Zeit, um zu uns in den Transporterraum zu kommen?«

Als Kirk den Korridor entlangging, sah er immer noch die haßerfüllten Augen Fishers vor sich. Wenn Spock, der schweigend neben ihm ging, nicht bei ihm gewesen wäre, er hätte kaum den Mut gehabt, der Bitte Scotts nachzukommen. Sicher hatte auch der Chefingenieur über das Intercom Details über die angeblichen amourösen Abenteuer des Captains mitgekriegt. Doch wenn er etwas darüber gehört hatte, er ließ sich nichts anmerken. Seine ganze Aufmerksamkeit galt dem defekten Transporter. Er blickte von seiner Kontrollkonsole auf, als Kirk und Spock eintraten.

»Das Gerät ist zusammengebrochen«, sagte er, und zu den Technikern gewandt: »Testen Sie die Schaltkreise durch, aber alle!« Das sanftmütige hundeähnliche Wesen, das sie auf dem Planeten gefunden hatten, lag neben der Konsole. Scott deutete darauf: »Wir haben dieses Tier heraufgebeamt, Sir, und…«

»Und was?« fragte Kirk.

Scott kratzte sich verlegen am Kinn und sagte: »Ja, einmal ist es hier, und dort drüben in der Kiste ist es noch einmal.«

Er verließ sein Kontrollpult und ging mit Kirk und Spock zu einem verschlossenen Behälter. Ein drohendes Knurren schlug ihnen entgegen. Vorsichtig hob Scott den Deckel; das Tier fletschte wütend die Zähne, Schaum stand ihm vor dem Maul, es duckte sich zum Sprung. Scott ließ rasch den Deckel wieder zufallen.

»Es sieht wie der Zwilling des anderen aus«, sagte Spock nachdenklich. »Es könnte dasselbe Tier sein, wenn der Unterschied im Temperament nicht wäre.«

Scott war an seine Konsole zurückgekehrt, brachte das andere Tier herbei und streichelte es. »Ein paar Sekunden nachdem wir es heraufgeholt hatten, erschien sein Duplikat auf der Transporterplattform. Wenn das bei einem Menschen passiert wäre – ich wage gar nicht daran zu denken –, hätten wir vielleicht auch so ein bösartiges Gegenstück an Bord.«

Kirk sah ihn sehr ernst an, und Scott fuhr fort: »Das eine Exemplar ist friedfertig und brav wie dieses Tier hier – das andere böse, wölfisch, wild wie ein tollwütiger Hund, das ungezähmte, *raubtierhafte Gegenteil!* Captain, bevor wir nicht genau wissen, was mit dem Transporter los ist, können wir damit keinen von den Männern unseres Landekommandos heraufholen.«

»Du lieber Himmel!«

Es war Kirk, der diesen Seufzer ausstieß, als es ihm wie Schuppen von den Augen fiel. Es gab keinen Betrüger, der unter seiner Maske an Bord der *Enterprise* sein Unwesen trieb, sondern sein Ebenbild, dieser dunkle, triebhafte Doppelgänger, den jeder Sterbliche von der Wiege bis zur Bahre mit sich herumträgt. Sein Bruder Kain war es, der durch die Korridore der *Enterprise* irrte, haßerfüllt, dumpf brütend, verbittert nach vielen Jahren der Unterdrückung als Gefangener des Bewußtseins, der Pflicht, der Verantwortung. Irgendwie war er aus seinem Käfig entwichen und lief frei herum, trug *sein* Gesicht, hatte *seine* Stimme und strich durch *sein* Schiff.

Er bemerkte, daß Spock ihn aufmerksam ansah. Der Vulkanier hatte das lammfromme Tier auf den Armen und kraulte es. Irgendwie wirkten seine Bewegungen auch auf ihn beruhigend. Endlich war er in der Lage zu sprechen.

»Haben Sie eine Ahnung, durch welchen Effekt diese Verdoppelung zustande gekommen ist, Scotty?«

»Ich glaube, wir haben es herausgefunden. Als Fisher heraufkam, hatte er so gelbes, schlammiges Zeug an seinem Anzug, irgendein Erz, er behauptete es jedenfalls. Von den Spritzern ist etwas abgebröckelt und auf die Transporterplattform gefallen. Wir haben es untersucht und stellten fest, daß es unbekannte magnetische Beimengungen enthält. Vielleicht kam dadurch eine Überbelastung zustande. Aber genau wissen wir das nicht – noch nicht.«

»Aber der Transporter arbeitet noch.«

»Ja, Sir. Aber wenn wir mit ihm die Leute vom Landekommando heraufholen, werden sie vielleicht ebenso verdoppelt wie Sie...« Er biß sich auf die Lippen und korrigierte sich. »...wie das Tier, Captain.«

Also wußte Scott doch Bescheid.

»Wie lange werden Sie brauchen, um den Fehler festzustellen?«

»Das kann ich nicht sagen, Sir.«

Kirk zwang sich zur Ruhe, versuchte nachzudenken. »Wir können die vier Männer nicht einfach da unten sitzen lassen. Sie würden erfrieren. Bei Nacht fällt die Temperatur im Landegebiet unter minus hundert Grad.«

»Wir tun, was wir können, Captain.«

Kirk sah sich die Transporterplattform an. Wo steckte der geheimnisvolle Fehler? Das Gerät hatte schon viele tausend Transporte durchgeführt und immer einwandfrei funktioniert, er selbst hatte sich ihm schon unzählige Male anvertraut und war heil wieder materialisiert worden. Warum diesmal nicht? *Was war geschehen?* Wann und wie hatte er sich geteilt wie ein einzelliger Organismus, der sich selbst reproduzierte? Wieder spürte er das Schwindelgefühl im Kopf. Die Transporterplattform war leer und behielt ihr Geheimnis für sich.

Spock war nähergetreten und stand neben ihm. »Was Ihr Duplikat anbetrifft, Sir...«

Kirk sah ihn an, als erwache er aus einem Alptraum. »Ja, wir müssen ihn finden. Stellen Sie Suchkommandos zusammen, Mr. Spock. Wir müssen das ganze Schiff auf den Kopf stellen.«

»Wir können nicht riskieren, ihn zu töten«, sagte Spock. »Wir haben keine Daten, Sir, und keine Ahnung, welchen Effekt sein Tod auf Sie haben könnte.«

Also war sich Spock der Tragweite des Problems bewußt.

»Sie haben recht«, sagte Kirk. »Wir wissen es nicht, aber es könnte sein, daß er bewaffnet ist... Rüsten Sie die Leute mit Phasern aus, sie sollen die Waffen auf Betäubung schalten. Er muß lebendig gefangen werden... Wenn jemand auf ihn schießt, um ihn zu töten, stirbt er möglicherweise gar nicht... Auf diese Weise werden wir ihn nicht los...«

Spock bemerkte die Pausen, die Kirk beim Sprechen machte. Er mußte Schwierigkeiten haben, sich zu konzentrieren. Seine Sätze klangen merkwürdig unzusammenhängend. Nein, es bestand kein Zweifel, dies war nicht der entschlossen handelnde und sichere Kirk, den er kannte.

»Es dürfte nicht einfach sein, den Suchtrupps zu befehlen, jemanden festzunehmen, der Ihnen aufs Haar gleicht, Captain.«

»Sagen Sie den Leuten…« Kirk brach ab und sah ihn hilflos an. »Ich werde am besten zur ganzen Mannschaft sprechen… Sagen Sie den Leuten, was geschehen ist, das können Sie ebensogut… Es ist eine gute Mannschaft… die Leute haben es verdient, daß man ihnen reinen Wein einschenkt…«

»Ich muß Ihnen widersprechen, Sir«, sagte Spock. »Sie sind der Captain dieses Schiffs. Sie können es sich nicht leisten, in den Augen der Mannschaft verletzlich zu erscheinen. Es ist Ihre Pflicht und Schuldigkeit, den Leuten zu zeigen, daß Sie der Captain und damit perfekt sind. Es tut mir leid, Sir, aber so sind die Tatsachen. Sie würden das Vertrauen in Sie verlieren – und Sie Ihr Kommando.«

Kirk preßte beide Hände an die Stirn. »Das weiß ich, Spock. Wie konnte ich das vergessen?« Er drehte sich um und ging, dann blieb er stehen und sagte, ohne sich umzuwenden: »Mr. Spock. Wenn ich es wieder vergessen sollte, dann *erinnern* Sie mich daran. Das ist ein Befehl.«

»Ja, Captain.«

Spock sah ihm nach, als er in aufrechter Haltung den Transporterraum verließ. Auf der Brücke stützte sich Kirk schwer auf die Seitenlehnen seines Kommandosessels, als er sich niederließ. Das Kommando führen – keine Schwäche zeigen, keinen Fehler machen, sich keine Unsicherheit anmerken lassen. Er riß sich zusammen und schaltete das Intercom ein.

»Hier spricht der Kapitän. An Bord befindet sich ein Betrüger, ein Mann, der genauso aussieht wie ich – und der vorgibt, ich zu sein. Dieser Mann ist gefährlich. Es ist größte Vorsicht geboten. Alle Offiziere und Mannschaften sind angewiesen, sich zu bewaffnen. Der Betrüger kann an Kratzwunden im Gesicht identifiziert werden.«

Die Meldung erreichte auch seinen Doppelgänger. Er setzte sich hastig in Kirks Bett auf.

»Ich wiederhole«, sagte die Stimme des Captains aus dem Intercom. »Der Betrüger kann an Kratzwunden im Gesicht identifiziert werden. Alle Meldungen der Suchtrupps sind an Mr. Spock zu richten. Schalten Sie Ihre Handphaser auf Betäubung. Der Betrüger darf nicht verletzt werden. Ich wiederhole: Der Betrüger darf nicht verletzt werden.«

Der Doppelgänger betastete die Kratzer in seinem Gesicht. Er stand auf, trat vor den Spiegel und betrachtete sein Spiegelbild.

»Betrüger?« murmelte er fassungslos. *»Ich bin Kirk!«* schrie er das Bild des Captains auf dem Bildschirm des Intercoms an. Er begann vor Wut zu zittern, griff nach einem Metallbehälter, der auf dem Toilettentisch stand, und schmetterte ihn in das Gerät. Das Geräusch des zersplitternden Glases erschreckte ihn. »Ich bin Kirk«, winselte er sein Spiegelbild an. Die Kratzwunden waren blutig, die umgebende Haut war angeschwollen. Um sie näher zu untersuchen, stieß er einen Tiegel mit Salbe beiseite; der Deckel löste sich und fiel herunter. Der Doppelgänger tauchte die Finger in die Salbe, studierte noch einmal die Kratzwunden, dann bestrich er sie mit der Salbe. Sie tat wohl auf der Haut und verdeckte die blutigen Striemen. Er grunzte zufrieden und schmierte sich noch mehr von der Salbe ins Gesicht. Plötzlich hörte er Schritte auf dem Korridor.

Als die Geräusche wieder verklungen waren, schloß er die Tür auf und ging in Kirks Arbeitszimmer. Dann öffnete er die Tür, die auf den Gang führte, einen Spalt breit. Wilson, der einen Arm voll Ersatzteile zum Transporterraum schleppte, kam den Korridor entlanggeeilt.

»Wilson!« rief der Doppelgänger. »Kommen Sie her!«

Wilson gehorchte.

»Geben Sie mir Ihre Waffe!«

»Zu Befehl, Sir.«

Als er ihm den Phaser aushändigte, sah Wilson die Salbe auf den Wangen seines Gegenübers. Er schöpfte Verdacht, aber es war zu spät. Der Doppelgänger faßte die Waffe am Lauf, holte aus und schlug ihm mit dem Kolben so lange ins Gesicht und auf den Kopf, bis der Techniker zu Boden ging. Dann zerrte er den Bewußtlosen in Kirks Kabine, trat wieder heraus und schloß die Tür hinter sich. Den blutverschmierten Phaser in der Faust, schlich er vorsichtig den Korridor entlang.

Unten auf der Oberfläche des Planeten brach die Nacht herein. Sulu und die drei Mannschaftsmitglieder, die mit ihm ausharren mußten, trugen Felsbrocken zusammen, um sich einen schützenden Wall gegen den eisigen Wind zu errichten. Die Temperatur war längst unter den Gefrierpunkt gefallen, und ein Schneeschauer hatte die Landschaft in Weiß gehüllt, so weit man noch sehen konnte.

Über den Kommunikator meldete sich Kirk: »Wie kommen Sie zurecht, Mr. Sulu? Haben Sie einen Unterschlupf aus Felsen gebaut?«

»Unterschlupf ist zuviel gesagt, Captain. Das Mäuerchen wird uns nicht viel nützen. Die Temperatur sinkt rasch.«

Die Männer waren nicht mit Kälteschutzkleidung ausgerüstet. Es fiel dem Captain schwer, zu sagen: »Kirk Ende.« »Kirk ist völlig am Ende«, hätte er sagen müssen, das entspräche den Tatsachen. Er war am Ende seiner Kräfte, hockte zusammengesunken in seinem Kommandosessel und kämpfte gegen einen neuen Schwindelanfall an.

»Wir müssen die Männer heraufholen!« sagte er zu Spock, doch dieser nahm gerade die Meldung eines Suchtrupps entgegen und hörte ihm nicht zu.

»Deck 5, Sektion 2 und 3 durchgesucht. Negativ, Sir. Wir nehmen uns jetzt Sektion 4 und 5 vor.«

»Verstanden«, sagte Spock und unterbrach die Verbindung, um Kontakt mit einem anderen Trupp aufzunehmen.

»Hier Suchtrupp 8, Sir. Wir haben soeben den Transporter-Techniker Wilson gefunden. Er kam aus der Kabine des Captains gekrochen. Er ist übel zugerichtet, Platzwunden im Gesicht und am Kopf. Er sagt, daß ihn der Betrüger angegriffen, ihn beim Namen gerufen und ihm seinen Phaser weggenommen hat.«

»Bringen Sie ihn zur Krankenstation«, sagte Spock, »und setzen Sie die Suche fort.«

»Wir müssen diesen... diesen Doppelgänger von mir finden, Spock, bevor er...« Kirk stockte. »Aber wie, Spock, wie?«

»Sir, er verfügt offensichtlich über Ihre Kenntnisse, was das Schiff, die Mannschaft und die Einrichtungen an Bord anbelangt. Wenn es so ist, können wir vielleicht seine nächsten Schritte vorausberechnen. Wie würden *Sie,* der Sie das Schiff ebensogut kennen, reagieren, wenn Suchtrupps hinter Ihnen her wären, Sir?«

Zum erstenmal seit dem Unfall sprach Kirk, ohne zu zögern. »Nach unten, aufs Maschinendeck. Los!« befahl er.

Im Aufzug zog Spock seinen Phaser aus dem Gürtel. Ohne Kirk anzusehen, sagte er: »Ich stelle ihn nicht auf Töten, sondern auf Betäubung, Sir. Wie steht es mit Ihrem Phaser, Captain?«

Kirk verstand den Wink. Spock fuhr fort: »Dieses Wesen ist gefährlich. Glauben Sie nicht, daß wir noch ein paar Leute brauchen, wenn wir es finden?«

Wieder stand er vor einer quälenden Entscheidung. Nach einer Pause sagte Kirk: »Nein! Wenn wir meinen Doppelgänger finden, möchte ich außer Ihnen niemanden sonst bei mir haben.«

Er trat aus dem Aufzug, als Spock hinter ihm rief: *»Captain!«*

Kirk drehte sich um.

»Sie haben mir befohlen, Ihnen zu sagen, wenn Sie...«

»Ich habe *nein* gesagt, Mr. Spock. Ich will nur Sie bei mir haben.«

Auf dem untersten Deck der *Enterprise* befand sich die komplexe Maschinerie der Antriebe und der Energieversorgung des Schiffs. Es war ein riesiges Areal, blitzende Maschinen, dazwischen Schatten, Gänge, die schmäler und wieder breiter wurden, sich mit anderen Gängen kreuzten. Die Metallwände und Verstrebungen vibrierten von den gewaltigen Energieumsetzungen, die in den Meilern des Kernkraftwerks stattfanden. Spock umrundete einen Dynamo, als er plötzlich bemerkte, daß er allein war. Er drehte sich um und ging ein paar Schritte zurück.

Kirk, der gar nicht bemerkt hatte, daß Spock nicht mehr neben ihm war, starrte auf den Phaser in seiner Hand. Sein Anblick stieß ihn ab. Eine Waffe für einen Selbstmord war das. Der andere war ein Teil seines Selbst, ein Teil von ihm würde sterben, wenn er ihn tötete. Er steckte den Phaser in den Gürtel zurück.

Und sein Kain sah ihm zu, verborgen zwischen zwei Generatoren, wo er beim Nähern ihrer Schritte Zuflucht gesucht hatte. Sein Gesicht zeigte eine seltsame Mischung von Neugier und Haß. Er hob seinen Handphaser und trat aus dem Schatten heraus.

Kirk blieb abrupt stehen. Als er sein eigenes Gesicht im Gesicht seines Widerparts wiedererkannte, überlief ihn ein Schauer. Dieses namenlose Etwas, das ihm gegenübertrat, stand ihm näher, war mehr Teil seines Selbst, als es der Name war, den seine Eltern ihm gegeben hatten. Wie in Trance standen sich die beiden Kirks gegenüber und starrten sich an. Dann, als ob er von einer unbekannten, aber unwiderstehlichen Kraft angezogen würde, ging Kirk auf seinen Doppelgänger zu. Dessen Phaser richtete sich auf ihn.

Kirk sprach ihn an. Seine eigene Stimme klang ihm plötzlich fremd. Sie klang feierlich und beschwörend, als lüfte er ein Geheimnis, als spreche er eine Prophezeihung aus, die eine unwiderlegliche Wahrheit in sich barg: »Du darfst mich nicht verletzen«, sagte er. »Du darfst mich nicht töten. Du lebst nur, solange auch ich lebe.«

Sein Doppelgänger wurde unsicher, und Kirk, der sich fühlte wie ein Schlafwandler, wußte im selben Moment, daß sich auf dem Gesicht seines Gegenübers seine eigene Unsicherheit spiegelte, die ihn plötzlich überkam.

Doch der Augenblick des Zögerns ging rasch vorüber. *»Ich* brauche dich nicht!« sagte der Doppelgänger. »Ich glaube nicht, was du da sagst. Ich *kann* dich töten, ohne daß mir etwas geschieht!«

Kirk sah, daß die Waffe seines Gegenübers auf Töten eingestellt war. Langsam zog der Doppelgänger den Abzug durch. Kirk war wie gelähmt, doch Spock, wie ein Tiger im Sprung, schoß aus dem Schatten eines Generators heraus, packte mit der linken Hand die Faust mit der Waffe, stieß sie beiseite und landete seine Rechte mit der ganzen Wucht seines Sprungs am Kinn des Doppelgängers. Der brach in die Knie, ohne einen Laut von sich zu geben, und ging zu Boden. Doch noch im Fallen löste sich ein Schuß aus dem Phaser. Der Energiestrahl zischte knapp an Kirk vorbei und traf eine Maschine hinter ihm; sie begann hellrot zu glühen, ging in Flammen auf und explodierte.

Spock betrachtete den bewußtlosen Doppelgänger und meinte trocken: »Ich fürchte, er wird die Dienste von Doktor McCoy in Anspruch nehmen müssen.«

Die Sorge Spocks war berechtigt. McCoy wendete alle Kunstgriffe an, aber er konnte den Doppelgänger nicht zu Bewußtsein bringen.

Besorgt sahen Spock und Kirk dem Doktor zu, wie er sich immer wieder über die Gestalt auf der Liege beugte. McCoy arbeitete schweigend. Nach einer Weile trat Kirk ans Intercom, schaltete den Bildschirm ein und rief den Maschinenraum.

»Wie sieht es mit dem Transporter aus? Seid ihr mit dem Durchchecken der Schaltkreise immer noch nicht fertig, Scotty?« fragte er leise.

»Doch, Sir. Und wir dachten, wir hätten den Schaden behoben. Aber mittlerweile ist etwas anderes schiefgelaufen.«

»Was denn?« fragte Kirk.

»Wir wissen es noch nicht, Sir. Wir arbeiten daran. Ist das alles, Captain?«

Wieder konnte sich Kirk nicht dazu entschließen, mit Ja oder Nein zu antworten. Eine peinliche Pause entstand. Schließlich sagte Scott: »Ich glaube, ich mache mich besser wieder an die Arbeit, Sir.«

»Unten im Landegebiet ist es bereits Nacht!« schrie Kirk. »Finden Sie doch endlich heraus, was mit dem Gerät los ist, Scotty, und beheben Sie den Fehler, verdammt nochmal! Vier Menschenleben sind in Gefahr!«

»Wir tun unser Bestes, Sir«, versicherte Scott steif.

Kirk legte seine Stirn auf den kühlen Rahmen des Bildschirms. Sein Gesicht brannte. »Ich weiß, Scotty, daß Sie immer Ihr Bestes tun. Entschuldigen Sie – und bitte, halten Sie mich auf dem laufenden.«

»Selbstverständlich, Sir«, sagte der Chefingenieur.

McCoy hatte seine Untersuchung abgeschlossen. »Wie geht es ihm?« fragte Kirk.

»Blutdruck und Puls sind extrem hoch«, sagte McCoy. Er warf Spock einen vorwurfsvollen Blick zu. »Wahrscheinlich wegen des ungeheuren Schlages, den er ans Kinn abgekriegt hat.«

»Es war notwendig, Doktor.«

»Dieses... *Wesen* wird bald das Bewußtsein wiedererlangen. Wie seine psychologische Verfassung ist, kann ich beim besten Willen nicht voraussagen. Ich möchte ihm deshalb kein Beruhigungsmittel geben, aber es wäre vielleicht ratsam, es zu fesseln.«

Er sah Kirk fragend an und wartete auf seine Zustimmung. Der Captain hatte mit einemmal das Gefühl, ersticken zu müssen. Die Verantwortung lastete auf ihm wie ein tonnenschweres Gewicht, das ihn zu zermalmen drohte, und wieder sollte er eine Entscheidung treffen. Er schüttelte den Kopf und griff sich an die Schläfen, um einen klaren Gedanken fassen zu können. »Ja«, sagte er schließlich heiser, »fesseln Sie ihn. Ich wünschte, es könnte auch jemand mir sagen, was mit *mir* los ist.«

»Sie scheinen die Fähigkeit verloren zu haben, Entscheidungen zu treffen, Captain«, sagte Spock.

»Was?«

Der Doktor war gerade damit beschäftigt, den Doppelgänger an Händen und Füßen zu fesseln. Aber er hielt inne und warf Spock einen mißbilligenden Blick zu. Doch der Vulkanier ließ sich dadurch nicht stören und fuhr kühl und gelassen fort: »Ich schließe das aus meinen Beobachtungen«, sagte er. »Sie verlieren mehr und mehr die Fähigkeit, sich zum Handeln zu entschließen. Wenn kritische Situationen eintreten, zögern Sie, sind nicht in der Lage, den Ernst der Lage richtig einzuschätzen. Sie sind nicht einmal mehr imstande, sich selbst zu verteidigen. Sie haben es zum Beispiel abgelehnt, einige Wachsoldaten zur Hilfe zu rufen, als wir aufs Maschinendeck hinunterstiegen. Sie hätten sich in Schutzhaft begeben müssen, bis der Doppelgänger gefaßt worden wäre, um eine Verwechslung zu vermeiden.« Er stockte. »Sie haben schon Leute vom Dienst suspendiert, Captain, die in weniger ernsten Situationen gezögert haben, die im Augenblick der Gefahr weniger Passivität gezeigt haben.«

»Nun machen Sie aber einen Punkt!« fuhr ihn McCoy wütend an.

»Punkt?«

»Ja! Ich setze bei Ihnen voraus, daß Sie wissen, wenn Sie zu weit gegangen sind!« sagte McCoy.

»Ich analysiere die Situation, Doktor, ich mache keine Punkte«, sagte der Vulkanier kühl.

»Sie analysieren! Sie wühlen im Innersten des Captain herum, ohne Rücksicht auf Verluste! Das tun Sie, Mr. Spock! Merken Sie das nicht?«

»Soll das eine Zurechtweisung sein?« fragte Spock und fuhr ungerührt fort: »Die Zwiespältigkeiten der menschlichen Seele sind vielfältig«, sagte er. »Nehmen Sie zum Beispiel das Problem der Entscheidungsfähigkeit – und vor diesem Problem stehen wir im Augenblick. Entscheidungsfähigkeit setzt das Gleichgewicht von positiven und negativen moralischen Komponenten voraus, eine Ausgewogenheit zwischen beiden seelischen Energien. Brauchen Sie einen Beweis?«

Er wandte sich an Kirk. »Ihre negativen Energien sind Ihnen durch das Phänomen der Verdoppelung entzogen worden. Seitdem gelingt es Ihnen nicht mehr, sich zu einer Entscheidung durchzu*ringen,* weil der Partner in diesem Ringen fehlt. Sie lassen also die Dinge schleifen. Aber wie lange, glauben Sie, können Sie auf diese Weise das Kommando dieses Schiffs führen? Vielleicht sind Sie bald überhaupt nicht mehr in der Lage, eine Entscheidung zu treffen. Wollen Sie...«

McCoy schnitt ihm das Wort ab. »Jim! Gib ihm den Befehl, endlich seinen Mund zu halten!«

»Wenn ich in Ihrer schweren Situation emotional nicht feinfühlig genug reagicre, so bitte ich das zu entschuldigen. Ich bin nun einmal wie ich bin.«

»Da haben Sie verdammt recht!« schrie ihn McCoy an.

»Meine Herren!« sagte Kirk begütigend. Am Ende, immer ganz am Ende, stellte es sich heraus, daß man sein Kreuz doch ganz allein zu tragen hatte. Die Situation, so erschreckend sie war, mußte von ihm allein gemeistert werden. Er sah Spock und McCoy an und lächelte scheu. »Vielleicht stimmt es, daß ich die Fähigkeit verliere, das Kommando zu führen, aber ich habe sie noch nicht ganz verloren; und bis dahin hört bitte auf damit.«

Das Intercom auf McCoys Schreibtisch summte. Kirk schaltete es ein. »Hier Kirk.«

»Hier ist der Maschinenraum, Sir. Wir haben endlich den Fehler in der Transporteranlage gefunden. Eine Ionisiereinheit ist völlig demoliert, sieht aus, als hätte sie ein Phaserstrahl getroffen.«

Der Energiestrahl aus dem Phaser seines Doppelgängers, dieses abgetrennten Teils seines Selbst. Wenn seine Leute da unten auf der Planetenoberfläche erfroren, dann war es er, ihr Captain, dem sie vertrauten, der die Schuld an ihrem Tod hatte.

Er stand auf und ging zur Tür. »Sollte ich gebraucht werden«, sagte er. »Ich bin im Besprechungsraum.«

Unten auf dem Planeten hatten sie es fertiggebracht, ein Feuer anzuzünden. Es war fast dunkel, die Nacht war hereingebrochen. Die Kälte kroch aus dem Felsen und langsam an ihren Körpern hoch; sie hatten sich in ihrem Unterschlupf eng aneinander geschmiegt, um das bißchen Körperwärme zu halten. Sulu hielt seine Hände über das Feuer, um die Finger zu wärmen, damit er den Kommunikator bedienen konnte. Er fuhr sich mit der Zunge über seine ausgetrockneten, von der Kälte aufgesprungenen Lippen und krächzte: »Hallo, *Enterprise!* Könnt ihr uns einen Lagebericht geben? Die Temperatur hier unten ist inzwischen auf minus 60 Grad gefallen.«

»Hier spricht der Captain, Mr. Sulu. Wir haben den Fehler gefunden. Es kann nicht mehr lange dauern.«

»Wäre es möglich, Sir, daß Sie uns an einem Strick eine Kanne heißen Kaffee herunterlassen könnten?«

»Ich werde sehen, was sich machen läßt«, sagte Kirk.

»Wenn der Kaffee knapp sein sollte, Sir, Reiswein tut's auch.«

»Ich werde mich sofort mit der Kombüse in Verbindung setzen und das Gewünschte veranlassen, Mr. Sulu.« Und wieder mußte er mit »Kirk Ende« das Gespräch abschließen.

Er beobachtete seine Hand, wie sie sich dem Intercom näherte und über dem Knopf zögerte. Er hatte Angst, Scott anzurufen. Dann drückte er den Knopf.

»Wie steht's mit der beschädigten Einheit, Scotty?«

»Nicht mehr viel übrig von dem Ding, Sir.«

»Wie lang brauchen Sie für die Reparatur?«

»Tut mir leid, Sir, aber mindestens eine Woche.«

Eine Woche! Einhundertsechsundachtzig Stunden! Dem Tod durch Erfrieren geht ein barmherziger Schlaf voraus, sagte man. Allein im halbdunklen Besprechungsraum sitzend, wurde sich Kirk bewußt, daß sein grausamster Feind seine Vorstellungskraft war. Er sah es deutlich vor sich, wie die unvorstellbare Kälte die Oberfläche des Planeten umklammerte, der Schlaf kam, sich herabsenkte wie die Nacht, und dann der Tod, wenn das Blut seiner Männer zu Eis gefror. Sie konnten sich sicher kaum noch bewegen, wenn sie nicht schon erstarrt waren...

Die Realität stand seiner Vorstellungskraft in nichts nach. Sulu lag auf dem Bauch, um sich an dem erhitzten Felsen zu wärmen. Er überprüfte seinen Phaser, dann richtete er ihn auf einen zweiten Felsbrocken und bestrich ihn mit dem Energiestrahl. Nach wenigen Sekunden begann er zu glühen. Die anderen Männer eilten hin, um sich aufzuwärmen. Sulu bewegte seine inzwischen von der Kälte schwarz gewordenen Lippen und krächzte: »Die brauchen ja eine Ewigkeit mit dem Reiswein. Wir werden den Kellner nochmals rufen müssen.«

Keiner antwortete auf seinen Scherz, als er mit klammen Fingern seinen Kommunikator öffnete. »Hallo, *Enterprise!* Hier spricht Sulu.«

»Hier Kirk, Mr. Sulu.«

»Der Captain selbst am heißen Draht? Steht es so schlimm um uns, Sir?«

Kirk schlug mit der Faust auf den Tisch des Besprechungsraums. »Alle außer euch haben heute nachmittag frei. Ich bin der einzige, der im Dienst ist. Wie steht's bei euch da unten?«

»Ach, es ist ganz hübsch«, sagte Sulu. »Wir benutzen unsere Phaser, um ein paar Felsen aufzuwärmen. Eine der Pistolen ist leider schon leer, aber die drei anderen funktionieren noch. Besteht Aussicht, daß wir an Bord geholt werden, bevor hier unten die Skisaison beginnt?«

Das Eis – vielleicht war es tatsächlich barmherzig, ein schneller Tod, Schlaf. *Nachdenken!* befahl er sich, aber umsonst. Er konnte nicht denken. Wie Kometen schossen ihm Ideen durch den Kopf – und waren fort, bevor er sie festhalten konnte.

Er fühlte keine Überraschung, als Spock neben ihn trat und das Sprechgerät aufnahm, das ihm aus der Hand gefallen war.

»Hier spricht Spock, Mr. Sulu. Sie müssen noch etwas durchhalten! Haben Sie mich verstanden? *Durchhalten!* Überlebensmaßnahmen ergreifen, Mr. Sulu.«

»Genau so, wie wir es in Ihrem Trainingsprogramm gelernt haben, Mr. Spock?«

»Genau, Mr. Sulu.«

Kirk griff nach dem Kommunikator. »Sulu, lassen Sie sich unter keinen Umständen gehen... nicht unaufmerksam werden... immer denken, Mr. Sulu!... und hüten Sie sich vor dem Einschiafen...«

Als Spock schließlich sagte: »Spock Ende«, hatte Kirk das unwiderstehliche Gefühl, in die Krankenstation zurückkehren zu müssen. Er bestand schließlich nicht nur aus diesem Atavismus, der die Ionisiereinheit zerstört hatte, diesem anderen Teil seines Selbst. Er war ebenfalls Captain James T. Kirk vom Raumschiff *Enterprise.* Er mußte zurück in die Krankenstation, er mußte! Er hatte den Mut, das zu tun, vor dem er am meisten Angst hatte.

Sein Doppelgänger hatte inzwischen das Bewußtsein wiedererlangt, doch dieses Bewußtsein bestand nur aus einem Bündel emotionaler Regungen, aus Wut, Angst und Haß. Er riß verzweifelt an den Stricken, mit denen man ihn an die Liege gefesselt hatte, und stieß gurgelnde Schreie aus. Vor Anstrengung traten die Adern auf seiner Stirn hervor. Als Kirk den sich windenden Körper auf der Liege betrachtete, glaubte er den bitteren Geschmack der Raserei selbst im Mund zu spüren. Wie er spürte, was er spürte, wußte er nicht, aber er fühlte es mit jeder Faser seines Körpers diese ausweglose Panik, die seinen Doppelgänger im dunklen Labyrinth seines Kain-Schicksals heimsuchte.

»Er wird sich gleich beruhigen«, sagte McCoy. »Ich habe ihm ein Mittel gegeben. Es wird gleich wirken.« Er warf einen besorgten Blick auf die Konsole seines Medizin-Computers. Die Anzeigen wiesen bedrohliche Werte auf.

Wieder bäumte sich der Körper gegen seine Fesseln auf, dann – plötzlich – überfiel ihn ein Zittern, und er fiel zurück. Der Kopf rollte kraftlos zur Seite wie der Kopf einer zerbrochenen Puppe.

»Was ist los?« rief Kirk erregt. Die Werte auf den Anzeigegeräten fielen rapide ab.

»Ich hätte ihm kein Beruhigungsmittel geben dürfen«, sagte McCoy. »Es war mein Fehler. Sein Körper hat es offenbar nicht angenommen.«

»Er wird doch nicht sterben?« fragte Kirk entsetzt.

»Ich fürchte, ja«, sagte der Doktor tonlos.

»Nein«, flüsterte Kirk. »Nein, er darf nicht...« Er klammerte sich an McCoys Arm. »Ich kann nicht ohne ihn leben und er nicht ohne mich!«

McCoy schüttelte traurig den Kopf. Der Doppelgänger öffnete die Lippen und flüsterte: »Ich habe Angst! Ich habe furchtbare Angst!«

Der Captain beugte sich über ihn.

»Bitte, hilf mir«, flehte er Kirk an. »Ich habe Angst! Ich habe furchtbare Angst!« Er weinte.

Kirk ergriff seine Hand. McCoy wollte ihn daran hindern. »Jim, du solltest lieber nicht...«

Kirk beugte sich tiefer über ihn und redete beruhigend auf ihn ein: »Habe keine Angst. Spürst du meine Hand? Ich bin bei dir. Halte dich fest. Ich laß' dich nicht im Stich.«

»Angst«, wimmerte der Doppelgänger.

Aus irgendeiner unerforschlichen Tiefe seiner Seele fühlte Kirk Kraft emporsteigen. Es war ihm plötzlich, als hätte er diese Szene schon einmal erlebt. Die Worte, die ihm über die Lippen kamen, klangen ihm seltsam vertraut. »Du mußt dich an mir festhalten, man hat uns auseinandergerissen. Wir gehören zusammen. Bleib da! Nein, nicht loslassen! Halt dich fest! Noch fester!«

McCoy, der an seiner Computer-Konsole stand und die Anzeigen im Auge behielt, drehte sich plötzlich überrascht um, doch alles, was Kirk wahrnahm, waren die Augen seines Doppelgängers, *seine* Augen, die ihn hilfesuchend anstarrten. »Hab keine Angst«, sagte er beruhigend. »Du bist auf dem Rückweg. Du hast keine Angst mehr! *Du hast keine Angst mehr!* Du bist bei mir. Du bist zurück!«

McCoy legte ihm die Hand auf die Schulter. »Jim, er ist tatsächlich zurück.«

Kirk taumelte zu McCoys Schreibtisch und ließ sich in den Sessel fallen. »Ich habe das Gefühl, daß *du* jetzt einen Schnaps nötig hast«, sagte McCoy.

Er stürzte das Glas hinunter. Mit geschlossenen Augen sagte er: »Ich mußte ihn zurückholen, in mich, verstehst du, Pille; Auch wenn ich es nicht mag – dieses tückische, raubtierhafte Geschöpf in Menschengestalt – es muß sein. Es ist ein Teil von mir. Es ist auch *ich!*«

»Nimm es nicht so tragisch, Jim. Dieses Geschöpf tragen wir alle mit uns herum. Wir brauchen beide Teile unseres Selbst, das schlechte und das gute, um leben zu können. Mitleid ist die Basis der Versöhnung zwischen beiden. Mensch sein heißt, sowohl Lamm wie auch Wolf zu sein.«

»Mensch sein?« sagte Kirk bitter.

»Ja, *Mensch sein.* Erst dieser raubtierhafte, wölfische Teil macht Sie zu dem, was Sie sind. Gott möge verhüten, daß ich je mit Spock einer Meinung bin, aber in diesem Punkt hatte er recht. Ohne die Stärke des Raubtiers in dir wärst du nicht fähig, das Kommando über dieses Schiff zu führen. Und ohne die andere ebensowenig. Denn dann würde die Disziplin zu grausamer Härte pervertieren. Jim, es war die positive Seite des friedfertigen Lamms, die fähig war, diesen Wolf wieder ins Leben zurückzurufen...«

Der Doppelgänger hörte ihnen aufmerksam zu.

Das Intercom summte. Erschöpft sagte Kirk: »Hier spricht der Captain.«

»Hier Spock. Würden Sie bitte in den Transporterraum kommen? Wir glauben, eine Lösung gefunden zu haben.«

»Ich bin schon unterwegs«, sagte Kirk. Er wandte sich nach McCoy um. »Danke, Pille. Und halt mir die Daumen.«

»Sag Mr. Spock, daß ich jetzt ein vulkanisches Räucherstäbchen anzünde, um alle guten Geister herbeizurufen, und wenn das Zeug noch so bestialisch stinkt.«

Als sich die Tür hinter Kirk geschlossen hatte, stieß der Doppelgänger auf der Liege einen Schrei aus. *»Nein!«* rief er.

McCoy eilte erschrocken zu ihm. Der Doppelgänger hob den Kopf. »Nein! *Es ist nun alles unter Kontrolle*«, sagte er ruhig.

Im Transporterraum hielt Wilson das lammfromme hundeähnliche Geschöpf im Arm.

»Und wie sieht die Lösung aus?« fragte Kirk, als er eintrat.

»Wir haben eine Methode gefunden, den Transporterraum wieder sicher funktionieren zu lassen«, berichtete Scott. »Wir haben eine Reihe von überbrückenden Stromkreisen dazugeschaltet und einige Geräte angeschlossen, mit denen wir glauben, diese merkwürdige Materialisierungsverzögerung und damit die Verdoppelung verhindern zu können. Es dürften jetzt nicht mehr als 5 Punkte Toleranz in der Balance auftreten, und das ist ein sehr gutes Ergebnis.«

»Wir haben vor, die beiden Tiere gleichzeitig durch den Transporter zu schicken«, erklärte Spock.

So also versuchten sie das Problem zu lösen! Sie hofften, daß zwischen Entmaterialisieren und Rematerialisieren die beiden Hälften des Exemplars irgendwie wieder vereinigt würden. Verlief der Versuch erfolgreich, konnten sie es wagen, die restlichen Männer des Landekommandos heraufzuholen, ohne eine Verdoppelung befürchten zu müssen. Eine Hoffnung also nur. Nun, ohne Hoffnung konnte man nicht leben.

»Also gut«, sagte Kirk. »Versuchen wir es.«

Spock hob die Schutzverkleidung von der Transporterkonsole und nickte Scott zu. Der Chefingenieur hob den Deckel des Behälters, in dem sich das andere Tier befand. »Ich werde es am Nackenfell packen und es so gut wie möglich festhalten.« Er faßte in die Kiste und hob das Tier heraus. Es fauchte und versuchte sich aus Scotts Griff zu befreien.

»Tun Sie ihm nicht weh!« rief Kirk.

Spock drückte dem Tier die Injektionspistole an den Hals und zog ab. »Es tut nicht weh, Captain. Völlig schmerzlos. Das Biest wird nur für ein paar Augenblicke das Bewußtsein verlieren.« Das Fauchen erstarb. Spock nahm Scott das Tier ab und trug es zur Transporterplattform, wo Wilson schon mit dem anderen wartete. Sie legten beide dicht nebeneinander auf die Plattform.

»Wenn's jetzt nicht klappt...«, murmelte Scott an der Konsole und brach ab, als Spock ihm das Zeichen gab. Er legte den Hauptschalter um; die Plattform glühte auf, und die beiden Tiere verschwanden.

»Und jetzt Energie auf den Materialisator«, befahl Spock.

Scott drückte einen zweiten Schalter. Über der Plattform wirbelte ein Funkenregen – und beide Tiere erschienen.

Spock rannte zur Konsole und veränderte einige Einstellungen. »Sofort noch einmal!« befahl er. Der Prozeß wiederholte sich. Die

Tiere verschwanden, ein weiterer Schalter umgelegt: der Funkenregen bildete sich, formte sich unter der Einwirkung des Materialisators – *ein* Tier lag auf der Plattform.

»Er ist tot«, sagte Kirk.

»Nicht so voreilig, Jim«, sagte McCoy, der unbemerkt eingetreten war.

Kirk beobachtete den Doktor, der das Tier untersuchte. Es war tatsächlich tot. Er konnte keinen Herzschlag feststellen. In die atemlose Stille sagte Spock: »Es war der Schock – der Schock der Wiedervereinigung...«

Kirk stürzte aus dem Transporterraum.

Später, in der Krankenstation, gab McCoy einen vorläufigen Bericht über die mögliche Todesursache des Tiers ab, das vor ihm auf dem Operationstisch lag. »Es ist möglich, daß es der Schock war, der bei der Wiedervereinigung auftrat. Ein abschließendes Urteil kann ich erst nach einer sorgfältigen Autopsie fällen.«

»Wieso eigentlich Schock?« fragte Kirk.

»Es ist nur eine Vermutung, Jim.«

»Ja, gewiß, aber ihr beide habt sofort das Wort ›Schock‹ gebraucht. Warum?«

»Als Folge einer instinktiven Angst«, sagte Spock. »Das Tier ist außerstande, den Prozeß der Wiedervereinigung zu begreifen. Der Schreck, der bei dem Zusammenprall der beiden psychischen Hälften auftritt, ist sicher stark genug, um einen tödlichen Schock auszulösen. Eine andere Ursache für den Schock sehe ich nicht.« Er untersuchte das Tier sorgfältig. »Und eine andere Todesursache muß ausgeschlossen werden. Du kannst dich selbst davon überzeugen. Das Tier ist völlig unverletzt.«

Kirk suchte nach einer Antwort. »*Er* – dort auf der Liege – hat auch furchtbar Angst gehabt.« Er wandte sich nach McCoy um. »Du hast gesehen, *wie* er Angst hatte. Aber er hat es überlebt. Er hat es *überlebt!*«

»Um Haaresbreite«, erinnerte ihn McCoy. »Ich weiß, worauf du hinauswillst, Jim. Du willst mit deinem Doppelgänger durch den Transporter gehen, stimmt's? Nein, Jim! Nein und nochmals nein!«

»Da unten erfrieren vier meiner Leute«, sagte Kirk.

»Es gibt nicht den geringsten Anhaltspunkt dafür, daß das Tier vor Angst gestorben ist. Schock? Ja, möglich. Aber Angst? Das ist nur eine Hypothese!«

»Für die aber eine hohe Wahrscheinlichkeit spricht«, warf Spock ein.

»Zum Teufel mit Ihrer Wahrscheinlichkeit!« schrie ihn McCoy an. »Es ist Jims Leben, das dabei auf dem Spiel steht! Plötzlich geben Sie sich als Experte in Angstgefühlen aus! Das ist eine der tiefsten Emotionen der menschlichen Seele, Mr. Spock. Was verstehen Sie davon?«

»Darf ich Sie daran erinnern, Doktor, daß ich zur Hälfte Mensch bin«, sagte Spock gelassen. »Ich weiß besser Bescheid als Sie, was es heißt, mit zwei verschiedenen Veranlagungen zu leben. Ich kenne die Qual, aus zwei verschiedenen Ichs zu bestehen. Ich überlebe es jeden Tag.«

»Mag sein. Aber unser Problem ist das einwandfreie Funktionieren einer Maschine. Welche Wahrscheinlichkeit spricht dafür, daß der Transporter uns nicht im Stich läßt? Funktioniert er verläßlich? Sie wissen es nicht. Noch eine Hypothese? Nichts als Hoffnungen und Vermutungen!«

»Ich gehe mit ihm durch den Transporter«, sagte Kirk.

In einer Geste der Hoffnungslosigkeit und Resignation hob McCoy beide Arme. »Du hast wirklich mehr Mut als Verstand. Benütze doch, in Gottes Namen, deinen Kopf!«

»Ich hole meine vier Leute an Bord zurück«, sagte Kirk. »Und das können wir erst riskieren, wenn wir genau wissen, woran das Tier gestorben ist, vor Angst oder an einem Versagen des Transporters.«

»Ich möchte die armen Kerle da unten auch retten, Jim! Aber du bist für dieses Schiff wichtiger als vier Leute von der Mannschaft. Das klingt brutal, aber es ist die Wahrheit – und das weißt du auch!«

Kirk hörte ihm zu und spürte, wie das Zögern ihn wieder überkam, der Zweifel an ihm nagte. »Ich... ich muß es versuchen«, sagte er. »Wenn ich es nicht versuche, sind die vier zum Tode verurteilt und ich ebenfalls, selbst wenn ich lebendig hier herumlaufe. Ich bin nur die Hälfte meines Selbst, Pille. Was soll das Schiff mit einem halben Mann als Captain?«

»Jim, tu mir einen Gefallen. Laß mich an dem Tier eine Autopsie vornehmen, bevor du eine endgültige Entscheidung triffst.«

»Wir haben schon viel zuviel Zeit verloren«, sagte Kirk.

»Dann gib wenigstens Spock noch etwas Zeit, mit Scotty den Transporter durchzutesten. Ich gehe inzwischen ins Labor und führe die Autopsie durch.« McCoy hob das tote Tier auf und hüllte es in ein Laken. »Warte, Jim. Bitte warte!« Er eilte ins Labor.

»Ich werde den Transporter noch einmal durchtesten, sobald der Doktor ein Ergebnis hat«, sagte Spock.

Kirk wirbelte herum. »Ich brauche kein Kindermädchen, Mr. Spock!«

»Sobald der Doktor ein Ergebnis hat«. Genau diese sechs Worte hatte er zuviel gesagt, dachte Spock.

Der geschwächte Wille des Captains stahl sich schon in alle Entscheidungen an Bord, Zweifel, Unsicherheit und überflüssige Debatten nahmen zu. Es war ein Fehler gewesen, die letzten sechs Worte hinzuzufügen.

»Bitte entschuldigen Sie mich, Captain«, sagte er.

Kirk nickte und blickte ihm nach, als er den Raum verließ. Nur ein halber Mensch, dieser Spock, dachte er, aber auf Schritt und Tritt begegnete man seiner Humanität, seiner menschlichen Anteilnahme. Er war ihm dankbar für seine Haltung, denn sie half ihm, das zu tun, was er nun vorhatte.

Er war gerade in den Bettentrakt der Krankenstation zurückgekehrt, als sich Sulus Stimme meldete.

»Hier ist Kirk, Mr. Sulu.«

Die Stimme war nur noch ein Flüstern. »Captain... die Felsen sind kalt... die Phaser sind leer... einer von uns... ist schon bewußtlos... wir halten nicht... mehr lange durch...« Der Kommunikator knackte. »Captain... der Kommunikator... friert ein... keine Zeit mehr... keine Zeit...«

Das Flüstern wurde immer leiser und verstummte, nur der Kommunikator knisterte und knackte. Kirk ließ sich am Rand der Liege nieder, auf der sein Doppelgänger lag. Vier Leben standen da unten auf dem Spiel, zwei beim Durchgang durch den Transporter. Es gab keine Alternative.

Sein Doppelgänger fragte ängstlich: »Was hast du vor?«

Kirk antwortete nicht und knüpfte die Stricke los, mit denen man sein Duplikat an die Liege gefesselt hatte; dieser streckte die Hand nach seinem Gürtel aus und berührte den Phaser.

»Jetzt brauchst du ihn nicht mehr«, sagte er. »Ich wehre mich nicht mehr gegen dich. Aber was hast du vor?«

»Wir werden jetzt gemeinsam durch den Transporter gehen«, sagte Kirk.

Der Doppelgänger fuhr erschrocken zusammen, doch dann entspannte er sich wieder. »Das also hast du vor.«

»Es bleibt mir nichts anderes übrig. Ich muß es tun«, sagte Kirk, löste die letzte Fessel, trat einen Schritt zurück und zog den Phaser.

Schwerfällig erhob sich der Doppelgänger und mußte sich am Rand der Liege festhalten. »Ich fühle mich hundeelend«, sagte er. »Ich bin froh, wenn wir es endlich hinter uns haben.«

»Dann komm«, sagte Kirk.

Der Doppelgänger setzte sich in Bewegung, strauchelte aber schon nach dem ersten Schritt und stöhnte. Er versuchte es von neuem, stolperte wieder, und Kirk trat unwillkürlich näher, um ihm aufzuhelfen. Zu spät sah er, daß er damit einen Fehler gemacht hatte. Der Doppelgänger rammte ihm die Schulter in die Magengrube, Kirk fiel nach hinten, und der Phaser fiel zu Boden. Bevor Kirk wieder auf den Beinen war, hatte der andere die Waffe in der Hand.

»Das darfst du nicht…«, schrie Kirk, da traf ihn der Kolben an der Schläfe. Der Schlag schleuderte ihn halb bewußtlos auf die Liege. Sein Doppelgänger befingerte die Kratzwunden in seinem Gesicht. McCoy hatte sie behandelt; sie waren kaum noch sichtbar. Dann fesselte er Kirk mit den Stricken an die Liege.

»Jetzt bin ich *du*«, sagte er grinsend, als er fertig war, und trat auf unsicheren Beinen in den Korridor hinaus. Die Tür des Aufzugs am Ende des Gangs glitt auf, Janice Rand befand sich darin. Der Doppelgänger riß sich zusammen und versuchte, sich seinen unsicheren Gang nicht anmerken zu lassen.

»Wie geht es Ihnen, Bootsmaat Rand?«

»Captain...?« sagte das Mädchen nervös.

Er lächelte sie an. »Ist das eine Frage? Nein, ich bin nicht der Betrüger. Fühlen Sie sich jetzt besser?«

»Ja, Sir. Ich danke Ihnen.«

»Sehr gut.«

Vielleicht war jetzt der geeignete Moment, dachte Janice. Sie hatte dem Mann furchtbar unrecht getan. »Captain«, sagte sie, »ich möchte mich bei Ihnen entschuldigen. Wenn ich Schuld haben sollte, daß...«

Er grinste sie an. »Das ist ein großes Wort, dieses ›wenn‹. Ich verstehe, Bootsmaat. Ich hoffe sogar, daß Sie recht haben, aber ich bin Ihnen eine ganz persönliche Erklärung schuldig.«

»Nein«, sagte sie. »Ich bin es, die Ihnen eine Erklärung schuldig...«

»Nun, dann nennen wir es mal eine Klarstellung«, sagte er. »Ich verlasse mich auf Ihre Diskretion. Es hat an Bord nie einen Betrüger gegeben, nicht im eigentlichen Sinn wenigstens. Im Transporter ist ein Fehler aufgetreten, durch die Störung wurde eine Art Doppelgänger von mir produziert. Es ist bisher noch nicht geklärt, wie das passieren konnte, aber was wir wissen, erkläre ich Ihnen später. Sie haben ja wirklich ein Recht darauf, es zu erfahren. Zufrieden?«

Sie nickte irritiert. »Danke, Sir.«

Die Aufzugstür öffnete sich; höflich trat der Doppelgänger beiseite und ließ sie aussteigen. Als sich die Tür wieder geschlossen hatte und der Aufzug sich zum Brückendeck hinaus in Bewegung setzte, schüttelte sich der Doppelgänger vor Lachen. Er hieb mit der Hand gegen die Wand und rief: »*Mein* Schiff. Mein – ganz allein!«

Er riß sich zusammen, als er auf die Brücke trat, und nahm im Kommandosessel Platz. Mit besorgtem Gesicht meldete Farrell: »Von Sulu kommt keine Nachricht mehr, Captain.«

Er nahm keine Notiz von der Meldung. Spock kam herein, eilte auf ihn zu und sagte: »Ich hatte Sie im Transporterraum erwartet, Sir.«

»Ich habe meinen Entschluß geändert«, sagte er und bemühte

sich, den Vulkanier nicht anzusehen. »Gehen Sie auf Ihre Station, Mr. Spock.«

Spock wandte sich langsam ab und ging zu seinen Computern. Ein sehr schneller Entschluß für jemanden, der sich bis vor wenigen Minuten zu nichts mehr entschließen konnte, dachte er.

»Mr. Farrell! Berechnen Sie einen neuen Kurs. Wir verlassen die Umlaufbahn.«

Wenn er befohlen hätte, die Selbstvernichtungsanlage zu aktivieren, hätte er keine geringere Wirkung erzielt als mit seinen Worten. Farrell starrte ihn ungläubig an; der Doppelgänger wurde sich plötzlich bewußt, daß alle Augen der Brückenbesatzung auf ihn gerichtet waren.

»Captain...«, begann Farrell.

»Haben Sie meinen Befehl nicht gehört, Mr. Farrell?«

»N – natürlich, Sir«, stammelte Farrell. »Aber was ist mit den...«

»Sie sind nicht mehr zu retten! Sie sind bereits tot!« sagte er und fuhr mit erhobener Stimme fort. »Bereiten Sie das Verlassen der Umlaufbahn vor, Mr. Farrell!«

»Zu Befehl, Sir«, antwortete Farrell und schaltete den Kursrechner ein, als sich die Aufzugstür öffnete. McCoy und Kirk traten heraus. Der Captain hatte eine Wunde an der Schläfe und litt noch sichtlich an den Nachwirkungen des Schlags, doch der Phaser lag ganz ruhig in seiner Hand. Der Doppelgänger fuhr aus dem Kommandosessel hoch und deutete auf Kirk: »Da ist der Betrüger! Nehmt ihn fest!«

Niemand rührte sich.

»Sie sind der Betrüger«, sagte McCoy ruhig.

»Glaubt ihm nicht!« kreischte der Doppelgänger. »Nehmt sie beide fest!«

Kirk ging auf den Kommandosessel zu, McCoy begleitete ihn.

Spock hob fragend die Hand und schüttelte den Kopf. Der Doktor nickte und blieb stehen. Kirk ging allein weiter.

»Du wolltest mich töten, habe ich recht? Du wolltest das Schiff haben! Aber es gehört *mir!*«

Farrell sprang von seinem Platz auf, aber Spock legte ihm die Hand auf die Schulter und hielt ihn zurück. »Das ist eine private

Angelegenheit des Captains«, sagte er.

Langsam ging Kirk auf sein Gegenüber zu, Schritt für Schritt wich der Doppelgänger zurück und stieß wüste Beschimpfungen aus.

»Ihr Schweine! Ihr dreckigen Feiglinge! Ihr laßt mich im Stich und glaubt diesem Lügner da! Er wird euch ins Verderben führen! Vier von euch mußten schon dran glauben! Das ist *mein* Schiff! Es gehört *mir* – und ihr alle auch!«

Kirk drückte ab. Der Doppelgänger brach in die Knie und fiel aufs Gesicht.

»Spock, Pille«, sagte Kirk ruhig. »Bitte beeilt euch.«

Kirk stand auf der Transporterplattform und sah ungeduldig zu, wie der Körper des bewußtlosen Doppelgängers zu seinen Füßen gelegt wurde.

»Sie sollten ihn vielleicht besser festhalten«, meinte Spock.

Kirk setzte sich auf die Plattform, hob den Kopf des Bewußtlosen, bettete ihn an seine Schulter und legte einen Arm um ihn. Dann blickte er auf.

»Mr. Spock...«

»Ja, Sir?«

»Sollte es schiefgehen...«

»Ich habe verstanden, Sir.«

»Jim!« brach es aus McCoy heraus. »Jim, tu's nicht! Noch nicht! Warte noch, in Gottes Namen!«

»Übernehmen Sie die Konsole, Mr. Spock«, sagte Kirk.

Spock fühlte, daß der menschliche Teil seines Ichs ihn übermannte. Vielleicht war es wirklich das letzte Mal, daß er Kirk lebend sah.

Er trat an die Konsole und beugte sich tief über seiner zitternden Hände, als er die Schalter umlegte. Als er den Kopf wieder hob, war sein Gesicht wieder ruhig und gelassen.

»Ich gebe Energie, Sir.«

Er sah, daß Kirk seinen Doppelgänger noch enger an sich preßte. Die Körper glühten auf im Transporter-Effekt, und Spock betrachtete die zwei Gestalten, die sich in inniger Umarmung wie zwei unzertrennliche Brüder in Nichts auflösten. Ohne zu zögern, schaltete Spock um, das Brummen des Materialisators schwoll an, die Spannung wuchs, der Funkenregen erschien, verdichtete sich.

McCoy rannte auf die Plattform zu.

Kirk war zurück – *allein*!

»Jim, Jim«, schrie McCoy.

»Hallo, Pille«, sagte Kirk, stieg von der Plattform herab und ging zur Konsole. »Mr. Spock«, sagte er. »Holen Sie sofort die Leute herauf.«

Spock schluckte. »Ja, Captain. Sofort, Sir.«

Aber es ging nicht so schnell. Es dauerte fast zwanzig Minuten, bis auf der Transporterplattform vier reglose Körper erschienen.

McCoy richtete sich auf und schaltete seinen Tricorder ab. »Sie werden durchkommen, Jim. Die Idee, mit den Phasern die Felsen zu erhitzen, hat ihnen das Leben gerettet. Sie haben sich zwar alle schwere Erfrierungen zugezogen, aber ich bin zuversichtlich – sie werden es schaffen.«

Plötzlich fiel ihm auf, daß Kirk kreideweiß im Gesicht war. »Wie fühlst du dich, Jim?« fragte er besorgt.

Kirk lächelte traurig. »Wie heißt diese alte Redensart, Pille? Um eine Erfahrung reicher? Ich habe zwar eine Erfahrung gemacht, aber reicher fühle ich mich nicht – im Gegenteil: ärmer – und traurig.«

»Fühle dich ganz als Teil der menschlichen Rasse, Jim.«

Es herrschte eine geradezu feierliche Stimmung, als Kirk auf die Brücke zurückkehrte. Er ging zur Computerstation und sagte zu Spock: »Ohne Sie hätte ich es nicht geschafft, ich habe Ihnen zu danken.«

»Ich danke Ihnen, Captain. Aber was wollen Sie offiziell der Mannschaft über den Vorfall bekanntgeben?«

»Die Wahrheit, Mr. Spock, daß der Betrüger jetzt wieder genau dort ist, wo er hingehört.«

Janice Rand trat auf ihn zu. »Ich möchte Ihnen nur sagen, Captain, wie glücklich ich bin, daß Sie...«

»Ich danke Ihnen, Bootsmaat«, sagte Kirk, wandte sich ab und nahm in seinem Kommandosessel Platz. Das Mädchen sah ihn an, und Spock beobachtete amüsiert die Blicke des Mädchens.

»Dieser Betrüger hatte ein paar recht interessante Eigenschaften«, sagte er. »Und sicher ähnelte er auch darin dem Captain. Logischerweise. Ich bin sicher, daß Sie in diesem Punkt mit mir einer Meinung sind, Bootsmaat Rand.«

Das Mädchen wurde rot bis hinter die Ohren, aber sie warf den Kopf herum, sah ihm mutig in seine rätselhaften Augen und sagte: »Gewiß, Mr. Spock. Dieser Betrüger hatte in der Tat ein paar überaus interessante Eigenschaften.«

Die Katze

Unaufhörlich knisterten und knatterten statische Geräusche aus den Empfangslautsprechern von Leutnant Uhuras Funkstation. Aber das war noch das Erträglichste, mit dem Pyris VII sie belästigte. Er hatte sich als dunkler, ungastlicher Planet erwiesen, seit die *Enterprise* in eine Umlaufbahn eingeschwenkt war, als ein riesiger schwarzer Granitbrocken, der rotierend auf seiner Bahn durchs All zog, nutzlos, düster und ohne Leben – außer den Männern des Landekommandos, die man zu einer Routineuntersuchung und wegen Überprüfungsberichten hinuntergeschickt hatte. Und das war das schlimmste – die Berichte blieben aus. Das Kommando bestand aus Sulu, Scott und Jackson, einem Mann von der Mannschaft. Sie waren alle drei erfahrene Leute und mit dieser Aufgabe vertraut; sie wußten ganz genau, daß es für ein Landekommando, das sich auf einem unerforschten Planeten befand, Vorschrift war, mindestens einmal stündlich mit dem Mutterschiff Kontakt aufzunehmen und über die Beobachtungen Bericht zu erstatten.

Uhura warf Kirk einen besorgten Blick zu. »Immer noch keine Antwort, Sir.«

»Versuchen Sie es weiter.«

Kirk runzelte mißmutig die Stirn, als wieder ein Schauer statischer Geräusche aus den Lautsprechern prasselte. »Die Sache gefällt mir nicht. Wir haben seit der ersten Bestätigung keine Nachricht. Schon vor einer halben Stunde hätten sich Scott und Sulu rühren sollen.«

»Vielleicht gibt es nichts zu berichten«, sagte Spock. »Pyris VII gehört zwar zu den Planeten der Klasse M und könnte für Menschen bewohnbar sein, aber die Sensoren registrieren keine Lebensform außer unseren Leuten, die wir hinuntergebeamt haben.«

»Trotzdem, Scott und Sulu wissen genau, daß sie Kontakt aufzunehmen haben, auch wenn es nichts zu berichten gibt. Warum rühren sie sich nicht?«

Uhura, die an den Kontrollen drehte und angestrengt in ihr Ohrgerät lauschte, hob plötzlich die Hand. »Kontakt hergestellt, Captain«, sagte sie erleichtert.

Kirk schaltete seinen Kommunikator ein. Jacksons Stimme war zu hören. »Jackson an *Enterprise.*«

»Hier Kirk.«

»Beamen Sie mich an Bord.«

»Wieso nur Sie, Jackson? Wo sind Scott und Sulu?«

»Ich bin bereit, Sir. Beamen Sie mich an Bord.«

»Jackson! Wo sind...« Seine Worte gingen in einem neuen Schauer statischer Geräusche unter. Uhura versuchte, sie herauszufiltern, aber umsonst. »Tut mir leid, Sir. Der Kontakt ist abgerissen.«

»Versuchen Sie es trotzdem weiter«, sagte Kirk. »Benachrichtigen Sie den Transporterraum. Sie sollen sich fertigmachen, einen Mann des Landekommandos heraufzubeamen. Dr. McCoy soll sich umgehend bei mir im Transporterraum melden.«

»Jawohl, Sir.«

Wie ernst sie die Situation einschätzten, bewies das Faktum, daß Kirk und Spock zum Aufzug liefen.

Als die Tür zum Transporterraum aufglitt, empfing sie das Brummen des eingeschalteten Geräts.

»Wir sind bereit, Sir«, meldete der Techniker.

»Dann los!« Das Brummen schwoll zu einem Dröhnen an. Dr. McCoy kam zur Tür hereingestürzt. Er hatte seinen Bereitschaftskoffer in der Hand.

»Was ist los, Jim?«

»Ärger.«

Über der Transporterplattform erschien ein Funkenregen, formte sich zu einer menschlichen Gestalt, Jackson hatte materialisiert. Er stand seltsam steif auf dem Gerät und bewegte sich nicht; sein Gesicht war völlig ausdruckslos, die blicklosen Augen starrten geradeaus. Das Brummen der Wiederverstofflichung erstarb. Kirk eilte auf die Plattform zu. »Jackson! Was ist passiert? Wo sind die anderen?«

Jackson öffnete den Mund, als ob er sprechen wollte, aber es kam kein Wort über seine Lippen. Das Gesicht verzerrte sich zu einer qualvollen Grimasse – dann fiel er vornüber, stürzte über den Rand der Plattform und blieb reglos am Boden liegen.

McCoy eilte hinzu und untersuchte ihn, er blickte erschrocken auf und schüttelte fassungslos den Kopf.

»Der Mann ist tot, Jim.«

Kirk starrte auf den Leichnam zu seinen Füßen. Die glasigen Augen Jacksons blickten ins Leere, plötzlich öffnete sich gespenstisch der Mund des Toten und aus der Kehle drang eine tiefe, rauhe, gutturale Stimme: »Hören Sie, Captain Kirk. Auf Ihrem Schiff lastet ein Fluch. Verlassen Sie diesen Planeten. Hier wartet nur der Tod auf Sie…«

Einen Moment lang herrschte Grabesstille. Jacksons Mund war immer noch weit geöffnet – doch die Lippen hatten sich nicht bewegt.

McCoy blickte nicht auf, als Kirk die Krankenstation betrat. Er saß mit hängenden Schultern am Schreibtisch und stützte den Kopf in die Hände. Mit einer müden Handbewegung deutete er auf einen Haufen Computerpapier, das vor ihm auf dem Tisch lag.

»Nun?« fragte Kirk.

McCoy hob eine Handvoll von den Papierstreifen hoch und ließ sie wieder fallen. »Hier liegen die Ergebnisse aller Untersuchungen, die ich mit ihm angestellt habe. Keine Spur von einer Verletzung, weder innerlich noch äußerlich. Nichts.«

Kirk schwieg einen langen Augenblick. Scott und Sulu – sie befanden sich immer noch unten auf der Oberfläche des Planeten, der ihnen einen Toten an Bord der *Enterprise* zurückgeschickt hatte, einen Leichnam, aus dessen Mund eine schreckliche Stimme zu ihnen gesprochen hatte. *»Warum ist dann Jackson tot, Pille?«*

»Er ist erfroren«, sagte McCoy.

Spock war eingetreten und hatte sich zu ihnen gesellt.

»Das scheint mir unlogisch, Doktor«, sagte er. »Das Klima im Landegebiet auf Pyris VII entspricht etwa dem der nördlichen Hemisphäre auf der Erde zur Zeit der Sommersonnenwende.«

»Das weiß ich, Mr. Spock«, sagte McCoy gereizt. »Aber ob logisch oder unlogisch, Jackson *ist* erfroren. Er war schon tot, als er auf der Transporterplattform materialisierte!«

»Er konnte noch sprechen«, sagte Kirk.

»Er war tot, sage ich!« schrie McCoy.

»Dann hat irgend jemand anderer gesprochen«, sagte Kirk kopfschüttelnd. »Der Planet scheint viel mehr Überraschungen für uns bereit zu halten, als unsere Sensoren bislang herausfinden konnten. Scott und Sulu sind da unten vielleicht in den größten Schwierigkeiten und...«

Er wurde durch das Summen des Intercoms unterbrochen und griff nach dem Schalter. »Hier Kirk.«

Uhura meldete sich mit aufgeregter Stimme: »Sir, wir haben jede Spur von Mr. Scott und Mr. Sulu verloren. Die Sensoren registrieren überhaupt kein Leben mehr auf der Oberfläche des Planeten. Farrell hat es mir eben gemeldet.«

»Da haben wir den Salat!« fluchte Kirk. »Vielen Dank, Leutnant. Farrell soll an den Sensoren bleiben und die Oberfläche weiter beobachten.« Er schaltete das Gerät wieder aus. »Spock, Pille, macht euch für ein Landeunternehmen fertig. Wir beamen hinunter. Vielleicht finden wir sie.«

Als sie sich materialisiert hatten, fanden sie zunächst nur Nebel, der sie in dichten quirlenden Schwaden umgab. Sie sahen nur ein paar Schritte weit, nichts als kahler Fels, eine trostlose Gegend. Von dem Hügel aus, auf dem sie standen, war im Zwielicht kein Fleckchen Grün zu erblicken, und wenn sich die Nebelschwaden etwas lichteten, war nichts weiter zu sehen als noch mehr nackter grauer Fels, kahle Hügel und schwarze Ebenen.

»Merkwürdig«, sagte Kirk. »Eine Untersuchung des Landegebiets stellte noch vor wenigen Minuten keinen Nebel fest.«

»Das ist tatsächlich merkwürdig«, sagte Spock, »denn hier gibt es weder Gewässer, noch haben wir bisher Wolkenformationen festgestellt. Außerdem hat sich die Oberflächentemperatur nicht verändert. Unter diesen Umständen ist das Auftreten von Nebel unmöglich.« Er hakte seinen Tricorder vom Schulterriemen und untersuchte die Umgebung.

»Ebenso unmöglich wie die Tatsache, daß Jackson in diesem Klima erfrieren konnte«, sagte McCoy. »Aber trotzdem ist er erfroren. Wo sind wir übrigens?«

»Nach den Computeraufzeichnungen des Transporters befinden wir uns exakt auf dem Punkt, von dem wir Jackson aufs Schiff gebeamt haben«, sagte Spock.

»Was ergeben die Messungen, Mr. Spock?«

»Keine Anzeichen von... halt! Ich stelle die Anzeige einer Lebensform fest! 14 Grad, Mark – 7, Entfernung: 137,16 Meter.« Er sah von seinem Tricorder auf. »Mehrfache Anzeigen, Captain.«

Überrascht griff Kirk nach seinem Kommunikator. »Kirk an *Enterprise*.«

Die Statik verzerrte Uhuras Stimme. »Hier *Enterprise*, Captain.«

»Was registrieren die Sensoren, Leutnant?«

»Sie registrieren die physischen Impulse von Ihnen, Mr. Spock und Mr. McCoy, Sir. Sonst ist nichts Lebendiges festzustellen.«

Durch die statischen Geräusche waren ihre letzten Worte fast nicht mehr zu verstehen.

»Ich kann Sie kaum verstehen, Leutnant«, sagte Kirk laut. »Hören Sie mich noch?«

Der Kommunikator in seiner Hand prasselte und knackte. Kirk schaltete ihn wütend aus und befestigte ihn wieder an seinem Gürtel. »Der Nebel scheint dichter zu werden. Vielleicht ist er die Ursache dieser atmosphärischen Störungen.«

Der Nebel wurde tatsächlich dichter. Er hüllte sie ein, daß sie einander fast nicht mehr sehen konnten.

»Es muß doch eine Erklärung für diese Abweichungen zwischen den Sensorenmessungen an Bord und den Ihren geben, Mr. Spock«, sagte Kirk. »Wir sind die einzigen Lebensformen, die die Schiffsensoren feststellen können. Ihr Tricorder dagegen hat weitere festgestellt. Treffen diese Meßwerte noch zu, Mr. Spock?«

»Unverändert positiv, Sir.«

»Phaser feuerbereit!« befahl Kirk.

Dann hörten sie es – ein jämmerliches Winseln, erst leise, dann immer lauter werdend, mündete es schließlich in ein wehklagendes Geheul.

»Sie haben uns bemerkt«, flüsterte McCoy.

»Ruhig, Pille!«

McCoy packte Kirk am Arm. Mit der anderen Hand deutete er

in die Nebelschwaden, die sich vor ihnen blaßgrün zu verfärben und in einem fahlen Schimmer zu leuchten begannen. Langsam formten sich aus den Schwaden drei uralte, faltige Gesichter, doch die Umrisse blieben vage und unbestimmt. Man konnte nicht feststellen, ob es männliche oder weibliche Züge waren, strähniges, dünnes weißes Haar wehte wie Nebelschwaden um die gespenstischen Köpfe, und eins der Gesichter sagte:

»Captain Kirk...«

Die Stimme war so klagend und jammervoll wie das Heulen, das sie eben gehört hatten.

Kirk trat ein paar Schritte vor. »Wer seid Ihr?«

»Kehrt zurüüüück!« heulte der zahnlose, greisenhafte Mund.

Der Nebel ließ die Gesichter immer wieder undeutlich werden.

»Stürme werden sich erheben«, winselte ein anderes.

»Nebel wird sich herabsenken...«

»Hier herrscht der Tod...«

Ein meckerndes, greisenhaftes Lachen folgte, dann lösten sich die drei Gesichter wieder im Nebel auf.

Ruhig und unbeeindruckt sagte Spock: »Illusionen, Captain.« Er ließ seinen Tricorder sinken. »Das waren Projektionen. Die Gesichter hatten weder physikalische Substanz, noch strahlten sie Energie aus.«

»Shakespeare schrieb von einer verfluchten Heide«, sagte Kirk. »Und von Hexen, die Warnungen verkünden. Aber warum sollten sie gerade uns erscheinen? Keiner von uns will unbedingt König von Schottland werden. Haben Sie die Anzeige der Lebensformen während dieser kleinen Vorstellung im Auge behalten, Mr. Spock?«

»Die Werte sind gleich geblieben, Captain.«

Kirk nickte. »Das ist vielleicht schon der erste Schritt zur Lösung des Rätsels.«

Sie gingen weiter. Plötzlich fuhr ihnen ein Windstoß ins Gesicht, dann ein zweiter, der Wind wurde stärker, und er hätte den Nebel aufreißen müssen, aber das Gegenteil war der Fall; er wurde noch dichter. Der Wind wuchs zum Sturm, und sie mußten sich mit dem Rücken dagegenstemmen und sich eng aneinander klammern, um sich gegenseitig zu unterstützen.

»Wir müssen uns aneinander festhalten«, brüllte Kirk. »Hängt euch...« Und – als hätte er mit seinen Worten einen Zauber gebannt – so plötzlich, wie der Wind aufgekommen war, war er wieder verschwunden.

McCoy rang nach Atem und sagte: »Das war eine sehr realistische Illusion, Mr. Spock.« Er keuchte erschöpft – und mit dem Ausdruck ungläubigen Staunens im Gesicht, flüsterte er: »Jim, da... direkt vor uns...«

Was da vor ihnen aus dem Nebel wuchs, schien der Bergfried einer mittelalterlichen Burg zu sein. Er ragte auf, umgeben von Mauern und Befestigungen aus schwarzem Granit, verwittert und uralt. Das große Eichentor, aus schweren Balken gezimmert und mit Eisen beschlagen, stand einen Spaltbreit offen. Auf einer der ausgetretenen Steintreppen, die zu ihm hinaufführten, hockte eine schwarze Katze mit glänzendem Fell. Sie hatte eine glitzernde Goldkette um den Hals hängen, und als sie näher traten, bemerkten sie, daß an der Kette ein durchsichtiger Anhänger aus Kristall befestigt war. Die Haltung der Katze verriet, daß sie auf etwas lauerte. Auf Mäuse vielleicht?

»Wir haben die Quelle der Ausstrahlung von Lebensenergie vor uns, die mein Tricorder registriert hat, Captain. Die Lebewesen müssen sich innerhalb dieser Mauern befinden«, sagte Spock.

Kirk wollte seinen Kommunikator in Betrieb setzen, aber er schaltete ihn sofort wieder ab, denn er schien vor Statik zu explodieren. Er hakte ihn wieder am Gürtel fest.

»Vielleicht haben wir deshalb den Kontakt mit dem ersten Landekommando verloren«, meinte McCoy.

»Was meinen Sie, Spock?« fragte Kirk. »Hat diese Burg etwas mit der ungewöhnlich starken Statik zu tun?«

Der Vulkanier sah prüfend auf seinen Tricorder, dann schüttelte er den Kopf. »Ich würde das verneinen, Sir. Ich kann nichts feststellen, was diese Interferenzerscheinung hervorrufen könnte. Dagegen ist die Burg vor uns ebenso real wie die Katze.«

»Oder ebenso irreal«, sagte Kirk. »Es gibt Illusionen, die sich durchaus solide manifestieren können. Warum haben unsere Sensoren diese Burg nicht entdeckt? Warum sind ihnen die Lebensformen entgangen, die sich in ihr befinden?« Er blickte nachdenklich die mit Wachttürmen besetzte Mauer hinauf und sagte: »Oder es existiert hier ein Kraftfeld, das die Burg vor den Suchstrahlen der Sensoren abschirmt.«

»Dann müßte es aber ebenso Spocks Tricorder beeinflussen«, gab McCoy zu bedenken.

»Muß es das? Ich zweifle allmählich, ob diese ganze wunder...« Das letzte Wort schien auf die Katze wie ein Auslöser zu wirken. Sie miaute, erhob sich und verschwand durch den Türspalt. Kirk sah ihr nach, und ein seltsamer Gedanke schoß ihm durch den Kopf, doch er verscheuchte ihn und sagte: »Wenn Sulu und Scott noch am Leben sind, könnten sie sich in diesen Gemäuern befinden. Kommt!«

Sie zogen die Phaser und stießen das Tor auf. Schrille Schreie ertönten über ihren Köpfen, und eine Wolke von Fledermäusen flatterte aus dem Tor. Ihre lederartigen Flügel streiften fast ihre Gesichter.

McCoy duckte sich erschrocken und rief: »Was, zum Teufel, ist denn das?«

»Desmodus rufus«, sagte Spock. »Vampire.«

»Das ist eine irdische Spezies«, sagte Kirk. Die Katze, die stehengeblieben war, als wollte sie auf sie warten, miaute von neuem und verschwand in der Dunkelheit des Eingangs. Grübelnd sah Kirk ihr nach. »Ebenso wie Katzen eine irdische Spezies sind. Es paßt alles so schön zusammen. Alte Burgen, schwarze Katzen, Vampire und Hexen. Wenn nicht einer meiner Männer tot und zwei meiner Offiziere vermißt wären, würde ich sagen, hier spielt uns jemand einen sorgfältig ausgearbeiteten Halloween-Streich.«

»Einen Halloween-Streich, Captain?«

»Das ist ein alter irdischer Brauch, Mr. Spock. Ich erkläre es Ihnen später.«

Die Mauern der Burg schienen aus solidem Fels gehauen zu sein. Die Katze ging immer noch vor ihnen her, und Kirk, Spock und McCoy tasteten sich den feuchtkalten Korridor entlang. Es war düster, nur da und dort verbreiteten rußende Fackeln ein wenig Licht, die in verrosteten, eisernen, spinnwebenbedeckten Halterungen steckten.

»Staub, Spinnweben, Fackeln – das sieht wirklich nach Halloween aus«, sagte McCoy.

Die Katze bog um eine Ecke in einen noch dunkleren Seitengang. Als sie ihr folgen wollten, gab plötzlich der Boden unter ihnen nach, und sie fielen in die Dunkelheit.

Kirk kam als erster wieder zu sich. Irgend jemand, mit einem besonders ausgefallenen Sinn für Humor, hatte eine Eiserne Jungfrau direkt vor ihn hingestellt, in dem sich ein menschliches Skelett befand. Der Totenschädel grinste ihn an. Kirk war eher belustigt als eingeschüchtert durch diesen Gag. Was ihm viel mehr Sorgen machte, war die Tatsache, daß er mit Händen und Füßen an die Wand geschmiedet war – und Spock und McCoy ebenfalls. Seine Bestürzung wurde noch größer, als er bemerkte, daß man ihnen die gesamte Ausrüstung – Phaser, Kommunikatoren und Tricorder – abgenommen hatte.

»Mr. Spock…«

Der Vulkanier untersuchte seine Fesseln und klirrte mit den Ketten. »Ich bin unverletzt, Captain.

»Ist Pille in Ordnung?«

McCoy antwortete selbst. »Nichts gebrochen, nur eine Menge blauer Flecken von dem Sturz. Bist du immer noch der Meinung, daß es ein Streich ist, Jim?«

»Burgverliese, Ketten, Flüche, Skelette und Eiserne Jungfrauen. Lauter irdische Requisiten einer nicht sehr freundlichen Vergangenheit. Aber *warum?*«

»Der Tricorder hat diese Burg als Realität angezeigt, Jim«, sagte McCoy und rasselte mit seinen Fesseln. »Und *das* sind auch Realitäten. Auf diesem Planeten könnte es durchaus parallele Entwicklungen zur Erde geben.«

»Die Parallelität beschränkt sich aber lediglich auf den menschlichen Aberglauben, Doktor«, warf Spock ein. »Und das ist etwas, das nur in menschlichen Gehirnen herumspukt.«

»Genau«, sagte Kirk. »Es ist, als ob…« Er hielt inne. Auf dem Gang vor ihrem Verlies näherten sich Schritte, dann kreischte ein Schlüssel im Türschloß, und die Tür wurde geöffnet. Zu Kirks grenzenloser Erleichterung waren es Scott und Sulu, die hereintraten.

»Scotty! Sulu! Ihr seid in Sicherheit!«

Doch die Gesichter der beiden zeigten nicht die Spur von Freude über das Wiedersehen. Schweigend und mit versteinerter Miene zog Scott seinen Phaser aus dem Gürtel und – richtete ihn auf sie.

»Scotty«, sagte Kirk. »Machen Sie keine Scherze, und stecken Sie den Phaser weg!«

Ungerührt zielte Scott weiterhin auf den Captain.

»Scott!« schrie Kirk ihn an.

»Jim, ich glaube, sie stehen unter dem Einfluß einer Droge. Sieh dir mal ihre Augen an: der starre Blick, die geweiteten Pupillen. Sie blinzeln ja nicht einmal.«

»Dieselben Symptome wie bei Jackson«, sagte Spock.

»Aber die beiden leben! Scotty, Sulu – wißt ihr, wer ich bin?«

Sulu nickte.

»Was ist mit euch geschehen?« fragte Kirk.

Sulu antwortete nicht. Er ging auf McCoy zu. Während Scott den Bordarzt der *Enterprise* in Schach hielt, suchte Sulu einen Schlüssel an dem Schlüsselbund, den er an einem Ring bei sich trug, und öffnete die Schlösser, mit denen McCoys Arme an den Ketten befestigt waren. Kirk beobachtet Sulu gespannt und sagte: »Vorsicht, Pille. Sie nehmen uns nur die Ketten ab. Sie haben nicht die Absicht, uns freizulassen. Habe ich recht?«

Weder Sulu noch Scott gaben eine Antwort. Schweigend wurden ihnen die Ketten abgenommen. Sulu dirigierte sie zur Tür des Kerkers und auf den Korridor hinaus. Er ging vor ihnen her, während Scott ihnen folgte, die Waffe auf sie gerichtet. Kirk schätzte die Entfernung zu Scott vorsichtig ab, wirbelte herum und sprang ihn an – doch er erreichte ihn nicht. Der Kolben der Waffe traf seine Stirn, er taumelte und brach in die Knie. Im selben Moment stürzten sich Spock und McCoy auf den unbewaffneten Sulu, aber bevor sie ihn erreichten, wurden ihre Gesichter in blaßgrünes Licht getaucht, das sie einzuhüllen und zu durchdringen schien. Scott und Sulu waren nicht mehr zu sehen.

»Halt!«

Es war dieselbe Stimme, die aus dem toten Jackson gesprochen hatte.

Sie erstarrten. Das grüne Licht schien den Korridor und den Kerker aufgelöst zu haben. Alles, was ihnen noch vertraut erschien, war das merkwürdige Verhalten von Scott und Sulu, die plötzlich wieder neben ihnen auftauchten, mit denselben steinernen Gesichtern, demselben starren Ausdruck in den Augen. Aber alles andere sonst war neu.

Und alt. Sie standen in einem großen Zimmer, das in mittelalterlichem Stil, aber sehr gediegen und wohlhabend eingerichtet war: dunkle Balkendecke, wertvolle Wandteppiche, schwere massive Möbel, Fackeln flackerten an den Wänden; in der Mitte des Raums stand ein riesiger Tisch, umgeben von Stühlen mit hohen geschnitzten Lehnen.

Kirks Blick fiel auf einen Mann, der auf einem besonders schön geschnitzten Stuhl saß; er stand erhöht wie ein Thron, und darüber wölbte sich eine domartige Konstruktion aus dunklem Holz, die ebenfalls reich verziert war. Der Mann hatte einen Bart und trug ein langes Kleidungsstück, das lose auf den Boden fiel und mit glitzernden Goldstickereien durchwirkt war, die dic Zeichen des Tierkreises darstellten. Er hatte einen schwarzen Zauberstab in der Hand, auf dessen Spitze eine funkelnde Kristallkugel befestigt war. Die Katze hatte sich zu seinen Füßen ausgestreckt.

Kirk ging auf ihn zu. »Wer auch immer Sie sein mögen, Sie haben uns bewiesen, daß Sie ein Zauberkünstler sind und eine Menge Tricks beherrschen. Was mich aber noch viel mehr interessiert: Was haben Sie mit meinen Leuten gemacht?«

Der Mann neigte den Kopf. »Ihre Rasse hat eine geradezu lächerliche Sucht, gegen alles Unbekannte Widerstand zu leisten. Ihr lehnt euch auf, fragt, fragt und fragt. Warum akzeptiert ihr nicht einfach, was ist?«

»Nicht, wenn einer von meinen Leuten tot ist und zwei andere in geistlose Hüllen verwandelt wurden...«

»Nicht geistlos, Captain Kirk. Ihre Geister werden lediglich – kontrolliert.«

Spock und McCoy konnten ihre Überraschung nicht verhehlen, als der Mann Captain Kirk beim Namen nannte. Die Überraschung blieb nicht unbemerkt. »Ja, wir kennen euch alle. Nicht wahr, meine Liebe?« Er streichelte die Katze zu seinen Füßen.

»Und wer sind Sie?« fragte Kirk. »Warum haben Sie uns hierhergebracht?«

Der Bärtige lächelte ihn an. »Mein Name ist Korob. Was den zweiten Teil Ihrer Frage betrifft: Sie bestanden ja darauf, hierherzukommen, obwohl ich Sie gewarnt habe.«

»Aber warum bloß?« Kirk machte eine Geste, die die gesamten mystischen Requisiten, den Raum, die Burg umfassen sollte. »Was soll diese ganze – Farce?«

»Farce? Captain, das ist keine Farce, das versichere ich Ihnen.«

»Dieser Planet ist offensichtlich gar nicht Ihre Heimat, Korob«, warf Spock ein.

Die Augen des Bärtigen wandten sich Spock zu und betrachteten prüfend sein Gesicht. »Wie meinen Sie das?«

»Auf diesem Planeten gibt es kein Leben«, sagte Spock. »Forschungsexpeditionen haben dieses Sonnensystem untersucht. Ihre wissenschaftlichen Ergebnisse haben bewiesen, daß es hier nie Leben gegeben hat. Nun sind Sie plötzlich da.«

Die Katze bewegte sich und miaute. Sie schloß die Lider über den aufmerksam blickenden Augen.

»Ob wir von diesem Planeten stammen oder nicht, spielt überhaupt keine Rolle«, sagte Korob sanft.

»O doch«, sagte Kirk. »Das ist für die Föderation von außerordentlichem Interesse. Was tun Sie überhaupt hier?«

»Alles zu seiner Zeit, Captain.« Die Katze miaute von neuem, und Korob neigte den Kopf, als ob er einer geheimen Nachricht lauschte. Als er ihn wieder hob, sagte er: »Entschuldigen Sie mich. Ich bin ein unaufmerksamer Gastgeber. Wenn ich eine Erfrischung anbieten darf, bitte kommen Sie.«

Er erhob sich von seinem Thron und ging zu dem leeren Tisch. Die Katze folgte ihm.

»Diese Katze…«, sagte McCoy ruhig.

»Ja«, sagte Spock. »Sie erinnert mich an gewisse alte irdische Mythen, in denen von Zauberern und ihren Hilfsgeistern die Rede ist. Dämonen in Tiergestalt, die der Teufel ihnen sendet und die den Zauberern dienen.«

»Aberglaube«, sagte Kirk geringschätzig.

»Ich habe diese Sagen nicht erfunden, Captain. Ich habe nur

wiederholt, was ich darüber weiß.«

Korob wandte sich Spock zu. »Sie gehören einer anderen Rasse an, Mr. Spock. Ihre Logik ist farblos und deshalb glasklar. Sie denken nur in Schwarz-Weiß, in Positiv und Negativ. Sie nehmen das, was Sie um sich herum sehen, natürlich wahr, aber Sie glauben nicht daran, Sie bezweifeln seine Realität.«

»Er versteht nichts von Halloween-Tricks«, sagte McCoy.

Korob lächelte ein wenig. »Ich verstehe«, sagte er, dann machte er eine einladende Geste zum leeren Tisch hin. »Bitte leisten Sie mir bei Tisch Gesellschaft«, sagte er.

Keiner bewegte sich, Scott und Sulu machten eine drohende Bewegung, Scott hob den Phaser, doch Korob hob die Hand. Sie wichen beide einen Schritt zurück und blieben in strammer Haltung stehen.

»Ich hatte eigentlich gehofft, sie wären flexibler«, sagte Korob, »aber offenbar...« Er hob seinen Zauberstab.

Plötzlich war der Raum in grünes Licht getaucht, das von der Kristallkugel auf der Spitze seines Stabs auszugehen schien; die Dinge im Raum flatterten wie Motten um eine Lampe. Kirk schloß geblendet die Augen. Als er wieder sehen konnte, saß er mit Spock und McCoy am Tisch. Er starrte in das offene Maul eines Wildschweinkopfes, der vor ihm lag. Daneben stand eine Platte voll gebratenen Geflügels, in der Mitte des Tisches ein saftiger Rinderbraten, umgeben von Silberschalen voll Früchten, Platten mit verschiedenen Käsesorten. Das Licht der Kerzen in den Kandelabern brach sich in geschliffenen Gläsern, kristallenen Weinkaraffen und goldenen Pokalen. Ein Prunk mittelalterlicher Tafelfreuden umgab sie, wie sie nur der Reklamechef eines Zeitreiseunternehmens sich hätte ausdenken können.

»Wie in aller Welt...«, sagte McCoy verblüfft.

»Das ist kein Trick, Doktor«, sagte Korob. »Überzeugen Sie sich.«

»Was wollen Sie von uns, Korob?« fragte Kirk.

»Im Augenblick nichts anderes, als daß Sie zugreifen und es sich schmecken lassen. Probieren Sie den Wein, Doktor. Sie werden mir beipflichten, er ist exzellent.«

»Nein, vielen Dank«, sagte McCoy.

Plötzlich sprang die Katze auf einen der leeren Stühle; der Kristall an ihrem Halsband funkelte im Kerzenlicht. McCoy griff nach der Karaffe, die vor ihm auf dem Tisch stand. Man sah ihm an, daß er mit aller Kraft versuchte, sich zurückzuhalten – doch umsonst. Kirk wollte sich erheben, um ihm zu Hilfe zu eilen, doch Scott packte ihn und drückte ihn auf seinen Stuhl zurück. »Pille!«

»Er kann Ihnen nicht gehorchen, Captain«, sagte Korob. »Aber es wird ihm nichts geschehen.«

Willenlos, wie unter Hypnose, hob McCoy die Karaffe und füllte seinen Pokal. Die Katze beobachtete aufmerksam jede seiner Bewegungen. Der Kristallanhänger an ihrer Halskette glitzerte auf ihrem nachtschwarzen Fell. Der Doktor führte den Pokal an die Lippen, setzte ihn an und – der Wein explodierte in roten Flammen.

Korob war sichtlich erschrocken und hob seinen Zauberstab. Die Flammen erloschen, und McCoy schleuderte den Pokal von sich. Das Glas zersplitterte auf dem Boden und verschwand, Brandgeruch erfüllte die Luft.

Die Katze fauchte.

»Ich habe den Eindruck, Sie haben sich jetzt ausgiebig amüsiert, Korob...«, schrie Kirk wütend.

Doch Korobs Augen waren auf die Katze gerichtet. »Das war nicht beabsichtigt«, sagte er. »Ich... ich kann Ihnen Genugtuung leisten, wenn Sie wollen.«

Er deutete mit dem Zauberstab auf die mit einemmal leeren Schüsseln und Platten auf dem Tisch – und plötzlich waren sie mit Juwelen gefüllt, den wertvollsten Edelsteinen der Galaxis. Der Glanz war überwältigend, rot leuchtende Rubine, blau gleißende Saphire, das vielfarbige Glitzern von seltenen Steinen, die in der Föderation unbekannt waren.

»Sie sehen verteufelt echt aus«, sagte McCoy.

»Ich versichere Ihnen, sie sind echt«, sagte Korob. »Dies ist ein Masgar, Doktor, das ein Lorin, das ein Pavonit. Für jeden von euch ein Vermögen. Greifen Sie zu, zweifeln Sie nicht daran – aber gehen Sie, und stellen Sie keine weiteren Fragen.«

»So einfach werden Sie uns nicht los«, sagte Kirk ruhig.

»Captain, sie sind starrsinnig und unvernünftig, aber Sie haben den Test bestanden.«

»Test?« fragte McCoy.

Korob nickte. »Sie haben sich durch meine Warnungen nicht abschrecken lassen. Sie haben den Beweis geliefert, daß Ihre Loyalität Ihren Kameraden gegenüber größer ist als die Ängste, die in Ihrem Unbewußten schlummern. Ich habe Ihren Mut auf die Probe gestellt und habe feststellen müssen, daß Sie tapferer sind, als ich dachte. Sie haben Mut – und Sie sind unbestechlich. Ich gratuliere Ihnen.«

Die Katze miaute. Korob streichelte sie. »Es ist alles in Ordnung«, sagte er. »Du kannst gehen.« Sie sprang vom Stuhl und verschwand durch eine Tür am anderen Ende des Raums.

Kirk erhob sich. »Nun gut«, sagte er. »Sie haben unsere Integrität getestet. Ich setze voraus, daß Sie nun die Ihre beweisen.«

»Aber gern, Captain.«

»Dann erklären Sie mir, was Sie mit meinen Offizieren gemacht haben. Wie... *kontrollieren* Sie sie, wie Sie sich ausgedrückt haben?«

»Diese Frage kann ich Ihnen nicht beantworten«, sagte Korob, »aber ich habe nach jemandem geschickt, der es kann.«

Dieser Jemand trat ein – eine große, schlanke Frau. Ihr schwarzes Haar, in der Mitte gescheitelt, fiel ihr bis auf die Hüften. Vielleicht waren es ihre ausgeprägten Backenknochen, die ihrem Gesicht einen beinahe asiatischen Ausdruck verliehen. Sie trug ein langes Gewand aus seidigem Stoff und auf ihrer Brust einen Anhänger aus Kristall, der dem am Halsband der Katze zum Verwechseln ähnlich sah.

»Das ist Sylvia, meine Kollegin«, sagte Korob.

Kirk bemerkte die unvergleichliche Anmut in ihren Bewegungen, als sie auf ihn zutrat. Sie neigte leicht den Kopf und sagte: »Captain Kirk, ich kann Ihre Besorgnis nur zu gut verstehen. Sie möchten wissen, was wir mit Ihren Leuten getan haben. Wir haben sie analysiert. Es ist einfach für uns, den Geist von Lebewesen, wie ihr Menschen es seid, zu analysieren.«

»Hypnose?« fragte Spock.

Sie ignorierte die Frage und wandte sich McCoy zu und sagte zu ihm: »Unsere Methoden gehen weit über das hinaus, was Ihr Hypnose nennt.« Der Doktor gab keine Antwort. Er blickte fasziniert auf den Kristall an ihrer Brust und schien plötzlich wie erstarrt. Sie lächelte ihn an. »Lassen Sie mich zunächst erklären, wie es war, als Jackson an Bord Ihres Schiffs zurückkehrte. Sie untersuchten ihn, Doktor, und sagten: ›Keine Spur von einer Verletzung, weder innerlich noch äußerlich. Nichts. Er ist erfroren‹, stimmt's?«

»Woher wissen Sie das?« fragte Kirk und trat dicht vor sie hin.

Sie blickte ihn mit ihren schrägliegenden grünen Augen an. »Ihr Menschen haltet euch für eine sehr hochentwickelte, intelligente Rasse, nicht wahr, Captain? Aber ihr überschätzt euch. Ihr seid zwar intelligent, aber ihr habt noch einen weiten Weg vor euch. Euer Geist ist weit geöffnet, zu weit, und er hat viele Einlässe, und die meisten davon sind unbewacht. Es ist leicht, in euch einzudringen.«

»Telepathie?« fragte Spock neugierig.

Diesmal ging sie auf seine Frage ein. »Nicht ganz, Mr. Spock. Telepathie schließt noch nicht die Kontrolle über ein anderes Lebewesen ein. Doch ich versichere Ihnen, ich habe Ihre Freunde vollständig unter Kontrolle.«

Kirk verlor die Geduld. Die Ausführungen der ebenso arroganten wie charmanten Frau widerten ihn plötzlich an. Er stieß den schweren Stuhl zurück und rammte ihn Scott, der hinter ihm stand, mit voller Wucht in den Bauch. Scott taumelte und ließ seinen Phaser fallen. Kirk wirbelte herum, bückte sich nach der Waffe und wich ein paar Schritte zurück. Scott, der sein Gleichgewicht wiedergewonnen hatte, machte Anstalten, sich auf ihn zu stürzen. Kirk richtete den Phaser auf seine Stirn, trat rasch beiseite und hielt die Anwesenden in Schach: Sylvia, Korob, Sulu und Scott.

»Keine Bewegung!« befahl Kirk.

McCoy atmete erleichtert auf, er hatte sich aus seiner Erstarrung gelöst. Kirk dirigierte Sulu und Scott mit der Waffe zu Korob und Sylvia hinüber. »Jetzt ist Schluß mit dem Hokuspokus«, sagte er. »Korob, geben Sie unsere Waffen und unsere Ausrüstung zurück, und zwar sofort! Darüber hinaus verlange ich von Ihnen, daß Sie mir einige Fragen beantworten, aber diesmal ernsthaft.«

»Legen Sie Ihre Waffe auf den Tisch, Captain«, sagte Sylvia ungerührt.

Kirk lachte. In ihren grünen Augen war nicht die geringste Spur von Schreck oder Zorn zu entdecken, sie sah ihn beschwörend an. Dann griff sie in die Falten ihres Gewands und holte ein winziges silbriges Ding heraus, das wie ein Spielzeug aussah. Sie wandte sich von Kirk ab und hielt es Spock und McCoy hin.

»Wissen Sie, was das ist?« fragte sie.

»Es sieht aus wie ein Miniaturmodell der *Enterprise*«, sagte McCoy.

»Nein. In gewisser Weise *ist* es die *Enterprise.*«

Spock runzelte die Stirn. »Wo haben Sie das her?«

»Aus dem Geist Ihrer beider Mannschaftskameraden. Ich habe es aus ihrem Wissen und ihren Kenntnissen geschaffen.«

»Und wozu?« fragte Spock.

Sie trat an den Tisch zu einem Kandelaber, in dem große Kerzen brannten.

»In der Mythologie eurer Rasse gibt es etwas, das von euch ›sympathetische Magie‹ genannt wird«, sagte sie. »Man kann es nennen, wie man will, Captain. Es ist auf jeden Fall eine höchst interessante Spielerei.«

Kirk, der den Phaser auf Korob gerichtet hielt, sagte: »Meine Beste, ich fürchte, das reicht nicht ganz für eine Erklärung.«

Spocks Gesicht drückte tiefste Besorgnis aus, als er die junge Frau beobachtete. Das flackernde Licht der Kerzen fiel auf ihr Gesicht, und man konnte nicht entscheiden, ob sie lächelte oder ob es Schatten waren, die um ihre Mundwinkel zuckten.

»Sie haben sich über Jackson gewundert«, sagte sie. »Sie haben sich gefragt, wie konnte er erfrieren, wenn im Landegebiet ein angenehm warmes Klima herrschte. Was halten Sie von folgender Erklärung, Captain? Ich habe mir ein Abbild von ihm gemacht, eine winzige Puppe, die Jackson exakt glich. Dann habe ich die Puppe eingefroren. Für mich *war* diese Puppe Jackson, und weil sie *für mich* Jackson war, *ist* er erfroren.«

»Unsinn«, sagte Kirk. »Sie können keine Menschen zu Tode *denken.*«

»Korob hat Ihren Kommunikator in der Tasche, Captain. Bitte nehmen Sie ihn.«

Kirk zögerte einen Augenblick lang, dann gehorchte er. Als er sich umdrehte, sah er, daß sie das Spielzeugmodell der *Enterprise* etwa zehn Zentimeter über eine der Kerzenflammen hielt. »Setzen Sie sich jetzt mit Ihrem Schiff in Verbindung«, sagte sie.

Kirk ließ den Kommunikator aufschnappen. Nervös, obwohl er es nicht wahrhaben wollte, bemerkte er, daß sie die Hand gesenkt hatte und das Modell nun noch näher an die Flamme hielt.

»Bitte, Sylvia, nicht...«, bat Korob.

Ihre Hand senkte sich weiter herab, das winzige Schiff befand sich jetzt unmittelbar über der Flamme. Kirk schaltete hastig den Kommunikator ein. »Kirk an *Enterprise*! Kirk an *Enterprise*! Bitte kommen! Hier Kirk. Bitte kommen!...«

»Sind Sie es, Captain«, meldete sich Uhura. Ihre Stimme klang erschöpft. »Wo sind Sie? Wir wissen nicht...«

»Kümmern Sie sich nicht um uns. Was ist an Bord los?«

»Irgend etwas... ist mit der Temperaturregelung nicht in Ordnung – und wir können den Fehler nicht finden. Die Temperatur im Schiff steigt sprunghaft an – zehn Grad in dreißig Sekunden. Als ob Feuer an Bord wäre, Captain! Wir werden geröstet und haben keine Ahnung...«

»Schalten Sie die Kühlanlagen ein, Leutnant.«

»Sie sind eingeschaltet, Sir, aber die Wirkung ist gleich Null...« Sie brach erschöpft ab.

Kirk sah die *Enterprise* vor sich, glühend, leuchtend wie ein Komet. Er konnte sich Uhura und Farrell vorstellen, wie sie schweißüberströmt und nach Atem ringend, mit durchschwitzten Uniformen auf ihren Posten ausharrten. »Die Hitze wird gleich zurückgehen, Leutnant«, sagte er. »Ich werde dafür sorgen.«

Er schaltete den Kommunikator aus, ging zu Korob hinüber und reichte ihn ihm zurück. »Sie haben gewonnen«, sagte er zu Sylvia. »Lassen Sie es genug sein.« Er händigte die Waffe Korob aus.

Sie hob das Schiffsmodell aus der Kerzenflamme.

»Nun haben wir Ihnen eine kleine Probe unserer Wissenschaften gegeben«, sagte Korob. »Vielleicht sollten Sie uns jetzt ein wenig mit den Ihren vertraut machen.«

»Ich würde gern noch mehr über Ihre Künste erfahren«, sagte

Kirk. »Sie haben vorhin von Magie gesprochen, jetzt sprechen Sie von Wissenschaften. Was war es nun?«

»Wie würden Sie es nennen, Captain?«

»Transmutation, Telekinese. Sie scheinen über die seltsame Fähigkeit zu verfügen, nicht nur die molekulare Struktur von Gegenständen zu verändern, sondern sie beliebig zu verschieben, und das offenbar allein durch Willenskraft. Wie könnten Sie Interesse an unseren vergleichsweise primitiven und groben wissenschaftlichen und technischen Kenntnissen haben?«

»Wir benötigen Maschinen, Materie, Energie, Chemikalien, um unser Wissen anzuwenden«, fügte Spock hinzu. »Im Vergleich zu Ihren Techniken sind unsere Mittel unzulänglich und schwerfällig. Wieso sollte dieses Wissen für Sie wichtig sein?«

»Es gibt Techniken, die Sie beherrschen, uns aber fremd sind. Sie haben recht, wir können die Molekularstruktur der Materie beliebig ändern, doch Sie sind in der Lage, die in ihr gebundene Materie freizusetzen.«

»Korob! Du redest zuviel!« fuhr Sylvia dazwischen. Dann beherrschte sie sich und fuhr fort: »Diese drei Männer verfügen nicht über die Spezialkenntnisse, wie diese beiden sie haben.« Sie deutete auf Scott und Sulu. »Der eine denkt nur an Maschinen; des anderen Geist ist voll trivialer Gedanken über Probleme der praktischen Anwendung seiner physikalischen Kenntnisse, er nennt es ›Übungen‹. In Eurem Geist dagegen sehe ich vielfältiges Wissen zusammengetragen, alles mögliche über verschiedene Welten, über diese Galaxis.«

»Wenn das zutrifft, dann ist genau das, was Sie suchen, in unseren Köpfen«, sagte Kirk.

»Sie haben also Scott und Sulu als Werkzeug benutzt, um uns hier herunterzulocken«, sagte McCoy. »Woher wußten Sie, daß wir kommen würden?«

»*Sie* wußte, daß Sie kommen würden«, sagte Korob lächelnd.

»Genug!« sagte Sylvia ungeduldig. »Ihr werdet uns mitteilen, was wir wissen wollen. So oder so!«

»Ein bißchen spät, uns mit Drohungen zu kommen, Madam«, sagte Kirk. »Ich habe mit meinem Schiff Kontakt aufgenommen. Sie selbst haben es mir befohlen. Wie lange wohl – glauben Sie –

wird es dauern, bis das nächste Landekommando hier erscheint?«

»Das dürfte lange dauern«, sagte Korob und berührte das Spielzeugmodell des Schiffs auf dem Tisch mit seinem Zauberstab. Es wurde in grünes Licht getaucht. Als der Schimmer wieder erlosch, war es in einen Block aus durchsichtigem Material eingeschmolzen. »Nun ist ihr Schiff von einem undurchdringlichen Kraftfeld umgeben, Captain. Es behindert es keineswegs auf seiner Umlaufbahn, aber wer sich an Bord befindet, ist gefangen.«

»Ich rate Ihnen, mit uns zusammenzuarbeiten, Captain«, sagte Sylvia. »Wir verfügen über Mittel, Ihnen die Informationen, die wir brauchen, auch gewaltsam zu entreißen, aber die Methode ist für Sie äußerst schmerzhaft. Und sie hat – unliebsame Nebenwirkungen.« Sie deutete auf Scott und Sulu.

»Ich lasse mich auf keine Bedingungen ein«, sagte Kirk.

Korob wandte sich an Scott und Sulu. »Bringt sie zurück in die Zelle.«

»Moment«, sagte Sylvia. Ihre grünen Augen waren eiskalt. »Der Arzt bleibt hier.«

»Pille…«, begann Kirk.

»Geben Sie sich keine Mühe, Captain. Sie verschwenden nur Ihre Zeit. Sie kommen als nächster dran. Es spielt wirklich keine Rolle.« Sie drehte sich um und befahl Scott und Sulu: »Bringt sie weg!«

Korob reichte Sulu den Phaser. Er stieß die Waffe Kirk und Spock brutal in den Rücken und führte sie hinaus.

Dieses Mal kamen Kirk die Fesseln noch unerträglicher vor. Er blickte auf die Tür zu ihrem Verlies und riß wütend an seinen Ketten, spürte, wie die Eisenringe immer tiefer ins Fleisch schnitten.

»Wie lange bearbeiten sie den Doktor schon?« fragte er ungeduldig.

»Zweiundzwanzig Minuten und siebzehn Sekunden sind vergangen, seit wir den Raum verlassen haben«, sagte Spock.

Die Frage, die ihn in diesen zweiundzwanzig Minuten und siebzehn Sekunden unablässig beschäftigt, die ihn gequält hatte, platzte aus ihm heraus. »Was tun sie mit ihm, Spock?«

»Das ist vielleicht nicht die entscheidende Frage, Captain«, sagte Spock. »Die Frage, *wer* sie sind, scheint mir zur Lösung des Problems am wichtigsten. Sie haben zugegeben, daß sie nicht von diesem Planeten stammen. Ihre Unkenntnis unserer Wissenschaften und technischen Errungenschaften erscheint mir überaus merkwürdig.«

Kirk sah ihn nachdenklich an. »Sie behandeln uns, als hätten sie noch nie von uns Menschen gehört, als wären wir eine unbekannte Rasse für sie.«

Spock nickte. »Die Tatsache, daß uns alles um uns her massiv und real erscheint, kann durchaus eine Illusion sein, Captain. Sylvia und Korob wirken humanoid, aber eine Bewegung mit diesem Stab genügt, und der Tisch ist mit Schüsseln voll Speisen oder Edelsteinen bedeckt. Die Bewegung könnte ebensogut bewirken, daß wir uns nur vorstellen, der Tisch sei mit Speisen oder Edelsteinen bedeckt, oder ebensogut, daß wir uns vorstellen, sie sähen so aus, wie wir sie sehen. Nehmen wir einmal an, sie wären nicht humanoid; vielleicht sind es Lebewesen, die uns völlig fremd sind, in ihrem Aussehen, in ihrer Art, in ihren Fähigkeiten. Vielleicht haben sie alles, was wir sehen, nur dem Unterbewußtsein von Scott und Sulu entnommen, und nun suggerieren sie es uns als Wirklichkeit.«

Kirk runzelte die Stirn. »Sulu und Scott sind nüchterne, vernünftige Männer, Spock. Sie sind nicht abergläubisch und haben sicher keinen verborgenen Hang zum Übersinnlichen.« Er hielt inne und sann über Spocks Worte nach. »Aber Sie könnten vielleicht doch recht haben. Scott ist Schotte, vielleicht trägt er tief in sich noch das Erbe seiner Vorfahren: schottisches Hochmoor, gespenstische Burgen im Nebel, Hexen, Verliese. Und Sulu, er kommt aus dem Orient, Heimat der Märchenerzähler, Geister, Tatarenprinzessinnen in Seidengewändern, ein Magier, der die Geister beherrscht...«

»So weit brauchen Sie nicht zurückgehen, Captain. Jedes Kind hört Märchen und liebt Schauer- und Gespenstergeschichten. Selbst ich wuchs mit ihnen auf, sehr zum Ärger meines Vaters. Vielleicht haben wir alle unbewußt Angst vor dunklen Räumen, vor überraschenden Veränderungen gewohnter Dinge, Zauberei – und genau das ist es, was die Fremden gegen uns benutzen, um die

Information zu erhalten, die sie benötigen.«

»Sie sind nicht nur hinter unseren wissenschaftlichen Kenntnissen her«, warf Kirk ein. »Sie brauchen unser Wissen von den Welten, die wir kennen, Informationen über die Galaxis.« Er wollte eben hinzufügen: *›Aber warum?‹*, als ein Schlüssel ins Schloß der Tür zu ihrem Verließ gestoßen und herumgedreht wurde.

Die Tür öffnete sich, Sulu stand auf der Schwelle, hatte den Phaser in der Hand und stieß McCoy herein. Der Doktor leistete keinen Widerstand, er stolperte ein paar Schritte, blieb stehen und starrte mit glasigen Augen geradeaus. Sein Gesicht war wie eine Maske, bar jeder menschlichen Regung.

»Pille! Mein Gott, Pille...«, stöhnte Kirk.

Sulu hatte sich über ihn gebeugt und löste seine Fesseln. McCoy drehte sich nach ihm um und kam näher. Er packte Kirk, riß ihn hoch – und gab ihm einen Tritt, daß er zur Tür taumelte.

Sylvias Art und Weise, wie sie McCoy zu einer willenlosen Marionette gemacht hatte, bestürzte Korob. Während sie warteten, bis Kirk hereingebracht wurde, machte er seinem Unmut Luft.

»Es war völlig unnötig, ihn derart zu quälen!«

»Er hat sich widersetzt«, sagte sie.

»Nein, dir macht es Spaß, sie zu quälen! Du spielst mit ihnen! Du gaukelst ihnen ein Spielzeug vor und weidest dich an ihrer Qual, wenn sie danach greifen. Und du empfindest Vergnügen dabei!«

Sie zuckte mit den Achseln. »Und wenn es mir Spaß macht, was geht es dich an? Ich habe die Informationen, die die Alten wollen, aus ihm herausgeholt, und deshalb sind wir hier, deshalb haben sie uns hierhergeschickt.«

»Dann hör jetzt auf!« schrie Korob sie an. »Oder laß zumindest die Qual kurz sein!«

»Du bist nicht befugt, mir Befehle zu erteilen, Korob. Wir haben den gleichen Rang.«

»Aber wir sind nicht gleich«, sagte er.

»Nein. Du bist schwach. Ich bin stark. Das war der Grund, warum die Alten mich mit dir gesandt haben. Sie haben geahnt, daß du zu schwach bist, daß du versagen würdest, wenn es darauf ankommt. Ich bin es, der sie...« Sie brach ab, als Sulu und McCoy den Captain hereinführten.

Ihre Lippen verzogen sich zu einem bezaubernden Lächeln. Mit der Stimme der Gastgeberin, die einen besonders gern gesehenen Gast willkommen heißt, sagte sie: »Captain, ich freue mich, Sie wiederzusehen. Nett, daß Sie gekommen sind.« Das Willkommenslächeln spielte immer noch um ihre Mundwinkel, als sie sich an Korob wandte und sagte: »Geh hinaus – und nimm die beiden mit!«

Korob zögerte, dann nahm er den durchsichtigen Block, in dem die *Enterprise* eingeschmolzen war, vom Tisch und verließ den Raum. Sulu und McCoy folgten ihm.

Kirk und Sylvia blickten einander in die Augen. Zum erstenmal bemerkte er, daß sie nervös war, innerlich angespannt, als ob sie zuviel gewagt hätte. Das gewinnende Lächeln, mit dem sie nun Kirk bedachte, hatte kaum weniger Charme als das, mit dem sie ihn begrüßt hatte.

»Was nun?« fragte er. »Holen Sie nun Ihren Zauberstab, um auch mir den Verstand zu zerstören?«

Es entging ihm nicht, daß sie etwas zurückzuckte, als er den Zauberstab erwähnte, und beobachtete, daß ihre Hand unwillkürlich nach dem Kristallanhänger auf ihrer Brust tastete. »Ihr Verstand nimmt dabei keinen Schaden, Captain, wir entnehmen ihm nur das gespeicherte Wissen und seine Willenskraft.«

»Und das nennen Sie keinen Schaden?«

»Warum sollte ich, wenn es keiner ist?« fragte sie.

Kirk warf seinen ganzen männlichen Charme in die Waagschale und sah ihr tief in die Augen. »Entschuldigen Sie bitte«, sagte er. »Ich vergaß, daß Sie ja keine wirkliche Frau sind. Wahrscheinlich gehören Sie nicht einmal der menschlichen Rasse an.«

»Was wollen Sie damit sagen?« fragte sie.

»All das ist...« Er machte eine Handbewegung, die alles einschließen sollte, was sie umgab, »...nur Illusion. Nur eine Ausgeburt unserer Phantasien, Ängste und Wunschvorstellungen. Nichts davon ist wirklich.«

Sie deutete auf die Fackeln an der Wand. »Dann halten Sie Ihre Hand in eine der Flammen, Captain. Überzeugen Sie sich selbst.

Wie immer die Dinge auch entstanden sein mögen, sie *sind* wirklich – und ich ebenso.«

»Wozu brauchen Sie uns?« fragte er.

Sie ging zum Tisch hinüber. Als sie sich wieder nach ihm umwandte, sagte sie: »Was wißt ihr Menschen über den Aufbau des Universums?«

Kirk lachte. »Es gibt nichts Angenehmeres, als sich über den Aufbau des Universums zu unterhalten – vor allem mit einer charmanten jungen Dame.« Er verbeugte sich leicht und fügte spöttisch hinzu: »Aber Sie haben meine Frage nicht beantwortet, meine Liebe. Wozu brauchen Sie uns?«

»Ich brauche niemanden. Ebensowenig wie Sie.«

Sie sagte es leise, und ihre Stimme war weich. Sie kam auf ihn zu und trat ganz nahe an ihn heran. Ob humanoid oder nicht, sie war eine atemberaubend schöne Frau. »Wenn wir beide, Sie und ich, unser Wissen kombinieren könnten«, flüsterte sie. »Unsere Macht wäre grenzenlos.«

»Und Korob?« sagte er.

Etwas wußte sie und spielte es perfekt aus, das mußte er sich eingestehen. Sie wußte, daß sie mit ihrem Sex die Männer behexen konnte. Sie legte ihre Hand ganz leicht auf seinen Unterarm, es war wie das sanfte Streicheln mit einer Feder. »Korob ist ein alter schwacher Narr«, sagte sie. »Auf ihn kann ich verzichten. Aber es fällt mir nicht leicht, auf Sie zu verzichten.«

Er lächelte in ihre verführerischen grünen Augen. »Sie meinen, Sie wollen nicht auf das verzichten, was ich im Kopf habe.«

»Ich brauche es Ihnen nicht zu entreißen, wenn Sie sich entschließen, mit mir zusammenzuarbeiten«, sagte sie. »Sie könnten von mir Dinge lernen, von denen Sie bisher nicht einmal geträumt haben. Alles, was Sie sich wünschen, könnte ich Ihnen erfüllen...«

Ihre Hand glitt zärtlich über seine Haut, fuhr behutsam seinen Arm hinauf.

»Ihre... Argumente sind sehr überzeugend«, sagte er. »Ich brauchte mich also nur zu entschließen, mich mit Ihnen zusammenzutun.«

»Sie würden es nicht bereuen«, flüsterte sie mit leiser, sinnlicher Stimme. »Macht, Reichtum, aller Luxus, den diese Galaxis zu bieten hat, würden Ihnen gehören.«

»Sie sind eine überaus schöne Frau«, sagte er – und meinte es ehrlich.

»Es steht in meiner Macht, jede Schönheit zu sein«, sagte sie, senkte die Lider über ihre grünen Augen und hob sie wieder. Strahlend blaue Augen sahen ihn an. Das lange schwarze Haar war verschwunden, aschblonde Locken fielen ihr ins Gesicht. Ihr rotes Gewand hatte sich in ein elfenbeinfarbenes verfärbt, das genau zu ihrer makellosen Haut paßte. Plötzlich war die blonde Schönheit verschwunden, kupferrotes Haar, zu einem Knoten aufgesteckt, das Gewand schimmerte bronzefarben, die Wangen dunkelten, hatten mit einemmal den rötlich-braunen Teint von Herbstlaub.

»Wie gefalle ich Ihnen so?« flüsterte sie. »Oder ist Ihnen das lieber?«

Sie nahm wieder ihr ursprüngliches Aussehen an.

»So gefallen Sie mir am besten«, sagte Kirk und schlang seine Arme um sie. Sie drängte sich an ihn, und er küßte sie. Als er den Kopf hob, schlug sie die Augen auf und sah ihn freudig überrascht an. »Sie sind ein Künstler, Captain. Ich hätte nie gedacht, daß diese Berührung der Lippen soviel Spaß machen kann. Das müssen Sie mich lehren. Wie nennt man diese Technik?«

Er küßte sie von neuem, dann löste er sich aus ihrer Umarmung. »Würden die Angehörigen Ihrer Rasse garantieren, daß mir nichts geschieht, wenn ich einverstanden wäre?«

»Wenn sie kommen, natürlich. Ich müßte nur die Alten benachrichtigen, daß Sie sich entschlossen haben, mit uns zusammenzuarbeiten.«

»Und meine Freunde würden wieder in ihren früheren Zustand zurückversetzt?«

»Selbstverständlich, wenn Sie es wünschen.«

Sie legte ihre Arme um seinen Hals, aber er nahm ihre Hände und schob sie zurück.

»Was ist?« fragte sie überrascht. »Was habe ich falsch gemacht?«

Er trat einen Schritt zurück. »Als Sie die Form einer menschlichen Frau annahmen, haben Sie gleichzeitig den typisch weiblichen Drang übernommen, im falschen Moment zuviel zu sagen«, lächelte er. »Sie haben mir ein paar Ihrer Geheimnisse enthüllt,

Sylvia, die Sie nicht hätten verraten dürfen. Was ist, wenn Ihre Alten nun herausfinden, daß Sie sich von einer der Kreaturen haben übertölpeln lassen, die eure Rasse unterwerfen will?«

»Mich übertölpeln? Ja, lieben Sie mich denn nicht?«

»Nein«, sagte er.

»Dann haben Sie mich nur benutzt?«

»Wollten Sie mich denn nicht auch nur benutzen?«

Ihre grünen Augen funkelten ihn wütend an, dann klatschte sie in die Hände. Mit Phasern bewaffnet, stürzten Scott und McCoy herein.

Wie eine Katzenkralle deutete einer ihrer schlanken Finger auf Kirk. »Hinaus mit ihm! Bringt ihn in seine Zelle zurück!«

Diesmal war es Korob, der ins Verließ kam und ihm die Ketten abnahm.

Obwohl er einen Phaser in der Hand hielt, schien er nervös und fahrig zu sein. Spock und Kirk sahen ihm schweigend und gespannt zu, als er sie von ihren Ketten befreite. Zu ihrer Überraschung trieb er sie nicht vor sich her in den Korridor hinaus, sondern drückte Kirk den Phaser in die Hand und zog den Kommunikator aus einer Tasche seiner Robe.

»Ich habe den Kristall, in dem das Modell Ihres Schiffs gefangen war, zerbrochen, Captain«, flüsterte er. »Es war auch höchste Zeit. Ihre Leute hatten schon einen Weg gefunden, das Kraftfeld zu durchbrechen. Es ist schwierig für mich, so viele Dinge gleichzeitig unter Kontrolle zu halten. Verschwinden Sie, bevor Sylvia bemerkt, daß die Waffe fehlt.«

»Ohne meine Leute gehe ich nicht«, sagte Kirk bestimmt.

Korob machte eine ungeduldige Handbewegung. »Es sind nicht mehr Ihre Leute, Captain. Sie gehören Sylvia, sie sind ihr hörig. Ich habe keine Kontrolle mehr über sie – oder über Sylvia.«

Er warf einen ängstlichen Blick auf die Tür zu ihrem Gefängnis. »Es war alles nicht nötig, was wir getan haben. Wir hätten friedlich in diese Galaxis kommen können, aber Sylvia ist mit einem Sieg nicht zufrieden. Sie ähnelt zu sehr den Alten, unseren Vorfahren, ihr macht es Spaß zu zerstören.«

»Sind Sie in einem Raumschiff gekommen?« fragte Spock.

Korob schüttelte den Kopf. »Wir haben ein Energiepaket verwendet.« Er ging auf die Tür zu. »Ich habe jetzt keine Zeit, es zu erklären. Wir müssen uns beeilen. Sie hat die Absicht, uns zu töten.«

Kirk und Spock wollten Korob gerade folgen, als er sich umdrehte und warnend die Hand hob. Da hörten sie es auch – ein tiefes, durchdringendes Grollen, und sie sahen durch die offene Tür einen Schatten an der gegenüberliegenden Wand des Korridors, den Schatten einer riesigen Katze, die sich zum Sprung duckte.

»Bleibt zurück!« flüsterte Korob.

Er zog den Zauberstab aus seinem Gewand und hielt ihn vor sich, dann schlich er zur Tür, trat vorsichtig in den Korridor hinaus und hielt ihn der Katze entgegen. Doch der Schatten an der gegenüberliegenden Wand wurde noch größer, noch schwärzer, wuchs ins Gigantische. Das Grollen wurde zu einem drohenden Knurren, dann zu einem wütenden Fauchen, Korob sah nach oben, hielt den Zauberstab hoch in die Luft und schrie mit angsterstickter Stimme: »Nein! Zurück! Hörst du? Zurück! – *Nein!*«

Der Schatten hob eine riesige Pranke. Korob schrie, duckte sich schutzsuchend, der Zauberstab entglitt seiner Hand, Spock und Kirk rannten zur Tür. Das Untier fauchte wütend und hob ein zweites Mal die Pranke. Kirk fand gerade noch Zeit, den Zauberstab aufzuheben, als Spock ihn mit aller Kraft in die Zelle zurückstieß und die schwere Tür zuwarf.

Krachend fiel sie ins Schloß, diesmal hatten sie sich selbst in ihrem Verließ eingesperrt.

Die Tür erzitterte unter dem Aufprall des mächtigen Tiers, das sich dagegenwarf. Der Korridor hallte wider vom Knurren und Fauchen der Bestie, die wie besessen das Holz mit ihren Krallen bearbeitete.

»Sie wird nicht lange halten, Sir«, rief Spock.

»Treten Sie von der Tür zurück, Mr. Spock!« befahl Kirk. Er hob den Phaser, zielte auf den Eingang und drückte ab. Keine Wirkung. Er untersuchte die Waffe und sagte: »Die Batterie ist leer. Sie muß sie entleert haben. Und wir hatten keine Ahnung! Wir hätten Scott oder Sulu jederzeit überrumpeln können!«

Er sah sich in dem Verlies um. »Es gibt keinen Ausweg.«

»Nur einen«, sagte Spock. »Den Weg, auf dem wir hereingekommen sind.«

Wieder erbebte die Tür unter einem Prankenhieb.

»Die Wände sind zu glatt, um sie hinaufzuklettern«, sagte Kirk.

Spock musterte die Falltür hoch über ihren Köpfen, durch die sie bei ihrer Ankunft herabgestürzt waren. »Wenn Sie es schaffen könnten, mich so weit hochzuheben, daß ich da oben einen Halt finde, dann kann ich Sie hochziehen.«

»Das sind gut zwei Meter fünfzig. Glauben Sie, daß Sie das schaffen?«

»Versuchen wir's, Captain.«

Kirk nickte, lehnte den Zauberstab an die Wand, stellte sich breitbeinig hin und beugte den Rücken, dann stieg ihm Spock auf die Schultern. Der Vulkanier fand einen Halt an der Falltür, zog sich hoch und öffnete sie. Er kletterte durch, klammerte sich mit den Beinen fest und streckte die Hände nach Kirk aus. Der griff nach dem Zauberstab, ließ sich hochziehen. Kaum hatten seine Finger einen Halt am Rand der Öffnung gefunden, als die Tür unter einem mächtigen Prankenhieb zersplitterte. Der Kopf der Katze füllte den Türrahmen, drohend fletschte sie ihre Fangzähne und fauchte wütend, als sie sich um ihre Beute betrogen sah.

»Das wäre fast ins Auge gegangen«, sagte Kirk atemlos. »Wo mögen wohl McCoy und die anderen sein?«

»Wäre es nicht besser, Captain, wenn wir uns an Bord beamen lassen und mit Waffen und einem neuen Landekommando zurückkommen?« fragte Spock.

»Ich lasse sie nicht allein hier.« Er tastete sich weiter durch den düsteren feuchten Gang. Plötzlich blieb Spock stehen. »Ich glaube nicht, daß wir diesen Weg gekommen sind, Captain.«

»Das ist mir gleichgültig«, sagte Kirk. »Irgendwohin wird er schon führen. Hier ist eine Abzweigung. Wir sind einmal abgebogen, vielleicht ist es doch…«

War es sein sechster Sinn oder ein Geräusch, das ihn im letzten Moment gewarnt hatte? Kirk wußte es nicht, aber er warf sich gerade noch rechtzeitig zurück, um der Eisenstange zu entgehen, mit der McCoy auf ihn losschlug. Der Schlag hätte ihn töten können; McCoy hielt die Stange mit beiden Händen und hatte den Hieb mit voller Wucht geführt; die Stange klirrte wirkungslos gegen die Wand. Gleichzeitig kam Scott aus dem Schatten herausgeschossen und ging mit einer Stange auf Spock los, dieser duckte den Schlag ab, Scott taumelte, und schon hatte ihn der Vulkanier mit einem Nackengriff. Scott ließ seine Waffe fallen und ging lautlos zu Boden. Und während Spock noch beschäftigt war, rief er: »Hinter Ihnen, Sir!«

Kirk, der eben McCoy einen zweiten Kinnhaken verpaßte, wirbelte herum. Ein Fußtritt Sulus warf ihn gegen die Wand, aber Kirk hielt den Stiefel fest, drehte ihn mit einem Ruck – und Sulu krachte zu Boden.

»Sie hatten recht, Spock«, sagte er keuchend. »Wir *sind* in die falsche Richtung gegangen – aber wir haben sie wenigstens gefunden.«

»Gefunden? So kann man's auch nennen, Sir. Auf jeden Fall sind wir jetzt alle wieder...« Spock stockte.

Das Fauchen kam ganz aus der Nähe – und plötzlich war der riesige schwarze Schatten der Katze vor ihnen, eine krallenbewehrte Pranke tauchte aus der Dunkelheit auf und tastete nach ihnen.

Kirk hob den Zauberstab. »Das ist Ihr ›Energiepaket‹, nicht wahr, Sylvia?«

Die Pranke war verschwunden. Sylvia, dunkelhaarig, in ihr rotes Gewand gekleidet, stand ihnen gegenüber.

Kirk berührte den Zauberstab. »Dieser Kristall auf der Spitze – und der Kristallanhänger, den Sie tragen – das ist die Quelle Ihrer ›Energie‹, stimmt's?«

»Die Quelle? Nein, Captain. Diese Energie entspringt allein unserem Geist. Diese Kristalle dienen nur als Verstärker, aber der Stab in Ihrer Hand kann noch mehr bewirken als mein Anhänger.«

»Wenn Sie über soviel Macht verfügen, wozu brauchen Sie dann uns?« fragte Spock.

»Von Ihnen nichts, Mr. Spock. Ihr Geist ist ein immenses Depot von Daten und Fakten, damit wissen wir nicht viel anzufangen, aber der menschliche Geist ist ein tiefer Brunnen voller Träume – und die brauchen wir, um unsere Wirklichkeit zu gestalten.«

»Also verzehren Sie gewissermaßen den Geist Ihrer Opfer. Was geschieht mit ihnen, wenn Sie sie ›verbraucht‹ haben?«

»Was interessiert Sie das?« fragte sie zurück. »Mit diesem Stab, den Sie in der Hand halten, könnten Sie die Sterne zerschmettern – wenn Sie wüßten, wie man damit umgeht.« Dann sagte sie leise: »Ich habe Ihnen angeboten, diese Macht mit mir zu teilen, Captain. Ich erneuere mein Angebot.«

»Nein«, sagte Kirk. »Ich weiß nicht, was Sie sind. Was immer aber Sie sein mögen, eine Frau sind Sie nicht. Sie sind voller Zerstörungswut.«

»Nun ist's genug!« sagte sie. Plötzlich hatte sie einen Phaser in der Hand und zielte auf Kirk. »Geben Sie mir den Stab!«

Sie streckte die andere Hand aus, die leere Handfläche nach oben. »Den Stab! Geben Sie ihn her!«

Kirk zuckte mit den Achseln und hielt ihn ihr entgegen. Sie griff danach – da schmetterte er ihn auf den Fußboden. Sylvia schrie. Der Kristall zersplitterte. Plötzlich war der Raum in rotes Licht getaucht, als wäre überall Blut, dann brach helles Gelb durch, als ginge die Sonne auf, wechselte in ein kaltes Weiß, als befänden sie sich auf der kahlen Oberfläche eines atmosphärelosen Mondes. Als das Kaleidoskop von Farben endlich zur Ruhe kam, fand sich Kirk auf einer felsigen Anhöhe wieder. Er stand auf der trostlosen, steinigen Oberfläche von Pyris VII, und alles sah genau so aus, wie Kirk es von seinem ersten Eindruck her im Gedächtnis hatte – nur der Nebel fehlte.

Geblendet blinzelte ihn McCoy an, massierte sein schmerzendes Kinn und sagte überrascht: »Was ist geschehen, Jim?«

»Da muß ich weit ausholen, Pille! Ich erzähl' es dir später«, sagte Kirk grinsend.

Scott wischte sich ein paarmal über die Stirn, als müßte er einen Spuk vertreiben, und sagte zu Sulu, der sein rechtes Fußgelenk untersuchte und dabei sein Gesicht schmerzhaft verzog: »Jetzt ist alles verschwunden.«

»Nicht ganz«, sagte Spock.

Auf einem flachen Felsbrocken vor ihnen lagen zwei winzige Lebewesen. Sie waren gallertartig und sahen fast aus wie Quallen. Eines der beiden bewegte sich nur noch matt, das andere zuckte, blähte sich auf, stieß ein dünnes Winseln aus, fiel in sich zusammen, blähte sich wieder auf...

»Hier seht ihr Korob und Sylvia in ihrer wirklichen Gestalt«, sagte Kirk. »Ihre menschliche Gestalt war ebenso eine Illusion wie die Burg und alles andere. Nur der Kristall an diesem Zauberstab gab ihnen den Anschein von Realität.«

Spocks sonst so unbewegtes Gesicht zeigte einen selten fasziniertes Ausdruck.

»Eine Lebensform aus einer anderen Galaxis, völlig andersartig als alle Rassen, die wir bisher kennengelernt haben. Wenn wir sie nur erhalten und studieren könnten!« sagte er.

Die winzige winselnde Kreatur streckte ihre durchsichtigen, faserigen Ränder nach dem Körper ihres Artgenossen aus, der nun reglos neben ihr lag, als wollte sie ihn umarmen. Doch bald wurden auch ihre Bewegungen schwächer, das Winseln erstarb, und ihr Körper fiel in sich zusammen.

»Es ist zu spät«, sagte McCoy. »Sie sind tot.«

Er seufzte: »Sein und Schein. Manchmal frage ich mich, ob wir Menschen je den Unterschied begreifen werden.«

Neuland

Das Sterndatum 1312.5 gehörte zu den denkwürdigsten in der Geschichte der U.S.S. *Enterprise.* Es markierte den Tag, an dem das Sternenschiff zum ersten Mal über die Grenzen der Galaxis hinaus vorstieß. Der Bildschirm im Besprechungsraum zeigte bereits ein ungewohntes Panorama, zwischen den letzten weit auseinander stehenden Sternen wuchs der schwarze Abgrund auf sie zu, das sternenlose Nichts, nur da und dort getupft von verwaschenen, phosphoreszierenden Lichtflecken, die die Existenz von anderen Milchstraßen bewiesen, die Millionen Lichtjahre entfernt waren.

Kirk und Spock, ein Schachbrett zwischen sich, hatten ihre Augen auf den Bildschirm gerichtet. Irgendwo darauf, für menschliche Augen unsichtbar, befand sich ein Objekt, das die Sensoren der *Enterprise* aufgespürt hatten, ein Objekt, das, so unmöglich das war, die Rufzeichen eines Sternenschiffes ausstrahlte, das vor zwei Jahrhunderten verschollen war.

»Sie sind am Zug, Captain«, sagte Spock.

»Wir sollten jetzt lieber damit aufhören, Mr. Spock«, sagte Kirk. »Die Brücke meldete...«

»...wir würden das Objekt in wenigen Minuten erreichen«, beendete Spock den Satz. »Aber das Spiel ist sowieso zu Ende. Sie sind beim nächsten Zug schachmatt, Sir.«

»Habe ich Ihnen schon gesagt, daß Sie frustrierend gut Schach spielen, Mr. Spock?«

»Frustrierend? Ach ja, eines dieser menschlichen Gefühle, nehme ich an.«

Aber Kirk hatte einen Zug für seinen Läufer entdeckt. Er nahm die Figur und schob sie auf ein anderes Feld. Spock hob die Augenbrauen.

»Sind Sie sicher, daß Sie nicht wissen, was Frustration ist?« fragte Kirk.

Spock starrte finster auf das Schachbrett. »Die Tatsache, daß ein

Elternteil von mir eine Erdenfrau ist, Sir, bietet eine Möglichkeit dazu...«

»Schlimm, wenn man solche Gefühle kennt«, sagte Kirk mitfühlend. »Vor allem, wenn man zusätzlich noch schachmatt ist. Dann wird es fast unerträglich.«

Leutnant Lee Kelso enthob Spock einer Antwort. »Brücke an Besprechungsraum«, meldete sich seine Stimme durchs Intercom. »Das Objekt ist jetzt in Traktorstrahl-Reichweite, Captain.«

»Noch immer kein Sichtkontakt, Leutnant?«

»Nein, Sir. Es kann kein Schiff sein. Messungen ergeben einen Durchmesser von maximal einem Meter. Klein genug jedenfalls, es an Bord zu holen – wenn Sie das Risiko eingehen wollen.«

Kirk beschloß, das Risiko einzugehen. Es war eine seltsame Begegnung am Rand des grenzenlosen Raums. Seltsam – aber möglicherweise sehr informativ.

»Kommen Sie, Mr. Spock. Gehen wir zum Transporterraum«, sagte er.

Scott wartete bereits an der Steuerkonsole auf sie. »Der Materialisator ist eingeschaltet. Wir sind bereit, Captain.«

»Holen Sie es an Bord«, sagte Kirk.

Das vertraute Brummen ertönte, über der Transporter-Plattform erschien ein Funkenregen, dann zeichnete sich eine Silhouette ab, eine Notboje, wie sie vor Jahrhunderten in der Sternenflotte gebräuchlich gewesen war, materialisierte sich. Sie stand auf ihrem dreibeinigen Landegestell, war etwa neunzig Zentimeter hoch und hatte eine verbeulte, pockennarbige Außenhaut. Mit verblichenen Buchstaben identifizierte sie sich: »U.S.S. *Valiant*« und darunter in kleiner Schrift: »Vermessungskreuzer«.

»Diese Bojen wurden früher ausgestoßen, wenn das Mutterschiff in Schwierigkeiten geriet, etwa wenn es von einem Feind angegriffen wurde«, sagte Kirk.

»In diesem Fall scheint das Mutterschiff zerstört worden zu sein, Sir«, sagte Spock. »Beachten Sie, wie verbrannt und verbeult die Außenwände sind.«

Kirk wollte zur Plattform gehen, um die Boje näher zu untersuchen, als Scott rief: »Vorsicht, Captain! Das Ding ist höchst radioaktiv!«

Kirk wich zurück. »Geben Sie Strahlenschutz-Alarm, Mr. Scott!«

Scott drückte die Alarmtaste auf seiner Konsole. Die Alarmanlage begann schrill zu piepsen.

Die Boje war plötzlich in einen gelben Lichtschein gehüllt. Sie fuhr klickend ihre Antennen aus und brachte sie in Position.

»Sie sendet«, sagte Scott.

»Interessant«, sagte Spock. »Ich habe ein Aufzeichnungsgerät laufen...«

Er wurde durch Leutnant Kelso unterbrochen, der sich über Intercom meldete: »An alle Decks! In sechs Minuten erreichen wir den Rand der Galaxis.«

Den Rand der Galaxis! Kein Mensch war – soweit bekannt – bisher so weit hinaus vorgestoßen. Natürlich gab es am Rand der Galaxis keine genaue Grenzlinie – die Sterne wurden vereinzelter, hörten schließlich ganz auf, ein unmerklicher Übergang –, sie war nur auf den Sternkarten eingezeichnet. Aber in sechs Minuten würden die letzten Sterne und Sonnensysteme der Galaxis hinter ihnen liegen.

»Alarmstufe Gelb«, sagte Kirk.

»An alle Decks! Der Captain befiehlt Alarmstufe Gelb«, gab Leutnant Kelso weiter.

Einen Augenblick später öffnete sich die Aufzugstür, und Commander Gary Mitchell trat heraus, der jetzt Chef-Navigator war, nachdem Sulu Chef-Physiker des Schiffs geworden war. Die Beförderung war von allen an Bord begrüßt worden – eine überflüssige Geste, doch sie bestätigte die Entscheidung des Captains; Mitchell war bei allen beliebt. Während eines Alarms war es seine Aufgabe als Steuermann, die Schwerkraftanlage für die künstliche Gravitation an Bord zu überwachen.

»Alles in Ordnung, Jim«, sagte er lächelnd, als ob er Kirks sorgenvolle Gedanken gelesen hätte. »Kelsos Stimme klang so nervös, daraus habe ich geschlossen, daß Sie nicht auf der Brücke sind. – Haben Sie das Spiel gewonnen, Mr. Spock?«

»Der Captain spielt manchmal überaus... unlogisch«, sagte der Wissenschaftsoffizier. »Ich hatte erwartet, daß er mit dem Turm zieht.«

Kirk lachte. Er winkte Mitchell freundschaftlich zu, sie kannten sich schließlich schon seit vielen Jahren. Auf der Brücke eilten alle drei auf ihre Stationen.

»Ich löse Sie ab, Mr. Alden«, sagte Mitchell zu dem diensthabenden Rudergänger.

»Hauptbildschirm an!« befahl Kirk. »Leutnant Kelso, wie weit haben wir es noch bis zum Rand der Galaxis?«

»Vier Minuten, bei unserer derzeitigen Geschwindigkeit, Sir.«

»Alarm beendet, Leutnant Kelso.« Er wandte sich an Mitchell. »Sol-Antrieb abschalten. Halten Sie Position.«

Das kraftvolle Vibrieren der schweren Antriebsmaschinen des Schiffs ebbte ab. Die Tür des Lifts glitt wieder auf. Dr. Elisabeth Dehner trat heraus, groß, schlank, Mitte Zwanzig, bestimmt eine schöne Frau, wenn sie darauf Wert gelegt hätte, aber das tat sie nicht. Der Arzt, Doktor Piper, folgte ihr, dahinter Chefphysiker Sulu und Chefingenieur Scott.

Kirk wandte sich an Mitchell: »Interner Rundspruch.«

»Zu Befehl, Sir. Alle Kanäle eingeschaltet.«

Kirk griff nach dem Mikrophon: »Hier spricht der Captain. Das Objekt, das wir aufgespürt haben, ist eine Notboje, die offensichtlich von dem U.S.S. *Valiant* vor zwei Jahrhunderten ausgestoßen wurde. Mr. Spock ist dabei, die Datenbänke abzufragen, was über den Vorfall bekannt ist. Wir hoffen herauszufinden, was die *Valiant* veranlaßt hat, in diese unbekannten Raumbereiche vorzustoßen, und was die Zerstörung des Schiffes verursacht hat. Sobald wir Antworten auf diese Fragen haben, werden wir unsere Nachforschungen beginnen. Alle Decks in Bereitschaft.« Er machte eine kurze Pause. »Alle Ressortleiter gemäß Turnus auf die Brücke.«

»Astrophysik bereit, Captain«, meldete Sulu.

»Technische Abteilungen bereit, Sir – wie immer«, sagte Scott. Nichts, auch nicht die abgrundtiefe Leere, die sich vor ihnen auftat, konnte offenbar seine schottische Selbstsicherheit erschüttern.

»Medizinische Abteilung bereit«, meldete Dr. Piper, der in Vertretung Dr. McCoys Dienst tat. McCoy hatte sich beurlauben lassen, um sich besonderen Studien widmen zu können. Dr. Piper war fast schon zu alt, um noch auf Schiffen Dienst zu tun, aber er schien ein hervorragender Arzt zu sein.

»Ich bitte um Erlaubnis, meinen Assistenten Dr. Dehner mit auf die Brücke zu bringen, Captain«, sagte Piper.

Elisabeth Dehner hatte sich auf der Aldebaranischen Kolonie ihrer Expedition angeschlossen. Kirk hatte bisher keine Gelegenheit gefunden, sich mit ihr zu unterhalten, und jetzt hatte er erst recht keine Zeit dazu. Aber sie wollte vielleicht miterleben, wie das Schiff in den Abgrund vorstieß, der vor ihnen lag.

»Genehmigt«, sagte Kirk.

Einige Minuten später waren alle Ressortleiter auf der Brücke versammelt.

»Man hat mir gesagt, Sie sind Psychiater, Dr. Dehner«, sagte der Captain, »und haben die Aufgabe, die Reaktionen der Mannschaft in ungewöhnlichen Situationen zu studieren.«

»Ganz recht, Sir.«

Kirk deutete auf den Bildschirm. »Eine extreme Situation liegt hier vor uns, Doktor. Millionen und Abermillionen von Lichtjahren absolut leeren Raums liegen vor uns, abgesehen von einigen Molekülen ionisierter Gase.«

»Ich bekomme jetzt einige Daten aus dem Aufzeichnungsgerät, Captain«, meldete Spock von seiner Computerstation.

Aber Dr. Dehner wollte noch etwas sagen: »Sir, ich wäre auch sehr daran interessiert, zu erfahren, wie die Mannschaft der *Valiant* in der Extremsituation reagiert hat.«

Kirk musterte sie neugierig. Mitchell betrachtete sie ebenfalls abschätzend. Er lächelte leicht und sagte: »Sie sind also an Bord, um die menschliche Rasse zu verfeinern, Doktor?«

»Ich habe gehört, daß das Ihre Spezialität ist, Commander«, entgegnete sie eisig.

»Au«, sagte Mitchell und flüsterte Kelso zu: »Das ist ja ein wandelnder Kühlschrank. Wer hätte das gedacht?«

Sie überhörte seine Bemerkung geflissentlich, aber alle bemerkten, daß ihr die Röte in die hübschen Wangen stieg.

Aus dem akustischen Sensor, den Spock an seine elektronischen Geräte angeschlossen hatte, drangen Pfeiftöne, die der Computer entschlüsselte. Spock blickte auf, als Kirk neben ihn trat. »Ich bin eben dabei, die Daten zu entschlüsseln«, sagte er. »Das Logbuch des Captains ist jetzt dran. Es berichtet, daß die *Valiant* in einen Magnetsturm geriet, der das Schiff in diese Richtung schleuderte.«

Kirk nickte. »Die alten Impulstriebwerke waren nicht stark genug, so einem Sturm zu widerstehen.«

Spock beugte sich tiefer über seine Geräte und lauschte. »Der Sturm riß sie etwa ein halbes Lichtjahr aus der Galaxis... über diesen Punkt hinaus... wurden aus dem Zentrum des Sturms herausgeschleudert... versuchten, wieder in die Galaxis zurückzukehren...« Er drehte an einigen Knöpfen. »Ich konnte leider nicht alles verstehen, Captain, aber aus den letzten Aufzeichnungen geht hervor, daß die *Valiant* gegen eine unbekannte Kraft anzukämpfen hatte. Jetzt verstehe ich es wieder deutlicher. Moment...«

Die Pfeifgeräusche wurden wieder lauter, Spock berichtete weiter: »Durcheinander auf der Brücke... Befehle und Gegenbefehle... Meldung, daß die Notaggregate an Energie verlieren... wiederholt dringende Anfragen an den Schiffshauptcomputer... alle verfügbaren Daten über...« Spock stockte und sah Kirk an: »...über ESP! (ESP = Extra Sensory Perception = außersinnliche Wahrnehmungsfähigkeit [Anm. d. Übers.]). Alles Material über außersinnliche Wahrnehmungsfähigkeiten bei Menschen.« Er schüttelte verständnislos den Kopf. »Das ist merkwürdig, sogar äußerst merkwurdig!«

Kirk sah ihn ungläubig an. »Sie fragten die Datenbänke nach außersinnlichen Fähigkeiten des Menschen ab?« Er wandte sich an Elisabeth Dehner: »Dr. Dehner, was wissen Sie über ESP?«

Dr. Dehner kam zur Computerstation herüber und sagte: »Die ESP-Tests, die an mir durchgeführt wurden, bewiesen, daß mein ESP-Quotient ziemlich hoch ist.«

»Ich habe Sie gefragt, was sie *über* ESP wissen, Doktor«, sagte Kirk.

Sie dozierte mit der Wichtigtuerei des Fachspezialisten: »Es ist eine erwiesene Tatsache, daß es Menschen gibt, die künftige Ereignisse voraussagen, verdeckte Spielkarten lesen und ähnliche Dinge können. Doch die Fähigkeiten eines Espers, eines Menschen, der ESP beherrscht, sind begrenzt...«

»Schwere Beschädigungen... nein, es muß heißen: schwere Verletzungen«, unterbrach Spock. Sein Gesicht war vor Anstrengung verzerrt, so konzentriert lauschte er auf die verstümmelten Informationen, die der Computer entzifferte. »Sieben Mannschaftsmitglieder... tot... nein, es sind *sechs*... einer hat sich wieder erholt...« Spock blickte Kirk an. »Es scheinen die Ereignisse gewesen zu sein, die das Interesse an der außersinnlichen Wahrnehmung geweckt haben. Interesse ist nicht ganz das richtige Wort. Die Frage scheint sie geradezu in den Wahnsinn getrieben zu haben.«

Er beugte sich wieder lauschend über die Computerkonsole, plötzlich richtete er sich starr auf. »Nein, das ist zu verstümmelt. Ich habe das Wort ›Zerstörung‹ gehört«, er runzelte die Stirn und schaltete das Gerät ab. »Entschuldigen Sie, Sir, ich muß das Gehörte falsch gedeutet haben, aber es hörte sich tatsächlich so an, als ob der Kapitän die Selbstzerstörung seines Schiffs befohlen hätte.«

Kirk wandte sich um und sah die versammelten Offiziere und Wissenschaftler fragend an.

»Sie haben es mitgehört«, sagte er. »Haben Sie dazu etwas zu sagen?«

Piper sagte achselzuckend: »Die einzige erwiesene Tatsache ist, daß die *Valiant* zerstört wurde.«

»Eine Tatsache, die uns veranlassen sollte, *unsere* Nachforschungen auf jeden Fall fortzusetzen«, sagte Kirk. »Eines Tages werden andere Schiffe in diesen Bereich vorstoßen. Und sie haben ein Recht darauf, zu erfahren, was sie erwartet.«

Er nahm in seinem Kommandanten-Sessel Platz.

»Commander Mitchell, Kurs beibehalten, Sol Eins«, befahl er. »Wir verlassen die Galaxis.«

Als die *Enterprise* die letzten Sterne passierte, flammten auf der Brücke Warnlichter auf. Alle Augen richteten sich auf den Hauptbildschirm. Vor der Schwärze des tiefen Abgrunds vor ihnen zeichneten sich plötzlich Muster aus farbigen Lichtfäden ab, die genau auf ihrem Kurs lagen.

»Sieht nach einem Kraftfeld aus«, sagte Spock.

»Was immer es auch sein mag«, sagte Mitchell, »wir nähern uns ihm rasch.«

Kirk antwortete nicht. Obwohl es aus dieser Entfernung

schwierig war, das Phänomen richtig einzuschätzen, machte es den Eindruck, als stellte es ein unüberwindliches Hindernis dar. Die Farbmuster wurden heller und schienen sich auszudehnen, sich zu einem immer dichter werdenden vielfarbigen Netz aus reiner Energie zu verweben, als senkte sich ein Vorhang vor dem Schiff nieder. Es sah aus wie eine Aurora Borealis von kosmischen Ausmaßen, und es setzte sämtliche Alarmanlagen auf der Brücke in Betrieb.

Kirk preßte die Zähne zusammen und starrte das Hindernis finster an. Die intensiven Farben, die es ausstrahlte, bemalten die gespannten Gesichter mit bunten Reflexen.

Die Farben wurden schließlich blendend hell, und in irgendeinem Anzeigegerät brannte mit lautem Knallen eine Sicherung durch.

»Die Feldstärke steigt an...« begann Spock.

Plötzlich erlosch die Brückenbeleuchtung. Einige Sekunden lang bemerkte Kirk den Ausfall überhaupt nicht, denn das Phänomen auf dem Hauptbildschirm strahlte eine derartige Helligkeit aus, daß die meisten Anwesenden instinktiv die Hände vors Gesicht hielten, um die Augen zu schützen.

Sekundenbruchteile später erreichte die Helligkeit ihren Höhepunkt, eine Woge weißen Lichts stürzte vom Bildschirm herab. Im selben Moment schmorten die elektrischen Anlagen der Steueranlage durch, ein Funkenregen schoß aus der Konsole Mitchells, beißender Rauch breitete sich aus. Prompt schmorten weitere Schaltkreise durch, mit bösartigem Knallen explodierten überall Sicherungen. In wenigen Sekunden war die gesamte Brücke in Rauch und Feuer gehüllt. Elisabeth Dehner begann gellend zu schreien, stürzte zu Boden und wand sich in Krämpfen, als griffe eine unsichtbare Hand nach ihr. Sie schrie unaufhörlich in panischem Entsetzen. Die Zeiger der Geräte auf Kirks Kommandokonsole rotierten wie irrsinnig.

»Steuermann!«

Aber auch Mitchell war in einen Funkenregen gehüllt. Er stieß hustend seinen Sessel zurück und richtete sich auf wie eine Marionette, die an Fäden hochgezogen wird. Er zuckte konvulsivisch, als hinge er an einer Starkstromleitung, dann stolperte er ein paar

Schritte weiter und stürzte vornüber aufs Gesicht, sein bewußtloser Körper rollte hin und her, als das Schiff unter dem Aufprall einer unbekannten Energie erbebte und hin und her geworfen wurde.

Das allgemeine Durcheinander wurde noch größer, als eine Alarmsirene losheulte. Spock und Kirk klammerten sich an ihren Sesseln fest, die anderen waren aus den ihren zu Boden gestürzt und versuchten, wieder auf die Beine zu kommen.

Schließlich siegte doch die Disziplin, während die Technik sie rundum im Stich ließ. Mit verzweifelter Anstrengung erreichte Kirk seine Kommandokonsole, und Spock stieg über den zusammengekrümmt am Boden liegenden Mitchell, um an die Steueranlage heranzukommen. Doch das Schiff kam nicht zur Ruhe, es wurde von dem unbekannten Energiefeld hin und her geschleudert, Metall ächzte und knirschte, als würde die *Enterprise* ausgewrungen und drohe, zerquetscht zu werden.

»Nottriebwerke ein!« brüllte Kirk in den Tumult. *»Volle Kraft voraus! Bringt uns hier heraus!«*

Spock und Kelso arbeiteten an den Kontrollen. Die Notsteuerung registrierte das Zünden der Triebwerke, das Schiff begann wieder auf Steuerkommandos zu reagieren, die Brückenbeleuchtung flammte wieder auf und die Alarmsirene schaltete sich ab, aber die meisten Instrumente waren schwer beschädigt oder völlig ausgefallen. Nur langsam saugte die Klimaanlage die Rauchwolken ab.

»Fordern Sie die Schadensmeldungen an, Mr. Spock«, befahl Kirk und sprang auf.

Spock gab die Anweisungen an die verschiedenen Abteilungen weiter. Dr. Piper kniete neben Elisabeth Dehner und hob ihren Kopf hoch. Sie stützte sich schwer auf seinen Arm, als er ihr half, wieder auf die Beine zu kommen.

»Irgend etwas hat mich wie ein elektrischer Schlag getroffen«, flüsterte sie mit schmerzverzerrtem Gesicht. Piper ließ sie stehen und wandte sich dem bewußtlosen Mitchell zu.

»Nun?« fragte Kirk.

»Er lebt«, sagte der Doktor, »aber er scheint einen Schock erlitten zu haben.«

Spock faßte die Schadensmeldungen zusammen: »Der Hauptantrieb ist ausgefallen, Captain. Wir sind auf die Hilfstriebwerke angewiesen – und wir haben sieben Tote.«

Einen Moment lang schwieg Kirk betreten, dann sagte er: »Vielleicht haben wir noch Glück gehabt.«

»Commander Mitchell scheint wieder zu sich zu kommen«, sagte Spock.

Kirk ließ sich neben seinem Chef-Navigator auf die Knie nieder. »Wie fühlen Sie sich, Gary?«

Mitchell bedeckte seine Augen mit dem Unterarm, als ob er immer noch von dem Lichtschein geblendet würde, und flüsterte heiser: »Jim? Ich fühle mich hundeelend, aber immerhin schon wieder besser als vorhin. Ich werde es überleben.«

Als er den Arm von seinen Augen nahm, hatte sich deren Farbe von Blau in strahlendes, metallisch glänzendes Silber verwandelt.

Obwohl sie genügend Ersatzteile für alle erdenklichen Ausfälle an Bord hatten, waren die Beschädigungen an den Sol-Triebwerken zu schwer, als daß man sie mit Bordmitteln hätte reparieren können. Die *Enterprise* war allein auf ihre Impulstriebwerke angewiesen.

Als die Brückenwache alle Stationen wieder besetzt hatte, wurde erst klar, wie groß die Verwüstungen waren, die der Zusammenprall mit dem rätselhaften Energiefeld angerichtet hatte. Kirk betrachtete die ausgebrannten Maschinen und dachte an die demolierte Sonde, die die *Valiant* ausgestoßen hatte. Hatte das Schiff den Ansturm des Lichts überlebt? Wenn ja – was war dann passiert?

Spock war eifrig damit beschäftigt, auf dem Bildschirm seiner Computerkonsole eine Namensliste zusammenzustellen. Es waren die Namen einiger Offiziere, Techniker und Mannschaften, unter ihnen befanden sich auch die von Elisabeth Dehner und Gary Mitchell. Kirk sah die Liste durch und gab Spock einen Wink. Der Vulkanier löschte hastig Elisabeths Namen, als die Psychologin auf sie zutrat.

»Ich habe die Ergebnisse der Autopsie, Captain«, sagte sie. »In jedem Fall war eine Beschädigung der Hauptnervenstränge festzustellen, zum Teil sind ganze Hirnpartien verbrannt.«

»Und wie geht es Ihnen?« fragte Kirk. »Fühlen Sie sich wieder besser?«

»Viel besser! Auch Commander Mitchell scheint wieder in Ordnung zu sein – bis auf seine Augen. Wir versuchen, die Ursache für dieses merkwürdige Phänomen zu finden – und die Ursache dafür, warum nur einige wenige Leute von den mehr als vierhundert Offizieren und Mannschaftsmitgliedern davon betroffen waren.«

»Diese Antwort haben wir, glaube ich, bereits gefunden«, sagte Spock ruhig.

»Sie sagten, daß Tests bei Ihnen einen hohen ESP-Quotienten ergeben hätten«, erinnerte sie Kirk. »Alle an Bord, die von dem Schock betroffen waren, wiesen genau das gleiche Merkmal auf. Gary Mitchell hat den höchsten ESP-Quotienten von allen.«

Sie war sichtlich überrascht. »Ich halte es nicht für ausgeschlossen, daß die gesteigerte Fähigkeit für außersinnliche Wahrnehmung andere Kräfte anziehen könnte.« Sie stockte und zuckte mit den Schultern. »Aber wenn Sie annehmen, daß das gefährlich sein könnte…«

»Bevor die *Valiant* zerstört wurde«, unterbrach sie Spock, »versuchte der Kapitän des Schiffs alle Informationen über ESP und die ESP-Fähigkeiten seiner Mannschaft zu erhalten.«

»ESP-begabte Menschen sind Leute, die blitzartige – nun ja, *Einsichten* haben«, entgegnete sie.

»Gibt es da nicht auch welche, die durch solide Gegenstände hindurchsehen können?« fragte Spock. »Oder allein durch Willenskraft ein Feuer entzünden können?«

Die Frage schien sie zu irritieren. »ESP ist nicht mehr als eine Art sechster Sinn«, sagte sie. »An dieser Fähigkeit ist nichts, was einen Menschen gefährlich machen könnte.«

»Ich nehme an, Sie sprechen von *normalen* ESP-Fähigkeiten, Doktor«, sagte Spock.

»Kennen Sie andere?« fragte sie gereizt.

»Sind Sie völlig sicher, Doktor«, warf Kirk ein, »daß es keine anderen gibt?«

»Ich habe eine Menge zu tun, Captain«, sagte sie, und ein verärgerter Hochmut ließ ihre Stimme scharf klingen. »Ich bitte Sie, mich zu entschuldigen.« Sie wandte sich um und eilte zum Lift.

In der Krankenstation saß Mitchell in seinem Bett, hatte sich ein paar Kissen in den Rücken gestopft und war offenbar wieder soweit hergestellt, daß er sein Lesegerät benutzen konnte. Seine Augen, die die Zeilen entlanghuschten, glitzerten hell wie Quecksilber. Kirk trat leise ein und beobachtete den Lesenden eine Weile. Ohne den Kopf zu heben, griff Mitchell nach dem Schalter und stellte das Gerät ab. »Hallo, Jim«, sagte er.

Er hatte nicht einmal den Kopf gedreht, um festzustellen, wer eingetreten war. Aus irgendeinem Grund war Kirk über diese Tatsache äußerst beunruhigt. Er holte sich einen Stuhl und setzte sich neben das Bett.

»Was machen Sie für ein sorgenvolles Gesicht, Jim?« fragte Mitchell.

Kirk zwang sich zu einem Lächeln. »Sie machen mir Sorgen, seit damals die Geschichte mit dem Mädchen auf Deneb IV passiert ist.«

Mitchells sympathisches Gesicht verzog sich zu einem Lächeln, und er seufzte: »Ja, ich erinnere mich. Das war ein Mädchen wie eine Nova«, sagte er. »Aber Sie brauchen sich wirklich keine Sorgen zu machen. Bis auf meine Augen ist alles wieder in Ordnung. Sie können sich vorstellen, wie ich darunter leide, wenn ich vor dem Spiegel stehe und mich rasiere.«

»Ist Ihr Sehvermögen beeinträchtigt?«

»Überhaupt nicht.«

»Und sonst ist wirklich nichts, Gary?«

Mitchell sah Kirk neugierig an und sagte: »Was soll *sonst* los sein, Jim?«

»Fühlen Sie sich nicht irgendwie – verändert, innerlich, meine ich?«

»Doch«, lachte er. »Ich habe mich noch nie im Leben so wohl gefühlt. Es muß tatsächlich etwas mit mir geschehen sein.«

»Können Sie das näher beschreiben?«

»Hm«, sagte Mitchell nachdenklich und deutete auf das Lesegerät. »Ich habe mir eins dieser Bücher kommen lassen, die ich auf der Akademie gebüffelt und nie ganz begriffen habe – und finde den schwierigen Stoff plötzlich leicht verständlich. Mann, ich kann mich an Ihre Vorlesungen an der Akademie erinnern. Sie waren ein wandelnder Bücherschrank! Wissen Sie, das erste, was ich von einem Studenten, der ein paar Semester weiter war, über Sie erfahren habe, war: Nimm dich vor diesem Leutnant Kirk in acht. Entweder du strengst dein Gehirn an, oder du bist erledigt.«

»Na hören Sie mal«, sagte Kirk. »So schlimm war ich nun auch wieder nicht.«

»Sie waren nicht *was*?« lachte Mitchell. »Wissen Sie, daß Sie mich fast zum Irrsinn getrieben haben mit Ihren Prüfungen?«

»Von Kadetten, die ich mochte, habe ich immer das Äußerste gefordert«, sagte Kirk.

»Mensch, wenn ich damals nicht die blonde Laborantin auf Sie angesetzt hätte, um ein bißchen Luft zu kriegen, Sie hätten mich geschafft.«

»Sie haben *was*?« fragte Kirk verdattert. »Wollen Sie damit sagen, daß das eine *geplante* Sache war?«

»Sie haben mich immer wieder zum *Denken* gezwungen, also *dachte* ich nach und heckte einen Plan aus. Dann habe ich ihn mit dem Mädchen abgesprochen, und sie war mit von der Partie.«

Kirk wollte lächeln, aber er brachte nur ein säuerliches Grinsen zustande. »Gary«, sagte er, »ich hätte das Mädchen beinahe geheiratet!«

»Ich fordere bei Leuten, die ich gerne mag, auch das Äußerste, Jim. Und herausfordernd war sie doch, oder?«

Kirk erinnerte sich jetzt mit recht gemischten Gefühlen daran. Er seufzte und wiederholte: »Gary, ich hätte das Mädchen beinahe *geheiratet*!«

»Sie sollten sich eben gut mit mir stellen«, sagte Mitchell scherzend. »Er deutete auf das Lesegerät. »Mir kommen nämlich jetzt noch ganz andere Ideen.«

»Was lesen Sie denn da?« fragte Kirk, beugte sich über das Gerät und las die Aufschrift der Mikrofilmkassette. »Spinoza?«

»Ja«, sagte Michell. »Es ist schwierig, sich in sein Denken hineinzufinden, aber wenn man das geschafft hat, ist es leicht verständlich, kinderleicht, würde ich sagen. Übrigens stimme ich in einigen Punkten nicht mit ihm überein.«

»Nein? Reden Sie weiter!« sagte Kirk.

»Was soll ich weiter sagen? Ich liege hier und lese ein bißchen.« Das kalte Glitzern seiner silbrigen Augen stand in merkwürdigem Kontrast zu seinem angenehmen, warmherzigen Auftreten, sie blitzten wie polierte Schalen, eiskalt und beängstigend. Seine weißen Zähne blitzten in einem freundlichen Lächeln. »Mir geht es wirklich gut, Jim! Wann darf ich endlich wieder Dienst tun?«

Kirk zögerte noch. »Ich habe angeordnet, daß Dr. Dehner Sie noch eine Weile beobachtet.«

»Von den fast hundert Frauen, die an Bord sind, suchen Sie ausgerechnet *die* für mich aus!« stöhnte Mitchell.

»Fassen Sie es als Herausforderung auf, Commander«, sagte Kirk.

Die reglosen Silberaugen waren starr auf ihn gerichtet. »Das war nicht besonders freundschaftlich, Jim. Ich hätte von einem Freund mehr erwartet. Habe ich Ihnen nicht gesagt, Sie sollten sich gut mit mir stellen?«

Einen Moment lang herrschte ein etwas betretenes Schweigen, dann schüttelte Mitchell resignierend den Kopf, drehte Kirk den Rücken zu und schaltete das Lesegerät wieder ein. Kirk, noch beunruhigter als zuvor, sah ihm schweigend noch einige Minuten lang zu, dann erhob er sich und verließ die Krankenstation.

Hinter ihm stellte Mitchell das Lesegerät auf höheres Tempo. Die Seiten wanderten durch, als fotografiere er sie mit den Augen ab, sein Gehirn schien die Fakten mit einer unglaublichen Geschwindigkeit aufzunehmen.

Spock beobachtete den Vorgang auf dem Bildschirm des Bibliothekscomputers. Als Kirk neben ihn trat, huschten die Seiten geradezu über die Scheibe und Spock sagte: »Er liest mit jeder Sekunde schneller. Ist das wirklich Gary Mitchell, der sonst immer Wochen braucht, bis er sich durch ein Buch durchgekämpft hat?«

Kirk nickte und flüsterte. »Ich möchte, daß die Krankenstation rund um die Uhr überwacht wird. Dr. Piper soll alle denkbaren Tests und Untersuchungen an Mitchell durchführen. Ich möchte kein Risiko eingehen.«

Als Dr. Piper seine Messungen abgeschlossen und ausgewertet

hatte, schüttelte er den Kopf und sagte freudig überrascht: »Perfekt! Absolut perfekt!« Er betrachtete die Computerkarte, als könne er es nicht glauben. »Eine derart perfekte körperliche Verfassung ist äußerst selten.« Er las noch einmal die Meßwerte des medizinischen Computers ab, als sei ihm das Ergebnis nicht ganz geheuer, aber alles stimmte. »Gratuliere, Mr. Mitchell. Ich habe noch nie einen gesünderen Menschen untersucht!«

»Spitze in allen Bereichen, nicht wahr?« sagte Mitchell gelangweilt, und zu Elisabeth gewandt: »Schade, daß die Psychiatrie keine exakte Wissenschaft ist, nicht wahr, Fräulein Doktor? Es wäre doch schön, wenn man den Geist auch in den Computer stecken und den Grad seiner Gesundheit säuberlich auf einer Skala feststellen könnte.«

»Ich weiß, Commander, daß Sie mich nicht besonders mögen«, sagte sie. »Aber nachdem ich nun einmal hier sein muß, schlage ich vor, daß wir uns das Leben nicht unnötig schwer machen. Einverstanden?«

»Ich habe überhaupt nichts gegen Sie, Doktor.«

»Nun, dann vielleicht etwas gegen den ›wandelnden Kühlschrank‹?«

Mitchell war offensichtlich überrascht. »Das tut mir furchtbar leid«, sagte er und legte seinen ganzen Charme in diese fünf Worte.

»Berufstätige Frauen, besonders wir Akademikerinnen, neigen oft dazu, überzukompensieren«, sagte sie. »Aber wir wollen nicht über mich, sondern über Sie reden. Wie fühlen Sie sich? Was fühlen Sie? Erzählen Sie.«

»Wovon? Jeder, der hier hereinkommt, scheint bestürzt zu sein, daß ich kein Fieber oder sonst was habe.« Er deutete auf den medizinischen Computer. »Nun, da Dr. Piper nicht mehr da ist, könnte ich ja ein paar Einstellungen verändern. Wenn ich Sie mit ein paar schlechteren Werten glücklich machen kann...«

Die Meßwerte an den Geräten auf der Konsole änderten sich. Elisabeth betrachtete verblüfft die Instrumente und dann Mitchell. Es war, als ob er selbst ein wenig verblüfft wäre, dann sagte er: »Und jetzt wieder wie vorhin.«

Die Anzeigen fielen auf ihre ursprünglichen Meßwerte zurück.

»Wie haben Sie das gemacht?« fragte Elisabeth erschrocken.

»Ich bin mir nicht ganz sicher. Ich denke einfach, daß ich es tun möchte, und da geschieht es von allein.« Er sah die Kontrollkonsole des Computers an. »Es sind nicht wirklich die Instrumente, ich bin es. Ich tue es... innerlich. Sehen Sie sich die Meßwerte an.«

Alle Anzeigen fielen auf Null zurück.

»Tun Sie es nicht«, rief Elisabeth erregt und ergriff seine Hand. »Hören Sie sofort auf damit!«

Die Nadeln der Instrumente zitterten, erhoben sich aus der »Tot«-Stellung, pendelten unschlüssig hin und her und zeigten schließlich wieder normale Meßwerte an.

Mitchell starrte sie an, er war plötzlich weiß wie eine Wand, und Elisabeth, ebenso blaß vor Schreck, sagte: »Sie waren zweiundzwanzig Sekunden lang *tot*! Ohne jede Lebensfunktion!«

Mitchell wurde erst jetzt gewahr, daß sie seine Hand hielt. Sie bemerkte es ebenfalls und wollte sie zurückziehen, aber er ließ sie nicht los. »Nun rennen Sie mir nicht gleich davon. Sie dürfen mich jetzt nicht allein lassen. Da sind nämlich auch noch ein paar andere Sachen passiert. Zum Beispiel habe ich die halbe Schiffsbibliothek ausgelesen, und das in kaum einem Tag! Was ist mit mir passiert, Doktor?«

»Können Sie sich an alles erinnern, was Sie da gelesen haben?« fragte sie.

Er nickte ernst. Sie nahm eine der Kassetten, die auf seinem Nachttisch lagen. »Wie steht's mit dieser? Was steht auf Seite 387? Können Sie mir das sagen?«

»Aber sicher«, sagte er. »Das ist *Die Nachtigallenfrau* von Tarbolde. Er hat sie 1996 auf einem Planeten im System Canopus geschrieben. Die Seite beginnt: ›Meine Liebe hat Flügel, schlanke gefiederte Hände, die sich anmutig aufschwingen und dir‹...« Er stockte und begann amüsiert zu grinsen. »Es ist spaßig, daß Sie gerade diese Auswahl getroffen haben.«

»Warum?«

»Es ist eins der leidenschaftlichsten Liebesgedichte, die in den letzten Jahrhunderten geschrieben wurden.«

Sie entzog ihm ihre Hand. Er neigte den Kopf und sah sie lächelnd an. »Wie fühlen *Sie* sich?« fragte er.

»Wie? Ach, Sie meinen diesen elektrischen Schlag. Er hat mich nur zu Fall gebracht. Das ist alles.«

»Sind Sie da so sicher?«

Sie war sich überhaupt nicht sicher in der unmittelbaren Nähe dieses Mannes, der sie mit seinen silberblitzenden Augen ansah. Sie fühlte, daß sie sich ihm gegenüber irgendwie nicht ganz korrekt verhielt, und war deshalb froh, als jemand an die Tür klopfte. Es war Kelso.

»Ich habe gerade meine Kaffeepause«, sagte er. »Da dachte ich mir, schau doch einmal bei Gary vorbei.«

»Schon in Ordnung, Lee«, sagte Mitchell. »Herein mit Ihnen.«

Kelso sah die veränderten Augen des Commanders zum erstenmal. Er war sichtlich entsetzt, versuchte es aber zu verbergen. Mitchell lachte. »Sagen Sie bloß, Sie mögen meine prachtvollen Glotzer nicht. Dem hübschen Fräulein Doktor gefallen sie jedenfalls, nicht wahr, Fräulein Doktor?«

»O doch«, sagte Kelso überrascht. »Sie sehen gut aus, nur im ersten Moment ist es ein bißchen verwirrend.«

»Wie gehen die Reparaturarbeiten voran?«

»Der Hauptantrieb ist hinüber«, sagte er mit sorgenvollem Gesicht. »Wir können ihn nicht mehr in Betrieb nehmen, wenn wir keinen Weg finden, die Energiespeicher auf andere Weise wieder zu füllen.«

Mitchell runzelte die Stirn. »Sie sollten die Impuls-Triebwellen an Steuerbord einmal überprüfen lassen. Die radioaktiven Substanzen eines Reaktors sind zu Blei zerfallen.«

Kelso starrte den Commander verblüfft an.

»Ich mache keine Witze, Kumpel. Tun Sie mir den Gefallen, und glotzen Sie mich nicht so schockiert an. Wenn ihr diese Triebwerke aktiviert, dann geht das ganze Triebwerksdeck in die Luft!«

Kelso war der unwirsche Ton Mitchells nicht entgangen. »Das wäre tatsächlich möglich«, sagte er hastig. »Ich werde es sofort überprüfen. Ich wollte Ihnen nur noch sagen, wie ich mich freue, daß es Ihnen wieder gut geht.«

Mitchell blickte ihm ärgerlich nach. »Dieser Trottel«, sagte er. »Er muß doch wissen, wo die Schwachstellen im ganzen Antriebssystem sind! Er hat doch die Maschinen schon tausendmal überprüft, aber er ist zu blöd, ihren Zustand festzustellen.«

»Woher wissen *Sie* denn über sie Bescheid?« fragte Elisabeth.

Die ungeduldige Arroganz war wieder ganz aus seiner Stimme verschwunden, als er sagte: »Ich weiß es nicht, Doktor. Möglicherweise hatte er die ganzen Meßwerte der Überprüfung und ein Bild der Anlage im Kopf. Er war ja unten auf dem Maschinendeck. Ich... ich habe es jedenfalls deutlich vor mir gesehen – in seinen Gedanken.« Seine silbrigen Augen blickten sie an, und sein Gesicht zeigte den Ausdruck tiefster Bestürzung und Angst.

Kelso stand im Besprechungsraum und hatte einen Plan vor sich, in dem die Impulsreaktoren der Steuerbordseite eingezeichnet waren. Er deutete auf einen der Reaktoren. »Dieser ist es. Es ist völlig unmöglich, daß er das wissen konnte«, sagte er zu Kirk. »Ich habe die ganze Reaktoren-Batterie gründlich überprüft, und er hat recht! Hier war die Ladung zerfallen, nur noch Blei drin, ganz genau, wie er es vorausgesagt hatte!«

Die anwesenden Techniker und Wissenschaftler nahmen der Reihe nach das Stück Metall in die Hand, das Kelso aus dem Reaktor geholt hatte. Es war unzweifelhaft Blei. Elisabeth trat ein. »Entschuldigen Sie, Captain, daß ich mich verspätet habe, aber die Untersuchung Garys – ich meine, von Commander Mitchell, hat mein Interesse...«

»Das Objekt unserer Untersuchung ist nicht Commander Mitchell«, unterbrach sie Spock. »Wir sind dabei, festzustellen, was das für ein Geschöpf ist, in das sich Commander Mitchell verwandelt hat.«

Sie musterte ihn mit zornigem Blick und fuhr ihn an: »Ich weiß, daß Vulkanier keine menschlichen Gefühle kennen, aber daß Sie so über einen Menschen reden können, mit dem Sie jahrelang zusammengearbeitet...«

»Das genügt, Doktor«, sagte Kirk.

»Nein, das genügt nicht!« schrie sie. »Und Sie verstehe ich am allerwenigsten! Gary hat mir erzählt, daß Sie sich kennen, seit er bei der Sternenflotte ist. Haben Sie ihn nicht angefordert, als Sie Ihr erstes Kommando erhielten?«

Kirk gab sich alle Mühe, seiner Stimme einen gleichgültigen Tonfall zu geben. »Verstehen Sie mich bitte nicht falsch, Doktor, aber es ist meine Pflicht als Captain, jeden Bericht, jede Beobachtung, ja, jede Vermutung ernst zu nehmen und nachzuprüfen, wenn sie die Sicherheit dieses Schiffs betreffen.« Er nickte Spock zu und fuhr fort: »Und es ist die Pflicht meines Wissenschaftsoffiziers, Fragen dieser Art sorgfältig und gewissenhaft zu überprüfen. Fahren Sie fort, Mr. Spock.«

Spock wandte sich an Elisabeth: »Hat er Ihnen gegenüber Symptome ungewöhnlicher Fähigkeiten gezeigt oder sich dahingehend geäußert?«

Sie erwähnte kein Wort von den Vorgängen, die sie an den Kontrollen des medizinischen Computers beobachtet hatte. Statt dessen sagte sie nur: »Er ist in der Lage, gewisse unbedingte Reflexe besonders gut zu kontrollieren. Er liest zum Beispiel sehr rasch und kann überdurchschnittlich viel davon im Gedächtnis behalten.«

»Mr. Scott«, sagte Kirk hart. »Wiederholen Sie bitte, was Sie uns eben berichtet haben.«

»Vor etwa einer Stunde«, sagte der Chefingenieur, »spielten die Anzeigeninstrumente der Navigationsgeräte auf der Brücke verrückt. Sie zeigten die unsinnigsten Werte an, Zeiger pendelten hin und her, Hebel rückten aus ihren Stellungen, Knöpfe wurden gedrückt, ohne daß ein Finger auch nur in der Nähe gewesen wäre. So ging das einige Minuten lang. Einmal zeigten die Instrumente ganz normale Werte an, im nächsten Moment lösten sie Katastrophenalarm aus.«

»Und auf meinem Monitor hatte ich das Gesicht des Commanders«, sagte Spock. »Natürlich nicht zufällig. Und jedesmal, wenn wir nicht mehr ein und aus wußten, grinste er. Er machte ganz den Eindruck, als seien wir, die Mannschaft und das Schiff allein zu seinem Vergnügen da, das er als Spielzeug benutzen könnte, wie es ihm gerade Spaß machte, denn niemand anderes als er hat diese Verwirrung der Instrumente verursacht.«

»Sie bleiben aber dabei, Dr. Dehner«, sagte Kirk, »daß Sie bei ihm keinerlei ungewöhnliche Fähigkeiten konstatieren konnten.«

»Es deuten einige Anzeichen darauf hin«, sagte sie.

»Und Sie halten sie nicht für wichtig genug«, unterbrach sie Dr. Piper heftig, »sie auch nur zu erwähnen, selbst wenn der Captain

Sie ausdrücklich danach fragt?«

»Er hat niemandem etwas angetan!« protestierte sie. »Versteht ihn denn keiner? Er ist eine Mutation, ein Übermensch, ein wichtiges Übergangsglied zu etwas Höherem. Und er ist der Beginn, das erste Exemplar einer neuen Rasse!«

Kirk betrachtete ihr begeistertes Gesicht. Mein Gott, dachte er, der Idealismus grassiert wieder einmal. Seufzend drehte er sich zu Sulu um.

»Wenn Sie es mathematisch ausgedrückt haben wollen, Sir«, sagte Sulu, »so vergrößern sich die geistigen Fähigkeiten des Commanders in geometrischer Progression. Das ist, als ob man einen Pfennig besitzt, der sich jeden Tag verdoppelt. In einem Monat ist man Millionär.«

»Schon in ein paar Tagen wird Mitchell über Kräfte verfügen, die er weder verstehen noch beherrschen kann«, sagte Spock. »Was geschieht, wenn der Punkt kommt, da wir ihm nutzlos erscheinen – oder gar lästig?«

Elisabeth wollte etwas sagen, biß sich aber auf die Lippen. Kirk blickte von einem der Wissenschaftler zum andern. »Ich wünsche nicht, daß die Mannschaft von dem Vorfall erfährt. Das ist vorläufig alles. Ich danke Ihnen.«

Alle verließen den Raum, nur Spock blieb sitzen. Er machte ein sehr sorgenvolles Gesicht. Kirk sah seinen Wissenschaftsoffizier fragend an. Spock wählte die Worte sehr vorsichtig, als er sagte: »Mit Mitchell an Bord werden wir eine Erdbasis nie mehr erreichen, Sir. Sie haben zur Kenntnis genommen, was Sulu sagte. In einem Monat wird er noch so wenig mit uns gemein haben wie wir mit einem Schiff voll weißer Mäuse.«

Die Besorgnis ließ Kirks Antwort schroffer ausfallen, als es sonst seine Art war. »Ich brauche Ratschläge, Mr. Spock – keine Schwarzmalerei!«

»Ratschlag Nummer eins, Sir: Nur ein paar Lichtjahre von hier entfernt befindet sich der Planet Delta-Vega. Dort gibt es Lithium-Vorkommen, die von einer Robotstation abgebaut werden. Wenn es uns gelingt, die Ladungen in den Reaktoren so weit wieder aufzufüllen ...«

»Und wenn es uns nicht gelingt, sitzen wir im Orbit um diesen gottverlassenen Planeten fest. Wir haben ja nicht einmal mehr genügend Energiereserven, um eine größere Kurskorrektur durchzuführen.«

»Aber es ist die einzige Möglichkeit, Mitchell loszuwerden, Sir.«

»Wenn Sie damit meinen, daß ich ihn dort aussetzen soll, dann lautet meine Antwort ganz entschieden: Nein! Auf dem Planeten existiert nur die vollautomatische Station – und sonst keine Menschenseele. Selbst die Erzschiffe fliegen ihn nur alle zwanzig Jahre einmal an.«

»Dann gibt es nur eine Alternative«, sagte Spock. »Wir müssen Mitchell töten – solange wir es noch können!«

»Machen Sie, daß Sie rauskommen!« brüllte Kirk.

Ungerührt wiederholte Spock: »Ich sagte bereits: Es gibt keine andere Alternative, Sir. Vorausgesetzt, wir tun es, solange noch Zeit dazu ist.«

Kirk hieb mit der Faust auf den Tisch. »Wenn Sie sich nur einen Moment lang die Mühe geben würden zu *fühlen*! Wir sprechen über Gary Mitchell!«

»Der Captain der *Valiant* dürfte ähnliche Gefühle gehegt haben wie Sie, Sir. Aber er hat seine Entscheidung zu lange hinausgezögert, ich glaube, wir sind beide zu dem gleichen Schluß gekommen.«

Kirk tastete nach einem Sessel. Spock schob ihm einen hin. Der Captain ließ sich erschöpft hineinsinken und bedeckte sein Gesicht mit den Händen. Nach ein paar Minuten des Schweigens sah er auf und nickte Spock zu. »Lassen Sie Kurs auf Delta-Vega nehmen.«

Mitchells Kräfte wuchsen, und ihr Gebrauch begann ihm mehr und mehr Spaß zu machen. Er lag auf seinem Bett in der Krankenstation und schnippte mit den Fingern – das Licht erlosch; eine Bewegung mit der Hand – die Lampen flammten wieder auf. Er setzte sich im Bett auf und sah sich nach weiteren Spielzeugen um. Sein Blick fiel auf den Tisch, er deutete mit dem Finger darauf – und der Tisch erhob sich in die Luft, drehte sich um ein Bein und sank wieder auf seinen ursprünglichen Platz zurück.

»Ich bin durstig«, sagte er laut, obwohl sich niemand im Raum befand.

In der Ecke gegenüber erhob sich ein Metallbecher, schwebte unter den Hahn der Wasserleitung, der Hahn öffnete sich, der Becher füllte sich, schwebte elegant durch die Luft und senkte sich in Mitchells ausgestreckte Hand. Er trank, als Kirk mit Spock und Elisabeth eintrat.

»Ich fühle mich blendend«, verkündete Mitchell. »Also fragt mich nicht schon wieder nach meinem Gesundheitszustand. Ich habe manchmal das Gefühl, als ob es nichts gäbe, was ich nicht könnte. Und deshalb haben einige Leute den Eindruck, ich sei ein Monster, stimmt's?«

»Können Sie unsere Gedanken lesen, Gary?« fragte ihn Kirk.

»Ich habe bis jetzt nur so blitzartige Eindrücke. Furcht – ja, ich spüre Furcht. Sie, zum Beispiel, Jim, Sie fürchten um die Sicherheit Ihres Schiffs.«

»Was würden Sie an meiner Stelle tun, Gary?«

»Wahrscheinlich genau das, was ich in Spocks Gedanken lese: mich töten, solange das noch möglich ist.« Er hob die Hand und deutete mit dem Finger auf Kirk. Ein Blitzstrahl fuhr heraus, Kirk bäumte sich auf, erstarrte – und brach zusammen. Spock stürzte sich auf Mitchell – doch bevor er ihn berühren konnte, ging auch er zu Boden.

Elisabeth packte Mitchell am Arm. »Hören Sie auf damit, Gary!« schrie sie erschrocken.

Er sah auf Kirk hinab, der mühsam wieder auf die Beine kam. »Ich weiß Bescheid«, sagte er. »Ich weiß, daß wir uns auf einer Umlaufbahn um Delta-Vega befinden, Jim, und daß ihr mich dort aussetzen wollt. Damit bin ich nicht einverstanden. Ich werde das Schiff nicht verlassen, noch nicht. Ich werde einen gemütlicheren Planeten für meine Pläne benutzen, ich bin mir nur noch nicht schlüssig, welchen.«

»Benutzen?« fragte Elisabeth und schien über seine Wortwahl entsetzt zu sein.

»Richtig gehört, mein schönes Fräulein Doktor: *benutzen.* Ich bin ja noch nicht ganz ausgewachsen, aber das kommt schon noch. Dann werde ich Dinge tun können, wie sie nur ein Gott vollbringen kann.«

Wie ein Tiger schoß Spock hoch und landete eine fürchterliche Rechte an Mitchells Kinn, die den Commander aus dem Bett fegte. Er landete auf Händen und Knien, schüttelte benommen den Kopf und stöhnte.

»Schnell«, rief Kirk Elisabeth zu. »Er muß eine Zeitlang bewußtlos bleiben!«

Sie holte eine Injektionspistole aus einer Schublade, drückte sie an Mitchells Schulter, Gas zischte; der Commander seufzte, rollte auf die Seite, streckte sich aus und blieb bewußtlos liegen.

Als sie im Transporterraum ankamen, mußte ihm Dr. Piper eine zweite Injektion verabreichen. Die Techniker machten inzwischen das Gerät betriebsbereit, um den Bewußtlosen auf die Oberfläche von Delta-Vega hinunterzubeamen, doch der zweite Schuß schien noch weniger lang zu wirken als der erste. Die Lähmung hielt nur einige Sekunden lang an, dann begann Mitchell den Kopf hin und her zu werfen und versuchte, sich keuchend aus Spocks und Kirks Griff zu winden. Sie hielten ihn mit aller Kraft fest.

»Ihr Narren«, gurgelte Mitchell. »Ich werde euch zerquetschen wie dreckiges Ungeziefer!«

Dr. Piper beeilte sich, ihm eine dritte Injektion zu schießen. Mitchells Bewegungen wurden kraftloser, dann sackte er zusammen; Kirk und Spock zogen ihn rasch zur Transporterplattform. Die anderen Mitglieder des Landekommandos eilten auf ihre Plätze. Mitchell versuchte, wieder auf die Beine zu kommen.

»Energie!« befahl Kirk.

Sie materialisierten vor der vollautomatischen Bergwerkstation.

Die Oberfläche des Planeten bot einen total fremdartigen Anblick. Die Landschaft hatte – soweit sie sehen konnten – wüstenartigen Charakter. Der Sand war von blauer Farbe und fein wie Staub; die dünne Vegetation hatte ein merkwürdiges Aussehen: ein flacher, kupferfarbener Bewuchs, große Blätter, zerfurcht und mit knollenartigen Auswüchsen wie die Haut eines Krokodils, dazwischen schwarze Felsbrocken, halb zugeweht von blauem Staub, aber der einzige vertraute Anblick in dieser fremdartigen Szenerie. In einiger Entfernung erhob sich ein schwarzes Gebirge gegen den Horizont. Doch Kirk interessierte sich im Moment nicht für die seltsamen Erscheinungsformen dieses unbewohnten Planeten. Die Injektionen hatten endlich bei Mitchell Wirkung gezeigt. Spock und der Kommunikationsoffizier Alden hatten ihn zwischen sich genommen und schleppten ihn zum Eingang des Stationsgebäudes.

»Glauben Sie, daß wir es schaffen?« fragte der Captain Kelso.

»Wenn wir es fertigbringen, die Lithium-Behälter herauszuholen, ohne daß wir uns dabei in die Luft jagen, dann schaffen wir es, Captain.« Kelso musterte den Gebäudekomplex der Station, er war riesig, gigantische Türme, Metallbehälter, Schaltanlagen, komplizierte Instrumente, Spulen, Leitungen, die in alle Richtungen führten.

Elisabeth bückte sich und berührte ein flaches, blumenähnliches Gewächs. Es war glühend heiß.

»Und kein Mensch befindet sich außer uns auf dem ganzen Planeten?« fragte sie.

»Nur wir, Doktor«, antwortete Kirk kurz. »Lee, wir müssen den Kontrollraum suchen.«

Er war nicht zu verfehlen. In der Mitte des Zentralgebäudes befanden sich die Steueranlagen. Ein stetiges Summen zeigte an, daß die Bergwerksmaschinen arbeiteten. Abgesehen von seiner Größe und seiner Form, hatte der Kontrollraum Ähnlichkeit mit der Brücke der *Enterprise*. Die Wände waren mit Kontrollkonsolen, Skalen und Schaltern bedeckt. Kelso und Kommunikationsoffizier Alden machten sich sofort über die Instrumente her, um nach Ersatzteilen für die zerstörten Instrumente der *Enterprise* zu suchen. Einige Techniker waren schon damit beschäftigt, Kabel abzuklemmen und die Schaltungen so zu verändern, daß der Betrieb der Station notdürftig aufrechterhalten werden konnte.

Kirk sah ihnen bei der Arbeit zu. »Diese Lithium-Behälter sind hochexplosiv, Lee. Besteht die Möglichkeit, sie von hier aus in die Luft zu sprengen, wenn wir einen Notschalter konstruieren?«

Kelso warf ihm einen überraschten Blick zu. »Sicher könnten wir hier einen solchen Schalter einbauen, Sir.«

»Dann tun Sie es«, befahl Kirk.

Kelso starrte ihn einen Moment lang nachdenklich an, dann

nickte er. Spock war eingetreten und meldete: »Mitchell ist wieder bei vollem Bewußtsein, Captain. Vielleicht sollten Sie besser dabeisein.«

Sie hatten auf einem freien Platz in der Halle einen Gefängnisraum für ihn errichtet – nicht aus Gittern, die wären nutzlos gewesen, sondern aus einem unsichtbaren Energiefeld. Er lief in seinem Gefängnis auf und ab wie ein gereizter Tiger. Piper und Elisabeth standen davor, Piper hielt ein Betäubungsgewehr schußbereit in der Hand, daneben stand ein Mann von der Bordwache; er hielt einen entsicherten Phaser auf den Tiger gerichtet und ließ ihn nicht aus den Augen.

»Es genügt, wenn ein Mediziner hier Dienst tut«, sagte Kirk. »Der andere soll Mitchell aus sicherer Entfernung über einen Monitor beobachten.«

»Dann übernehme ich die Wache hier«, sagte Elisabeth rasch. »Ich möchte versuchen, noch einmal mit ihm zu reden.«

Piper nickte und reichte ihr die Betäubungswaffe. Als er gegangen war, drückte Kirk einen Knopf und testete das Energiefeld. Es knisterte laut. Mitchell blieb stehen und sah herüber. Er hielt seine glitzernden Augen starr auf Kirk gerichtet und sagte sarkastisch: »Mein Freund James Kirk. Erinnern Sie sich noch an diese Nager auf Dimorus, Kirk? Und die vergifteten Wurfpfeile, die sie auf uns schleuderten? Ich wurde von einem getroffen, der eigentlich für Sie bestimmt war…«

»Und Sie sind fast daran gestorben. Ja, ich erinnere mich«, sagte Kirk.

»Warum fürchten Sie sich dann jetzt vor mir, Jim?«

»Gary, Sie haben uns dreckiges Ungeziefer genannt, das Sie zerquetschen wollen.«

»Ich stand unter Drogen!«

»Und zuvor haben Sie gesagt, Sie würden einen Mutanten wie Sie töten, wenn Sie an meiner Stelle wären.«

»Dann töten Sie mich! Spock hat recht! Sie sind ein Narr, wenn Sie es nicht tun!«

»Gary, das ist doch nicht Ihr Ernst!« schrie Elisabeth.

Er wandte sich ihr zu. »Mein liebes, schönes Fräulein Doktor, Sie werden schon noch verstehen, daß ich es bitter ernst meine.

Oder halten Sie es für möglich, daß die Menschheit überleben könnte, wenn eine Rasse von echten Espern, wie ich einer bin, entsteht? Spock weiß das genau, aber dieser Narr neben Ihnen«, er deutete mit einer Kopfbewegung auf Kirk, »will das vor lauter Gefühlsduselei nicht wahrhaben.«

Er trat an das Kraftfeld, das sein Gefängnis von der Umgebung abschirmte. Als er es berührte, sprühte ein Funkenschauer auf, es prasselte und knatterte, aber die hohe Spannung schien Mitchell nichts anhaben zu können.

Spock und die Wachmannschaft hatten die Phaser gezogen, aber Mitchell ließ sich von den Waffen, die auf ihn gerichtet waren, nicht im geringsten beeindrucken. Er stemmte sich gegen das Feld, sein Körper schien rot aufzuglühen, und trotz des hellen Lichtscheins bemerkte Kirk, daß die Augen des Commanders ihren silbrigen Glanz verloren und ihre ursprüngliche blaue Farbe wieder angenommen hatten. Im gleichen Moment warf ihn der Energieschirm zurück. Mitchell taumelte und wäre fast zu Boden gestürzt. Er kauerte sich hin, stützte sein Gesicht in beide Hände und schluchzte.

»Seine Augen sind wieder normal«, sagte Kirk.

»Anscheinend zehrte der Energieschirm an seinen Kräften, als er dagegen ankämpfte«, sagte Spock und betrachtete die zusammengekrümmte Gestalt Mitchells. »Jetzt sollten wir rasch handeln, Captain.«

»Handeln?« sagte Mitchell und blickte auf. Seine Augen glitzerten silbriger denn je. Der ganze Raum schien in silbriges Licht getaucht. »Ich werde mit jeder Sekunde stärker. Ich dachte, das wüßten Sie, Spock.«

Kirk ließ seinen Kommunikator aufklappen und befahl: »Schalten Sie alle verfügbare Energie auf das Kraftfeld, Leutnant Kelso!«

Das Feld summte und knisterte gefährlich, es begann unter der Höchstspannung zu leuchten und wurde sichtbar.

Mitchell erhob sich und lächelte Kirk durch das Hindernis hindurch an.

Mitchell blieb Kirks Hauptsorge, zumal von der *Enterprise* gute Nachrichten kamen. Im Maschinenraum war eine ganze Kontrollkonsole demontiert und gegen eine aus der automatischen Bergwerkstation ersetzt worden, die man hinaufgebeamt hatte. Prompt folgten weitere detaillierte Wünsche nach Ersatzteilen, Armaturen und Instrumenten. Kelso und seine Techniker waren emsig an der Arbeit, die Steuerzentrale auszuschlachten, ohne dabei die ganze Station lahmzulegen. Weitere Kontrollkonsolen wurden abgeklemmt, ausgebaut und für den Transport fertig gemacht.

»Paßt wie ein Handschuh«, berichtete Scott über den Kommunikator. »Fabelhaft, Captain! Hat übrigens Mr. Spock das Phasergewehr erhalten, das er angefordert hat?«

Auf Kirks erstaunten Blick hin deutete Spock auf die schwere Waffe, die an der Wand lehnte, und ergriff sie. Kirk schüttelte traurig den Kopf und antwortete Scott: »Hat er, Scotty. Kirk Ende.«

»Mitchell hat wieder versucht, das Energiefeld zu durchbrechen«, sagte Spock tonlos. »Seine Augen haben sich diesmal schneller erholt, und er zeigte keinerlei Anzeichen von Schwäche.«

»Dr. Dehner hat nach wie vor den Eindruck, daß er nicht so gefährlich ist, wie wir glauben«, sagte Kirk ärgerlich. »Was veranlaßt Sie eigentlich dazu, der Diagnose einer ausgebildeten Psychologin zu mißtrauen?«

»Weil sie *fühlt,* Sir«, sagte Spock lapidar. »Ihre Gefühle für Mitchell beeinträchtigen ihr Urteilsvermögen. Ich bin der Meinung, daß wir glücklich und zufrieden sein sollten, wenn wir das Schiff rechtzeitig reparieren und so viele Lichtjahre wie möglich zwischen ihn und uns bringen können, bevor er wirklich eine Gefahr wird.«

»Captain!« rief Kelso. Kirk wandte sich müde um und ging zu ihm hinüber. Kelso deutete auf einen roten Schalter, den er an der Kontrollkonsole angebracht hatte. »Das ist der gewünschte Notschalter«, sagte der Leutnant. »Von hier führt eine Leitung direkt zu den Lithium-Behältern. Wenn Sie diesen Kontakt schließen, geht das gesamte Plateau hoch.«

»Lee«, sagte Kirk, »wenn Mitchell ausbrechen sollte – aber das bleibt ganz unter uns, Lee, und Sie bleiben ja hier –, dann sind Sie unsere letzte Chance. Wenn er ausbricht, Lee, dann erwarte ich von Ihnen, daß Sie diesen Schalter drücken.«

Kelso wurde blaß, als er den vollen Sinn von Kirks Worten verstand. Wenn er den Knopf drückte, würde er mit dem Plateau hochgehen – und alle anderen Mitglieder des Landekommandos mit. Er starrte erst den Schalter und dann Kirk an, schließlich schluckte er und sagte mit rauher Stimme: »Zu Befehl, Sir.«

Unter anderen Umständen wäre der erfolgreiche Abschluß der Reparaturarbeiten an Bord der *Enterprise* gebührend gefeiert worden. Das Schiff war startklar, die Techniker und Monteure waren wieder an Bord gebeamt worden, doch Mitchells Zustand hatte sich noch verschlimmert.

Nun begann sich auch schon die Farbe seiner Haut zu verändern. Es war zuerst ein silbriger Schimmer im Teint, bald aber hatte sie das Aussehen von solidem Metall. Mitchell hatte die Arme über der Brust verschränkt, stand ihnen aufrecht gegenüber und beobachtete sie durch das Energiefeld. Wenn er Spocks Phasergewehr bemerkt hatte, so ließ er keine Reaktion erkennen.

»Er steht schon seit drei Stunden so da«, sagte Elisabeth. »Wie eine silberne Statue.«

»Sagen Sie Dr. Piper, daß er sich bei Kelso in der Steuerzentrale einfinden soll«, sagte Kirk leise. »Wir lassen uns gemeinsam an Bord beamen.«

»Das ist riskant, Sir«, sagte Spock. »Wenn wir ihn auch nur eine Sekunde aus den Augen lassen...«

»Kelso wird bis zuletzt an dem Schalter bleiben, mit dem er die Station sprengen kann«, sagte Kirk. Er deutete auf die Gestalt hinter dem Energiefeld. »Ich nehme an, daß er das weiß.«

»Ich bleibe bei ihm«, sagte Elisabeth.

»Sie gehen an Bord des Schiffs, Dr. Dehner!« sagte Kirk energisch.

»Es tut mir leid«, antwortete sie. »Ich kann nicht.«

Kirks Kommunikator piepste. »Hier Kirk.«

»Die Station scheint zufriedenstellend weiterzuarbeiten, Sir, obwohl wir eine ganze Menge Instrumente ausgebaut haben«, meldete Kelso. »Die Techniker haben gute Arbeit geleistet.«

Hinter Kelso bewegte sich ein Kabel. Es kroch lautlos wie eine

Schlange auf ihn zu, erhob sich vom Boden und formte sich zu einer Schlinge, die über seinen Kopf fiel und sich zuzog. Hilflos zog der Leutnant daran und keuchte. Dann stürzte er zu Boden.

Mitchell lächelte Kirk an. Es sah gespenstisch aus, als er seine silbrigen Lippen bewegte, aber Elisabeth sah nur das Lächeln.

»Sehen Sie«, rief sie Kirk zu. *»Er ist nicht böse!«*

»Sie gehen an Bord des Schiffs, Dr. Dehner«, wiederholte Kirk.

»Sie hätten mich töten sollen, als Sie noch dazu in der Lage waren, Jim«, sagte Mitchell. »Wenn Mitleid und Kommandogewalt in einer Person zusammen vorkommen, kann das Ergebnis dieser Mischung nur ein Narr sein.«

Kirk griff nach Spocks Phasergewehr. Mitchell hob die Hand und deutete auf sie. Im gleichen Moment waren sie in Feuer gehüllt und stürzten zu Boden. Mitchell trat auf das Energiefeld zu – und wischte es mit der Hand beiseite wie einen Gazevorhang, und nur ein paar Funken sprühten. Dann verließ er sein Gefängnis und ging auf Elisabeth zu, nahm sie bei der Hand und trat mit ihr zurück in sein Gefängnis und vor einen Wandspiegel. »Sehen Sie sich selbst an, schönes Fräulein Doktor«, sagte er.

Sie schrie auf und schlug die Hände vors Gesicht, um ihre silbernen Augen nicht sehen zu müssen.

Langsam kam Kirk wieder zu sich. Dr. Piper bemühte sich um ihn, der Doktor war aschgrau im Gesicht und sah erschöpft aus. »Ich weiß nicht, was es war, aber ich habe auch etwas davon abgekriegt«, sagte er. »Schlucken Sie diese Kapsel, Sir.« Er machte eine Pause, bevor er fortfuhr: »Kelso ist tot. Erdrosselt. Gott sei Dank lebt wenigstens Spock noch.«

»Und Dr. Dehner?« flüsterte Kirk matt.

»Ist zusammen mit Mitchell verschwunden. Die Kapsel wird Ihre Kräfte innerhalb einer Minute wiederherstellen. Ich werde Spock auch eine in den Mund stecken. Er ist noch bewußtlos und...«

»In welche Richtung sind sie gegangen?«

»Auf das Gebirge zu.«

Kirk richtete sich auf und griff nach seinem Phasergewehr, das er hatte fallen lassen. Er untersuchte die Waffe rasch und sagte: »Sobald Spock wieder zu sich kommt, lassen Sie sich mit ihm an

Bord beamen.«

Piper, der mittels Massage Spocks Schluckreflexe zu animieren versuchte, sah von seiner Arbeit auf: »Captain, Sie wollen doch nicht…«

»Sollten Sie von mir innerhalb der nächsten zwölf Stunden keine Nachricht erhalten«, unterbrach ihn Kirk, »soll die *Enterprise* mit Höchstgeschwindigkeit Kurs auf die nächste Sternenbasis nehmen. Dort berichten Sie von den Vorfällen und veranlassen, daß der Planet Delta-Vega mit einer tödlichen Dosis Neutronenstrahlen beschossen wird.«

Die Kapsel tat ihre Wirkung, Kirk fühlte sich schon wieder sicher auf den Beinen. »Keine Widerrede, Dr. Piper! Dies ist ein Befehl!«

Er schulterte die schwere Phaserwaffe und verließ die Station.

Je näher sie dem Gebirge kamen, desto beschwerlicher wurde das Gehen für Elisabeth und Mitchell. Die schwarzen Felsbrocken waren scharfkantig, der staubfeine blaue, tiefe Sand war nicht für Nachmittagsspaziergänge geschaffen. Der Wind blies Elisabeth Sand ins Gesicht, sie keuchte: »Da müßte schon ein Wunder geschehen, um auf dieser Welt überleben zu können.«

»Setz dich hin«, sagte Mitchell. »Ich werde ein Wunder bewerkstelligen.«

Er machte eine weit ausholende Geste. Der blaue Sand um sie her färbte sich braun und wurde zu fruchtbarer Ackererde. Der Boden öffnete sich an einer Stelle, Wasser sprudelte hervor. Die niedrige, kupferfarbene Vegetation wurde grün, belaubte Bäume erhoben sich. Ein Pfirsichbaum trug reife Früchte, seine Zweige bogen sich unter der Last. Mitchell ließ sich auf die Knie nieder, um aus der Quelle zu trinken.

Als auch sie ihren Durst gestillt hatte, sagte er: »Du wirst die Macht mit mir teilen, Elisabeth. Deine Kräfte werden wachsen, und du wirst sie zu gebrauchen lernen. Du wirst bald wie ich in der Lage sein, die Welt nach deinen Wünschen beliebig zu formen. Es wird nicht mehr lange dauern, bis wir auch unsere Körper völlig kontrollieren können. Wir werden niemals alt werden. Du als Frau wirst das besonders zu schätzen wissen, immer so schön und jung zu bleiben, wie du willst...«

Er brach plötzlich ab.

»Was ist?« fragte sie ängstlich.

»Ein Besucher«, murmelte er. »Ein sehr dummer Besucher.«

»Wer ist es?«

»Es wird dir Spaß machen, Gott zu spielen.«

Ein Schauder überlief sie. Er lachte über den furchtsamen Ausdruck auf ihrem Gesicht. »Bist du entsetzt über die Blasphemie?« fragte er und breitete seine silbernen Arme aus. »Meine Welt soll fruchtbar sein. Ich habe Appetit auf kaferianische Äpfel, Welt, meine Welt!«

Vor ihm wuchs ein niedriger, merkwürdig verwachsener, fremdartig aussehender Baum auf, der über und über mit großen roten Früchten behängt war. Mitchell pflückte einen der Äpfel und biß hinein. Der gelbe Saft rann ihm über das silbrige Kinn, als er sagte: »Wo auch immer wir auf diesem Planeten rasten werden, lasse ich einen dieser Bäume wachsen. Was hast *du* für einen Wunsch, Elisabeth? Du brauchst es nur zu sagen.«

Sie antwortete nachdenklich mit einer Gegenfrage: »Wie weit habe ich mich schon verändert, Gary?«

Er hörte ihr nicht zu, sondern lauschte und konzentrierte sich ganz auf die für ihn noch nicht sichtbare Gestalt Kirks, der hinter der nächsten Anhöhe mit der schweren Waffe auf der Schulter keuchend durch den Sand stolperte und über Felsen kletterte.

»Sie können mich nicht sehen, James. Hören Sie mich?« fragte Mitchell. »Ich werde Ihnen helfen. Sie sind auf dem rechten Weg. Bald werden Sie mich sehen. Sehr bald sogar.«

Kirk hielt inne. Er hatte die Worte gehört. Wie das möglich gewesen war, wußte er nicht. Er nahm die Waffe in die Hand und blickte forschend um sich. Als er feststellte, daß Mitchell nicht in seiner Nähe war, kletterte er weiter.

»Es ist Captain Kirk«, sagte Elisabeth wie im Selbstgespräch. »Jetzt sehe ich ihn auch vor meinem inneren Auge.«

»Geh ihm entgegen«, sagte Mitchell. »Rede mit ihm. Nun, da auch du dich verändert hast, wirst auch du entdecken, wie unwichtig und überflüssig diese Kreaturen sind!«

Sie zögerte, dann machte sie sich auf den Weg. Kirk hörte ein

Geräusch auf der Anhöhe vor sich, blieb stehen, entsicherte die Waffe und legte sie an – da sah er das Mädchen. Er kletterte zu ihr hinauf und sah zum erstenmal, daß auch ihre Augen silbrig glänzten.

»Ja«, sagte sie. »Auch ich. Es hat bei mir nur etwas länger gedauert.«

Kirk senkte die Waffe. »Sie müssen mir dabei helfen, es zu einem Abschluß zu bringen, Dr. Dehner, bevor es auch für Sie zu spät ist.«

»Ich habe mich schon so weit verändert, um erkannt zu haben, daß er recht hat. Er ist – nein, wir sind auf dem richtigen Weg.«

»Und wie steht es mit den Menschen? Sie sind doch noch zum Teil Mensch – sonst wären Sie nicht bei ihm.«

Sie blickte ihn nicht an. Unsicher sagte sie: »Die Erde ist wirklich – unbedeutend. Es wird nicht lange dauern, dann werden wir einen Entwicklungsstand erreicht haben, den die menschliche Rasse in einigen Millionen Jahren nicht schaffen kann.«

»Das mag sein, aber ihr seid beide nicht reif dazu. Niemand kann eine Entwicklung von einigen Millionen Jahren einfach *überspringen*. Ihr verfügt zwar über die Kräfte, aber ihr habt nie Gelegenheit gehabt, sie beherrschen zu lernen«, sagte Kirk. »Ihr bedenkt nicht, daß ihr diese ungeheure Entwicklung nicht *durchlebt* habt!«

»Bitte«, sagte sie. »Kehren Sie um, solange Sie noch können.«

»Sie haben gehört, wie er über Gefühle gespottet hat. Aber gerade ein Gott kann auf Gefühle nicht verzichten, Elisabeth.«

»Kehren Sie um!« schrie sie.

»Sie waren Psychiaterin«, sagte Kirk. »Sie kennen das Ungeheuer, das in uns allen schlummert, begraben unter Sitten und Konventionen, das primitive Ego, das wir nicht zu enthüllen wagen. Aber er wird es wagen, es zur Schau zu stellen! In Gottes Namen, Doktor, machen Sie Ihre Prognose!«

Ihr Gesicht drückte die Zweifel aus, die sie bewegten, und sie flüsterte: »Er kommt.«

Aber er war bereits da. Er ignorierte Kirk und wandte sich an die junge Frau: »Ich bin sehr enttäuscht von dir. Du hast immer noch Zweifel.«

Kirk riß das Phasergewehr hoch und drückte ab. Der Feuerstrahl traf Mitchell mitten in die Brust. Die silberne Haut verfärbte sich einen Moment, dann glänzte sie wieder wie zuvor. Mitchell hob einen Finger – die schwere Waffe wurde Kirk von einer unsichtbaren Kraft aus den Händen gerissen und landete krachend ein paar Meter weiter zwischen den Felsbrocken.

Sie sahen einander lange an, dann brach Mitchell das Schweigen. »Ich habe einen Moment meditiert«, sagte er. »Ich habe über den Tod eines guten Freundes nachgedacht. Über seinen Tod und eine würdige Bestattung.«

Kirk drehte sich um. Hinter ihm bewegte sich die Erde und formte sich zu einem ausgehobenen Grab. Elisabeth starrte Mitchell ungläubig an, als sie das Grab sah, und schüttelte fassungslos den Kopf. Am Kopfende des Grabes stand plötzlich ein kleines weißes Kreuz, an dem eine Metalltafel befestigt war. Darauf stand: »James T. Kirk« und darunter: »1277.1 – 1313.7«.

Kirk hörte über sich ein mahlendes Geräusch und blickte auf. Ein riesiger rechteckiger Felsbrocken löste sich aus der Felswand, schwankte einen Moment lang hin und her und schwebte dann zum Fußende des ausgehobenen Grabes. Er stand auf der Kante und hing wie eine drohende Wolke über ihnen.

»Nein, Gary. Bitte nicht!« schrie Elisabeth.

»Gefällt Ihnen immer noch, was Sie sehen?« fragte Kirk.

»Zeit zum Gebet, Captain«, sagte Mitchell.

»Soll ich mein Gebet an Sie richten?« fragte Kirk. »Oder an euch beide?«

Mitchell richtete seinen silbernen Zeigefinger auf Kirk. Ein Blitz fuhr heraus und warf ihn auf die Knie. Kirk hielt seine Augen auf das Gesicht des Mädchens geheftet. »Er ist ein eifersüchtiger Gott, Elisabeth. Am Schluß wird wohl nur noch einer von euch beiden übrigbleiben.«

»Ihre letzte Chance, Kirk!«

Elisabeth richtete sich starr auf. Zwischen ihrem und Mitchells Körper schien plötzlich die Luft vor Elektrizität zu knistern, Funken sprühten. Mitchell krümmte sich zusammen, doch er gewann rasch wieder die Oberhand und streckte seine silberne Hand nach ihr aus. Ein Funkenregen brach aus ihr hervor und hüllte das Mädchen ein. Elisabeth taumelte und stieß einen Schmerzensschrei aus. Doch der Energieverlust hatte auch an Mitchells Kräften gezehrt, einen Moment lang zeigten seine Augen wieder ihre ursprüngliche blaue Farbe, dann überzogen sie sich wieder mit silbrigem Schimmer.

Wieder streckte er seine Hand nach dem Mädchen aus, und Elisabeth schien in Flammen aufzugehen. Sie krümmte sich vor Schmerzen zusammen. »Beeilen Sie sich«, flüsterte sie Kirk zu. »Es bleibt nur... sehr wenig Zeit.«

Der zweite Energieaufwand hatte Mitchell viel Kraft gekostet. Er bemerkte seine Schwäche und wandte sich zur Flucht. Kirk wollte aufspringen und versuchte, ihn an den Beinen festzuhalten, doch ein Tritt mit dem Stiefel, der ihn an der Brust traf, warf ihn wieder zu Boden. Mitchell packte einen Felsbrocken und schleuderte ihn auf Kirk, doch der duckte sich rechtzeitig, sprang auf und ging auf Mitchell zu.

»Hören Sie zu, Gary. Einen Augenblick lang sind Sie wieder Mensch...«

»Das ist vorbei!« schrie Mitchell, und er hatte schon wieder genügend Kräfte gesammelt, um Kirk mit einem Schlag seiner silbernen Faust zu Boden zu strecken.

Kirk überschlug sich und wäre fast in das offene Grab gestürzt, dann war Mitchell über ihm. Seine Gesichtsfarbe wechselte ein paarmal zwischen Silber und natürlicher Hautfarbe hin und her, dann siegte das Silber. Sie rangen miteinander, und Kirk spürte, wie der Körper Mitchells unter seinen Händen immer metallischer wurde. Kirk riß sich los und griff nach dem Phasergewehr, als Mitchell einen scharfkantigen Felsbrocken losbrach und nach ihm warf. Der Stein traf ihn in dem Moment an der Schulter, als er feuerte.

Der Schuß verfehlte Mitchell und traf den weichen blauen Sand am Fußende des Grabes, auf dem der Felsblock lehnte, den ihm Mitchell als Grabstein zugedacht hatte. Der Block neigte sich und fiel auf das Grab zu.

»Vorsicht, Gary!« schrie Kirk.

Die Warnung kam zu spät. Mitchell wollte sich noch beiseite werfen, doch der Felsblock traf ihn, warf ihn in das Loch und begrub ihn unter sich. Als der blaue Staub sich wieder gesenkt hatte, betrachtete Kirk das zerschmetterte kleine weiße Kreuz und sah, daß die Metallplatte mit Staub bedeckt war und man die Buchstaben darauf nicht mehr lesen konnte.

Dann kniete er neben Elisabeth nieder. Der Silberglanz war aus ihren Augen verschwunden.

»Es ist alles… vorbei«, flüsterte sie so leise, daß er sein Ohr dicht über ihre Lippen beugen mußte, um sie zu verstehen. Ihr Kopf rollte zur Seite. Er schob seinen Arm darunter, da sah er, daß sie tot war.

Er richtete sich langsam auf und kam sich plötzlich sehr einsam vor, allein auf einem fremden Planeten in einer fremden Galaxis. Aber sein Kommunikator war ihm vertraut.

»Kirk an *Enterprise!*« sagte er mit müder Stimme. »*Enterprise*, bitte kommen!«

Es kam ihm ebenso fremdartig vor, wieder auf der Brücke in seinem Kommandosessel zu sitzen. Er war weit, weit weg gewesen. Der Magnetsturm – Delta-Vega – der Tod von Mitchell – von Dr. Dehner – von Kelso – hatte er das alles geträumt? War er aus einem bösen Traum erwacht?

Die neu eingebauten Kontrollkonsolen schimmerten so vertraut wie die alten. Es war wohltuend, Spocks Gesicht wieder zu sehen, als er neben ihn trat.

»Wir sind bereit, die Umlaufbahn zu verlassen, Sir«, meldete Scott von Kelsos alter Position.

»Starten«, befahl Kirk und schaltete das Bordbuch des Captains ein. »Ausfälle«, sagte er. »Leutnant Kelso ist in Ausübung seiner Pflicht ums Leben gekommen. Ebenso die Psychiaterin Dr. Elisabeth Dehner…«

Spock drehte sich um und sah ihn prüfend an.

»…und der Commander Gary Mitchell. Bei beiden derselbe Zusatz.«

»Letzten Endes konnte Mitchell nichts dafür, was mit ihm geschehen ist«, sagte Kirk zu Spock gewandt. »Es trifft ihn keine Schuld, und ich möchte, daß seine Dienstbeschreibung solcherart endet.«

Spocks stoische Züge blieben unbewegt, als er sagte: »Es fällt mir sehr schwer, es auszudrücken, Sir, aber ich habe mit ihm mitgefühlt.«

Kirk blickte seinen Ersten Offizier forschend an. »Nehmen Sie sich in acht, Mr. Spock. Ich fürchte, man sieht Ihnen Ihr Mitgefühl an.«

Der Wolf in der Hürde

Der Planet Argelius rühmte sich, der beliebteste Amüsierladen der gesamten Galaxis zu sein. Raumfahrer besuchten am liebsten ein Etablissement, in der die üppige, exotische Kara ihre Bauchtänze zum besten gab. Die anderen Schönen, die sich um die männlichen Gäste an den Tischen kümmerten, waren für Kirk und McCoy alte Bekannte, nicht aber für Scott. Für ihn schien es eine Offenbarung zu sein, er rutschte unruhig auf seinem Stuhl hin und her, warf einen neugierigen Blick hierhin und dahin, aber immer wieder kehrten seine Augen zur Tanzfläche zurück, wo Kara ihre Künste und noch einiges mehr zur Schau stellte und sich geschmeidig wie eine Schlange wand; ihr goldener, durchsichtiger Schal wehte ihr um die Schultern und die Hüften.

Scott brachte endlich einmal den Mund wieder zu und bemerkte begeistert, aber völlig überflüssigerweise: »Mir gefällt's auf Argelius!«

»Es gehört schon einiges dazu, wenn es einem hier nicht gefällt«, sagte Kirk.

»Soll das heißen, daß all die Frauen hier, diese Schönheiten... ich meine, ist alles hier...«

»Die Argelianer sind einem Vergnügen nicht abgeneigt«, belehrte ihn Kirk.

McCoy lachte. »Das ist die schauerlichste Untertreibung, die ich je gehört habe. Die Argelianer leben in einer durch und durch hedonistischen Gesellschaft.«

»Gefällt Ihnen Kara, Scott?« fragte Kirk.

Das »Aye, Sir« Scotts kam aus tiefstem Herzen.

»Das trifft sich gut«, sagte Kirk. »Ich habe sie nämlich eingeladen, sich an unseren Tisch zu setzen. Ich dachte mir schon, daß Sie sie gerne näher kennenlernen möchten.«

»Das nenne ich einen Captain!« rief Scott begeistert. »Immer bemüht, an seine Mannschaft zu denken!«

»Du trinkst ja gar nichts, Jim?« meinte McCoy. »Das bißchen Polyester in dem einheimischen Extrakt hier tut der Seele gut, vom Körper ganz zu schweigen.«

»Ja, ich glaube, ein kleines Entspannungsmittel für die Seele könnte nichts schaden«, sagte Kirk und kippte seinen Drink.

Scott, der Kara nicht mehr aus den Augen ließ, bemerkte: »Mr. Spock müßte uns jetzt sehen.«

McCoy kicherte. »Er wäre sicher ›fasziniert‹ – aber nur von den exotischen Kostümen der Eingeborenen.«

Kara hatte ihren Auftritt beendet, verbeugte sich und legte die Hände in einer unnachahmlichen Geste verführerischer Unschuld über die Augen. Das Halbdunkel des Lokals war plötzlich von bunten Funken erleuchtet, als hätte jemand einen Schwarm Glühwürmchen freigelassen. Scott trommelte mit beiden Fäusten auf den Tisch.

Kirk drehte sich amüsiert nach ihm um und sagte: »Es ist ein alter argelianischer Brauch, seinen Beifall durch Blinken mit Vergnügungslichtern auszudrücken, Mr. Scott.«

»Wollen Sie einen alten Schotten, der mit Whisky aufgezogen wurde und alle Pubs in Glasgow kennt, belehren, wie man Beifall zollt, Captain?« fragte Scott. Sie standen alle drei auf, als Kara auf ihren Tisch zusteuerte. Kirk beobachtete einen jungen Mann an der Bar, der ärgerlich sein Glas beiseite schob und mit finsterem Gesicht zu ihnen herüberstarrte, als Kara an ihren Tisch kam. Es verfinsterte sich noch mehr, als Kara sich neben Scott niedersetzte. Der junge Mann griff nach seinem Glas, trank es in einem Zug aus und verließ das Lokal. Auch ein ältlicher Musiker der Tanzkapelle schien nicht sonderlich begeistert über das Lächeln, das Kara Scotty schenkte. Er legte sein flötenähnliches Instrument beiseite und wandte sich sichtlich verärgert ab.

Scott, der blind war für alles andere und Kara mit den Augen verschlang, beugte sich vor und legte seine Hand auf die ihre.

»Ganz schön neblig heute abend«, sagte er. »Hat Ihnen schon mal jemand von den Nebeln erzählt, die es bei uns in Edinburgh gibt?«

»Kein Mensch«, sagte sie. »Aber erzählen Sie mir davon. Ich bin furchtbar neugierig.«

»Dann werde ich's Ihnen zeigen. Es gibt nichts Schöneres, als mit einem hübschen Mädchen im Nebel spazierenzugehn.«

»Oder mit einem Mann wie Ihnen. Einverstanden, gehen wir.«

Das Strahlen, das auf Scotts Gesicht lag, hätte selbst einen waschechten Edinburgher Herbstnebel in Sekundenschnelle aufgelöst. Er hielt Karas Hand fest und stand auf.

»Ihr habt doch nichts dagegen, oder?« fragte er seine Kameraden. »Keine Bange. Ich bin rechtzeitig wieder an Bord.«

»Nur keine Eile, Scotty«, sagte Kirk. »Schön entspannen, dazu sind wir ja hier. Und viel Spaß!«

Er blickte den beiden nach, als sie Hand in Hand das Lokal verließen. »Mein Dienst ist zu Ende, Pille.«

»*Meiner*, Jim«, lachte McCoy. »Das ist eine völlig normale Rezeptverordnung. Die Explosion, die Scotty gegen das Schott geschleudert hat, wurde ja auch von einer Frau verursacht.«

»Und du bist sicher, daß er die physischen Schäden überwunden hat?« fragte Kirk.

»Die physischen ja, aber die psychischen? Da war ich mir nicht so ganz sicher. Mir gefiel seine Haltung den Frauen an Bord gegenüber nicht, nachdem es passiert war. Jetzt bin ich wieder etwas beruhigt!«

»Mir tut jeder Mann leid, der auf einen Planeten wie diesen kommt und etwas gegen Frauen hat.«

»Es könnte sein, Jim, daß Scotty, wenn er an Bord zurückkommt, etwas gegen *Sie* hat, weil der Urlaub vorüber ist und er Argelius verlassen muß. Aber ich verwette meinen guten Ruf als Arzt, daß er von den Nachwirkungen geheilt sein wird, was Frauen anbetrifft.«

»Hoffen wir's«, sagte Kirk. »Dann haben wir ja erreicht, weswegen wir hier sind. Übrigens, Pille, gibt es da nicht in der Stadt ein kleines Lokal, wo Mädchen so...?«

»Ja, das Lokal kenne ich«, unterbrach ihn McCoy. »Gehen wir.«

Der Nebel draußen war dichter, als sie erwartet hatten. Als sie die Tür öffneten, schien das Licht auf eine Mauer zu fallen, und als sie sich wieder schloß, konnten sie keine fünf Schritte weit sehen. Es war schwierig, die Richtung einzuhalten. Kirk blieb zögernd stehen.

»Ich glaube, wir müssen uns links halten«, sagte er. Aber kaum waren sie ein Stück weit gegangen, stellten sie fest, daß sie sich in einer Allee befanden. Sie beschlossen umzukehren, als sie plötzlich in der Dunkelheit vor sich den entsetzten Schrei einer Frau hörten.

»Er kam von dort«, rief Kirk und verschwand im Nebel. McCoy blieb ihm dicht auf den Fersen und prallte auf ihn, als Kirk stehenblieb, weil er vor sich im Nebel jemanden laut keuchen hörte. Kirk ging einen Schritt weiter – und stolperte über einen Körper, der mitten auf der Straße lag.

Die Gestalt lag mit dem Gesicht auf dem nebelfeuchten Asphalt. Der Mantel, den sie trug, war auf dem Rücken zerfetzt von Messerstichen. Der Stoff war durchtränkt von Blut.

McCoy kniete sich neben der Gestalt nieder, hob vorsichtig ihren Kopf, betrachtete das Gesicht und stieß einen unterdrückten Schrei aus. Er war blaß vor Schreck, als er zu Kirk aufsah und sagte: »Es ist Kara, Jim. Sie ist tot. Erstochen. Der Mörder hat wohl ein dutzendmal zugestochen.«

Da hörten sie wieder das laute Keuchen. Sie gingen vorsichtig darauf zu – und stießen auf Scott. Er kauerte zusammengekrümmt unter einem Alleebaum, das Gesicht zu einer Grimasse verzerrt, seine Augen blicklos geradeaus gerichtet, sein Atem ging rasselnd, und in seiner Hand hielt er ein langes Messer. Es war über und über mit Blut beschmiert.

Das Lokal, in das sie zurückgekehrt waren, war leer; die letzten Besucher waren gegangen. Alle Lichter waren eingeschaltet und hatten das gemütliche Halbdunkel verscheucht. Wortlos standen Kirk und McCoy um den Tisch herum, zwischen ihnen Scott, der die Ellbogen aufgestützt und das Gesicht in die Hände vergraben hatte. Sie bewegten sich ebensowenig wie Scott, als der vierschrötige Mann mit dem runden roten Gesicht, der ihnen gegenübersaß, sagte: »Argelius ist eigentlich der letzte Planet, wo ich so etwas für möglich gehalten hätte. Eine scheußliche Geschichte. Mir fehlen die Worte, meine Herren.«

»Wir sind ebenso entsetzt wie Sie, Mr. Hengist«, versicherte ihm Kirk.

»Wenn das mein Heimatplanet Rigel 4 wäre«, sagte Hengist, »hätte ich als Stadtvorsteher ein Dutzend Kriminalexperten zur Seite, aber so etwas gibt es hier natürlich nicht.«

»Sie sind kein gebürtiger Argelanier, Sir?« fragte McCoy.

»Nein. Argelius beauftragt ausschließlich auswärtige Beamte für seine Verwaltung. Sie mieten sie, sozusagen. Dieses Volk hier hat viele Tugenden, aber Leistungsfähigkeit gehört nicht dazu.«

»Sie können voll und ganz mit unserer Mithilfe rechnen«, sagte Kirk. »Wir werden selbstverständlich die hier geltenden Gesetze in jeder Weise respektieren.«

»Das ist ja das Fatale«, sagte Hengist seufzend. »Es existieren auf diesem Planeten überhaupt keine Gesetze, die einen derartigen Vorfall berücksichtigen. Es gibt zwar Präzedenzfälle, aber die liegen Jahrhunderte zurück, sie ereigneten sich vor der Großen Argelianischen Erweckung. Die Urteile, die in jenen archaischen Zeiten gefällt wurden, waren reichlich barbarisch. Ich kann Ihnen doch nicht zumuten, daß man Ihren Mr. Scott foltern läßt.«

»Vielleicht können wir Ihnen helfen«, sagte Kirk. »Wir haben die nötige Ausrüstung an Bord der *Enterprise*, um die Fakten dieses Falls zu ermitteln.«

Hengist schüttelte den Kopf. »Das ist völlig unmöglich. Die Untersuchung muß hier an Ort und Stelle durchgeführt werden.« Er nahm die Mordwaffe in die Hand, die vor ihm auf dem Tisch lag, und betrachtete nachdenklich den völlig gebrochenen Scott.

»Mr. Scott«, sagte er. »Mr. Scott, setzen Sie sich aufrecht hin, und sehen Sie mich an, wenn ich mit Ihnen spreche! Sind Sie völlig sicher, daß Sie dieses Messer noch nie gesehen haben?«

Scott starrte benommen das Messer an.

»Antworten Sie, Scott!« befahl Kirk.

»Ich... ich kann mich nicht erinnern«, sagte Scott.

Hengist winkte ungeduldig ab. Er warf Kirk einen sarkastischen Blick zu. »Das kann man doch wohl kaum Zusammenarbeit nennen, Captain.«

Kirk schob seinen Stuhl an Scotts Seite. »Scotty«, sagte er geduldig. »Sie haben das Lokal in Begleitung des Mädchens verlassen.

Daran erinnern Sie sich doch noch, oder? Was geschah dann?«

Scott wandte ihm das Gesicht zu und sah ihn mit leeren Augen an. »Wir gingen... im Nebel«, begann er. »Ich ging einen Schritt vor ihr, um den Weg zu finden... und plötzlich... plötzlich hörte ich sie schreien. Ich erinnere mich noch daran, daß ich mich umdrehte...«

Sein Mund verzerrte sich vor innerer Qual. Er schlug die Hände vors Gesicht und schluchzte: »Ich kann mich sonst an nichts mehr erinnern!«

Kirk nickte McCoy zu und erhob sich von seinem Sessel.

»Was sagst du dazu, Pille?« fragte Kirk leise.

»Wenn er sagt, daß er sich an nichts erinnern kann, dann entspricht das wahrscheinlich den Tatsachen. Du kennst doch Scotty.«

»Ja, ich weiß aber auch, daß hier ein Mord geschehen ist und daß wir ihn mit einem blutigen Messer in der Hand gefunden haben.«

»Das beweist gar nichts«, sagte McCoy. »Du glaubst doch wohl nicht, daß...«

»Was *ich glaube*, steht hier überhaupt nicht zur Debatte. Wir sind als Gäste hier, und nun steht einer meiner Offiziere unter Mordverdacht!«

»Aber deshalb brauchst du ihn doch nicht gleich den Wölfen zum Fraß vorzuwerfen!« rief McCoy wütend aus.

»Ich habe diplomatische Rücksichten zu nehmen, Pille. Der Mord ist hier geschehen und fällt somit unter argelianische Rechtsprechung. Wenn sie ihn einsperren und vor Gericht stellen wollen – ja selbst wenn sie ihn verurteilen, kann ich nichts dagegen unternehmen! Begreife das doch!« Er stockte. »Und dazu kommt noch, daß er sich an nichts mehr erinnern kann...«

»Jim, er erholt sich doch gerade erst von einer schweren Gehirnerschütterung! Partielle Amnesie nach einem so schweren Unfall ist nicht nur möglich, sondern geradezu wahrscheinlich, besonders, wenn man unter großem Streß steht.«

»Ich kann überhaupt nichts unternehmen, Pille. Wir werden ihm natürlich helfen, so gut es nur geht – aber nur, soweit es die argelianischen Gesetze erlauben. Hengist ist wieder bei ihm. Gehen wir zu ihnen zurück.«

Der untersetzte Mann hatte die Mordwaffe auf den Tisch zurückgelegt. »Nicht sehr vielversprechend, Captain. Ihr Mann beharrt auf seiner Behauptung, daß er sich an nichts erinnern könne, aber meine Detektor-Analyse zeigt, daß sich an der Mordwaffe seine Fingerabdrücke befinden.«

»Mr. Hengist«, sagte Kirk ruhig. »Fast zur selben Zeit wie Mr. Scott und das Mädchen haben auch noch andere Personen das Lokal verlassen.«

»Das haben auch Angestellte dieses Etablissements ausgesagt. Diese Personen werden ausgeforscht und befragt werden. Aber trotzdem sieht es für Ihren Freund sehr schlecht aus, Captain. Ich bilde mir ein, gute Arbeit zu verrichten, und ich bin stolz darauf. Ich werde dieses Verbrechen aufklären und den Mörder seiner Bestrafung zuführen!«

»Was sieht das Gesetz für solche Fälle vor, Mr. Hengist?« fragte Kirk.

»Das Gesetz von Argelius, Sir«, sagte eine tiefe Stimme hinter ihm, »ist gerecht.«

Kirk wandte sich überrascht um. Ein großer, stattlicher, weißhaariger Mann hatte das Lokal betreten. An seiner Seite eine sehr attraktive Frau, fast ebenso groß wie er, mit langem schwarzem Haar, das an den Schläfen leicht angegraut war. Die Würde und der Ernst ihrer Erscheinung waren tief beeindruckend. Hengist hatte sich erhoben und verbeugte sich vor den Ankömmlingen.

»Meine Herren«, stellte er vor. »Unser Präfekt Jaris. Präfekt, Captain Kirk und Doktor McCoy vom Sternenschiff *Enterprise*.«

Jaris stellte die schöne Dame an seiner Seite vor: »Das ist Sybo, meine Frau.«

Sie verneigte sich leicht. »Und dieser Mann am Tisch ist Scott«, sagte Hengist. »Er ist derjenige, von dem ich Ihnen in meiner Mitteilung berichtet habe.«

Jaris' große, klare Augen musterten aufmerksam Scotts Gesicht. »Er sieht nicht aus, als wäre er zu einem kaltblütigen Mord fähig, doch es ist sehr lange her, seit wir...« Er wandte sich an Kirk und McCoy und sagte mit seiner tiefen Stimme: »Meine Herren, vor Jahrhunderten, vor der Großen Erweckung, verfügten wir über

Mittel und Wege, in solchen Fällen die Wahrheit schnell herauszufinden. Wir werden auf sie zurückgreifen.«

»Sie meinen den Argelianischen Gefühlskontakt, Sir?« fragte McCoy.

»Sie haben davon gehört, Doktor?«

»Allerdings, aber ich dachte, es handle sich um eine ausgestorbene Fähigkeit.«

»Meine Frau stammt aus einer alten Priesterfamilie unseres Volkes«, sagte Jaris. »Sie verfügt über diese alte Gabe. Ich bin gekommen, um Sie alle in mein Heim einzuladen.«

»Entschuldigen Sie, Herr Präfekt, aber ich bin der Meinung, daß dieser Fall ganz offiziell durch die zuständigen Behörden behandelt werden sollte«, warf Hengist ein.

»Er *wird* auch ganz offiziell behandelt werden, Mr. Hengist, da ich ja das höchste Amt auf Argelius innehabe.« Seine Entgegnung war ebenso höflich wie bestimmt. »Wir begeben uns jetzt zu mir nach Hause: Meine Frau wird sich auf ihre Aufgabe vorbereiten, und wir werden die Wahrheit erfahren. Sybo ...« Er trat zur Seite, verbeugte sich und ließ ihr den Vortritt. Sie neigte dankend den Kopf und ging voraus zur Tür.

Der Salon, in den sie geführt wurden, wirkte ebenso elegant wie ihre Gastgeberin. Es war ein hoher, runder, fensterloser Saal; die Ausgänge waren mit herrlichen, wertvollen Gobelins verhängt, die Farbmuster der Teppiche, die Formen der Tische, Stühle und Schränke waren mit Geschmack aufeinander abgestimmt und von erlesener Qualität. Eine Seite des Raums wurde von einem schlichten, aber aus wertvollsten Hölzern geschnitzten Altar eingenommen, auf dem ein einsames Licht flackerte.

»Ich habe meinem Schiff mitgeteilt, daß sich unsere Rückkehr verzögern wird«, sagte Kirk.

»Sehr gut, Captain«, nickte Jaris. »Machen wir weiter. Bitte, meine Herren, nehmen Sie Platz.«

McCoy leistete der Einladung nicht Folge, sondern wandte sich an Jaris: »Entschuldigen Sie, Herr Präfekt, ich bezweifle die telepathischen Fähigkeiten ihrer reizenden Gattin in keiner Weise, doch ich bin Wissenschaftler, und meine Wissenschaft verfügt über eine präzise Methode, durch die wir einwandfrei feststellen können, an welche Ereignisse sich Mr. Scott nicht mehr erinnern kann. Da Sie uns nicht gestatten, auf unser Schiff zurückzukehren, möchte ich Sie bitten, daß ich einen Techniker herunterbeamen lassen darf, der mir meinen Psycho-Tricorder bringt. Mit diesem Instrument könnten wir detailliert Aufschluß über alles gewinnen, was Mr. Scott in den letzten vierundzwanzig Stunden erlebt hat.«

»Ich bin entschieden dagegen, Präfekt«, protestierte Hengist. »Dieser Fall ist eine rein argelianische Angelegenheit.«

»Meine Frau muß eine gewisse Zeit meditieren, bis sie soweit ist«, entgegnete Jaris. »Ich sehe keinen Grund, warum wir die Zeit nicht bestmöglich nutzen sollten. Ich bin einverstanden, Doktor McCoy.«

McCoy holte seinen Kommunikator aus der Tasche und schaltete ihn ein. »McCoy an *Enterprise*.«

»Hier Spock, Doktor.«

»Mr. Spock, beamen Sie bitte sofort einen Techniker mit meinem Psycho-Tricorder herunter. An diese Koordinaten.«

»Verstanden. Koordinaten ermittelt und gespeichert«, antwortete Spock.

»Danke. McCoy Ende.«

Jaris unterhielt sich mit Kirk über seine eigenen Sorgen. »Die Nachricht von dem schrecklichen Ereignis hat sich wie ein Lauffeuer unter der Bevölkerung verbreitet. Die Leute sind schrecklich aufgebracht. Einige fordern sogar, Argelius für alle fremden Schiffe und Besucher zu sperren.«

»Das wäre eine sehr unglückliche Maßnahme«, sagte Kirk. »Argelius ist in der ganzen Galaxis für seine Gastfreundschaft bekannt. Hinzu kommt seine strategische Bedeutung als Raumhafen. Es ist der einzige in diesem Raumquadranten.«

»Herr Präfekt, eine erfolgversprechende Untersuchung mit dem Psycho-Tricorder erfordert leider, daß ich mit Mr. Scott allein sein muß«, unterbrach McCoy.

»Unter diesem Saal befindet sich ein kleiner Raum. Vielleicht entspricht er Ihren Zwecken, Doktor.«

Hengist erhob sich und protestierte: »Ich möchte Ihre Entscheidungen in keiner Weise kritisieren, Präfekt, aber ich muß Sie in aller Form darauf aufmerksam machen, daß die beiden Herren Freunde von Mr. Scott sind. Sie wollen ihn entlasten.«

»Wenn er unschuldig ist, möchten Sie doch auch, daß er entlastet wird, nicht wahr, Mr. Hengist?«

»Wieso… aber natürlich… das ist doch selbstverständlich«, stammelte Hengist verwirrt. »Mich interessiert einzig und allein die Wahrheit.«

»Uns ebenfalls«, sagte Kirk schroff.

Der Stadtvorsteher wandte sich erneut an den Präfekten: »Ich muß eine Reihe weiterer Leute vernehmen. Wenn Sie gestatten, lasse ich sie ebenfalls hierher bringen.«

»Bitte, veranlassen Sie es«, nickte Jaris. »Ich wünsche, daß alle Personen, die mit dem Mord irgendwie in Verbindung stehen, während der Zeremonie hier anwesend sind.«

Doch Hengists Abgang verzögerte sich durch den Funkenschauer des Transportereffekts neben dem Stuhl McCoys. Es war ein überaus attraktiver Körper, der zwischen ihnen langsam Gestalt annahm und schließlich materialisierte: Es war die Technikerin Karen Tracy. Hengist blinzelte und starrte sie verblüfft an, dann nickte er ihr grüßend zu und verschwand durch einen der Türvorhänge.

»Leutnant Karen Tracy meldet sich befehlsmäßig zur Stelle, Doktor.« Von ihrer Schulter baumelte ein Psycho-Tricorder.

Scott erhob sich halb von seinem Stuhl und murmelte mit einem Gesicht, das sich vor Entsetzen verzerrte: »Eine… eine Frau.«

Kirk bemerkte, daß Jaris mit seinen klaren Augen Scott aufmerksam musterte. »Sie mögen Frauen nicht, Mr. Scott?« fragte er mit seiner ruhigen, dunklen Stimme.

»Das ist es nicht, Herr Präfekt«, fuhr McCoy rasch dazwischen. »Er ist vor einigen Wochen bei einem Unfall verletzt worden, den eine unvorsichtige Frau verursacht hat. Er hat dabei unter anderem eine Gehirnerschütterung erlitten.«

»Wurde sein Gehirn dabei verletzt, Doktor?«

»Kaum. Jedenfalls nicht ernsthaft. Niemand kann behaupten, daß das die Ursache für…«

»Ich habe nichts behauptet, Doktor.«

»Nein. Natürlich nicht.« McCoy hatte sichtlich Mühe, seine

Unruhe zu verbergen. »Leutnant! Ich brauche eine Erinnerungsanalyse der letzten vierundzwanzig Stunden bei Mr. Scott. Sondieren Sie alle Gedächtnislücken, die Sie feststellen.«

»Zu Befehl, Doktor. Wo kann ich die Untersuchung durchführen?«

»Wenn Sie mir bitte folgen, junge Dame – Mr. Scott.« Jaris geleitete sie zum nächstliegenden Ausgang, und Kirk sagte zu Scott: »Sie unterstützen Leutnant Tracy auf jede nur denkbare Weise! Vielleicht können wir Ihren Fall damit ein für allemal klären.«

Der traurige Blick, mit dem Scott ihn ansah, hätte ihn beinahe veranlaßt, ihm beruhigend die Hand auf die Schulter zu legen. Nur mit Mühe unterdrückte er diese freundschaftliche Geste.

»Ja, Captain«, sagte Scott. »Dieses... dieses Nicht-erinnern-Können... es ist fast nicht zu begreifen...«

Kirk sah ihm nach, als er mit Tracy und Jaris den Raum verließ.

»Jetzt sind wir allein, Pille«, sagte Kirk zu McCoy. »Was hältst du von der ganzen Geschichte?«

McCoy sah ihn sehr ernst an. »Jim, unter normalen Bedingungen würde ich schlichtweg sagen, Scotty wäre einfach nicht fähig, so etwas zu tun. Aber diese schwere Gehirnerschütterung – sie könnte seine Verhaltensmuster grundlegend verändert haben. Was mir Sorgen macht, ist, daß er die Wahrheit sagen könnte, wenn er behauptet, er könne sich an nichts erinnern.«

»Wieso macht dir das Sorgen?«

»Hysterische Amnesie. Wenn sich ein Mensch einer Untat schuldig fühlt – einer so schrecklichen Untat, daß er es nicht wagt, ihr ins Auge zu sehen –, verdrängt er sie aus seinem Bewußtsein – und vergißt sie tatsächlich.«

Kirk spürte, wie er innerlich vor McCoys Worten zurückzuckte. War es möglich, daß Scott die Erinnerung an einen Mord verdrängte, den er tatsächlich begangen hatte? Er hatte plötzlich das Gefühl, als ob es in dem fensterlosen Raum erstickend heiß wäre. Ich brauche frische Luft, dachte er, aber da kehrte Jaris zurück, und im gleichen Moment trat seine Frau durch einen anderen Eingang herein. Ihre großen Augen blickten verschleiert.

»Bist du bereit, Dybo?« fragte Jaris leise.

»Ich bin bereit«, sagte sie mit abwesendem Blick. »Kann ich

bitte das Messer haben?«

Jaris wandte sich Kirk und McCoy zu. »Meine Frau verfügt auch über die Gabe, von leblosen Gegenständen Gefühlseindrücke zu empfangen.«

Er trat an einen Tisch. »Wo ist das Messer?« fragte er. »Haben Sie es, Captain?«

»Das Messer?« fragte Kirk verblüfft zurück. »Nein, ich dachte...«

»Ich habe es bei unserer Ankunft auf diesen Tisch gelegt«, sagte Jaris. »Es ist fort.«

Ein peinliches Schweigen entstand. Es wurde plötzlich durch einen furchtbaren Schrei unterbrochen, der gedämpft zu ihnen heraufdrang. Aus dem Zimmer ein Stockwerk tiefer! Kirks und McCoys entsetzte Blicke begegneten sich, beide hatten zugleich eine furchtbare Vorahnung. Kirk stürzte los, wischte den Vorhang an der Tür beiseite und rannte die Treppe hinunter; McCoy folgte ihm auf den Fersen. Sie erreichten einen halbdunklen Gang und standen vor einer geschlossenen Tür. Kirk warf sich dagegen und stieß sie auf.

Scott saß mit geschlossenen Augen aufrecht auf einem Stuhl. Karen Tracy lag auf dem Boden, ihre Ausrüstung um sie verstreut. McCoy eilte zu ihr; Kirk packte den Chefingenieur an der Schulter und rüttelte ihn. »Scotty!« schrie er außer sich vor Entsetzen. »Scotty, kommen Sie zu sich!«

Die Schulter unter seiner Hand hing herab. Scott stöhnte und wankte. McCoy richtete sich auf. »Sie ist tot«, sagte er tonlos.

Kirk starrte ihn an. »Du brauchst mir nichts weiter zu sagen. Ich weiß es schon«, sagte er heiser. »Sie ist erstochen worden.«

»Ihr Körper weist unzählige Messerstiche auf«, sagte McCoy. »Genau wie die andere auch.«

Sie mußten Scott zwischen sich nehmen und stützen, als sie ihn mit nach oben nahmen. Jaris goß eine goldfarbene Flüssigkeit in ein Glas und reichte es McCoy. »Ein Stimulans«, sagte er. »Es wird ihm guttun, Doktor.«

Scott zitterte, als hätte er einen Fieberanfall. Das Glas, das ihm McCoy an die Lippen führte, klirrte gegen seine Zähne, die er fest aufeinanderpreßte. McCoy und Kirk hatten Mühe, in gemeinsamer Anstrengung Scotts Mund zu öffnen und ihm die Flüssigkeit einzuflößen. Langsam kam wieder etwas Farbe in sein aschfahles Gesicht. Kirk sah, daß Sybo an den Altar getreten war, ihr Gesicht hatte den geistesabwesenden Ausdruck einer Schlafwandlerin. Schön, wenn man sich in eine private Traumwelt zurückziehen kann, dachte er grimmig und flößte Scott den Rest der Flüssigkeit ein. Diesmal schluckte er gehorsam, öffnete die Augen und sah sie irritiert an. »Leutnant Tracy? Captain, wo ist...?« stammelte er.

»Leutnant Tracy ist tot«, sagte Kirk.

Scott starrte ihn einige Sekunden lang wortlos an. »Tot?« fragte er dann entsetzt.

»Ja, tot!« sagte Kirk hart. »Was ist dort unten geschehen?«

»Was geschehen ist? Ich habe mich auf einen Stuhl gesetzt, und sie nahm ihre Messungen vor, Sir.« Er machte Anstalten aufzustehen. Kirk drückte ihn wieder zurück. »Warum bin ich schon wieder hier?« sagte er. »Sie war noch nicht fertig.«

»Ist das alles, an was Sie sich erinnern können?« fragte McCoy.

»*Konzentrieren Sie sich,* Scott!« befahl Kirk. »Das Mädchen ist tot! Sie waren zuletzt bei ihr. Sie müssen gesehen haben, was passiert ist! Was ist geschehen?«

Scott sah ihn hilflos an. »Ich weiß es nicht. Ich kann mich nicht erinnern, Captain. Ich muß bewußtlos geworden sein, aber warum...?«

»Es ist möglich, Jim«, sagte McCoy. »Die Kopfverletzung könnte...«

»Ich möchte nichts mehr von dieser Kopfverletzung hören!« schrie Kirk wütend. »Denken Sie nach, Scott! *Denken Sie nach!*«

»Paß mal auf, Jim«, sagte McCoy. »Wenn er nicht nachdenken kann, dann kann er es vielleicht nicht, weil man es ihm befohlen hat.«

Kirk fuhr herum. »Herr Präfekt, gibt es einen zweiten Zugang zu dem Raum unten?«

»Ja, eine Tür, die in den Garten führt. Aber sie ist seit Jahren verschlossen.«

»Schlösser kann man öffnen«, bemerkte McCoy trocken.

»Prüfe es nach, Pille«, befahl Kirk.

Irgendwo schlug eine Glocke an. Jaris drückte einen Knopf. Hengist trat ein und schob zwei Männer vor sich her. »Diese beiden Männer waren um die Tatzeit ebenfalls in dem Lokal, Herr Präfekt«, sagte er.

»Sie habe ich gesehen«, sagte Kirk zu dem älteren der beiden. »Sie waren einer der Musiker. Sie haben bei Karas Auftritt gespielt.«

»Kara war meine Tochter«, sagte der Mann leise. »Sie hat schon als Kind zu meinem Flötenspiel getanzt. Nun ist sie tot. Ich habe niemanden mehr auf der Welt.« Er wandte sich an Jaris. »Präfekt, wie konnte so etwas geschehen? Der Verbrecher muß gefunden und bestraft werden.«

»*Das* verspreche ich Ihnen, Tark«, sagte Hengist.

Kirk zeigte auf den jungen Mann. Und *er* hat kurz vor Scott und Kara das Lokal verlassen.«

»Wer sind Sie?« fragte Jaris den jungen Mann. »Entspricht das den Tatsachen, was der Captain sagt?«

»Mein Name ist Morla. Ich wohne in der Cantabastraße. Ja, es entspricht den Tatsachen, Präfekt. Ich war dort. Ich habe nichts zu verbergen.«

»Haben Sie Kara gekannt?« fragte Kirk.

Morla nickte, und Tark rief: »Natürlich hat er sie näher gekannt, sie wollten ja heiraten! Aber seine Eifersucht hat mein Kind mit Abscheu erfüllt.«

»Eifersucht?« sagte Jaris. »Das ist beunruhigend. Eifersucht ist auf Argelius im Grunde genommen unbekannt.«

»Ich habe ebenso darunter gelitten, Präfekt«, sagte Morla mit bebenden Lippen. »Aber ich konnte nichts dagegen tun. Ich liebte sie. Als ich sah, daß sie sich zu den Fremden an den Tisch setzte, konnte ich es nicht länger mit ansehen und habe das Lokal verlassen.«

»Und wo sind Sie hingegangen?« fragte Kirk.

»Nach Hause. Geradewegs nach Hause. Ich habe meditiert, um mich wieder zu beruhigen.«

»Herr Präfekt«, sagte Kirk. »Eifersucht ist ein häufiges Motiv für Morde.«

»Ich weiß. Deshalb mißbilligen wir auf Argelius diese Emotion.«

»Ich könnte nicht töten. Niemals!« schluchzte Morla. »Ich könnte keinen Menschen töten, am allerwenigsten jemanden, den ich liebe.«

McCoy kam zurück und sagte: »Ich kann nicht feststellen, ob das Schloß geöffnet worden ist oder nicht, Jim. Auch eine Untersuchung mit dem Tricorder würde dies nicht klären können.«

Kirk wandte sich wieder an Morla. »Können Sie beweisen, daß Sie gleich nach Hause gegangen sind?«

»Captain«, warf Hengist ein. »Ich muß darauf bestehen, daß Sie das Verhör mir überlassen.«

»Dann fangen Sie doch endlich damit an!« sagte Kirk wütend. »Sie sitzen hier bloß herum und starren Löcher in die Luft!« Er blickte Tark an. »Ein Vater, der vielleicht über den Ungehorsam seiner Tochter aufgebracht ist...« Er brach ab. »Herr Präfekt! Ein Verlobter, der sich maßlos darüber aufregt, daß sich sein Mädchen zu anderen Männern an den Tisch setzt. Sie können doch nicht leugnen, daß dies durchaus Motive für einen Mord sein könnten! Mr. Scott hingegen hatte keines. Und Leutnant Tracy wurde ermordet, weil sie drauf und dran war, die Wahrheit herauszufinden!«

Jaris hatte ihm ruhig zugehört und antwortete langsam: »Das ist durchaus möglich, Captain.«

»Ich würde sogar sagen: wahrscheinlich, Sir.«

Er blickte Kirk mit seinen großen Augen nachdenklich an. »Was Sie sagen, Captain, klingt so, als versuchten Sie um jeden Preis, das Leben eines Freundes zu retten.«

»Ja, Sir. Sie haben natürlich recht. Ich möchte meinen Freund retten. Ich möchte Sie aber auch daran erinnern, daß seine Schuld nicht bewiesen ist.«

»Und ich darf *Sie* daran erinnern, daß in beiden Fällen Ihr Freund bei der Leiche gefunden wurde.« Hengists Gesicht war vor Zorn rot angelaufen.

Kirk konnte darauf keine Antwort geben, denn in diesem Moment sagte Sybo: »Ich bin bereit, mein Gatte.«

In ihrer Stimme lag eine Autorität, die die Aufmerksamkeit aller

Anwesenden auf sich zog. Alle schwiegen, als sie sich vom Altar abwandte und auf sie zuschritt. Ihr Gesicht war entspannt und wirkte fast heiter.

»Die Flamme der Läuterung brennt«, sagte sie. »Sie wird uns zur Wahrheit führen. Fassen wir uns alle bei den Händen, und vereinigen wir unsere Seelen. Ich werde tief in eure Herzen blicken.«

Jaris reichte ihr die Hand und führte sie an den Tisch. »Setzen wir uns, meine Herren. Gehorchen wir meiner Frau, und reichen wir uns die Hände.«

»Unter einer Bedingung, Sir«, sagte Kirk. »Dieser Raum muß verschlossen sein, damit während des Rituals ihn niemand betreten oder verlassen kann.«

»Dieser Raum ist verschlossen«, sagte Jaris.

Sybo nahm am Tisch Platz, und Kirk wollte sich gerade auch setzen, als sein Kommunikator piepste. Es war Spock.

»Kann ich Sie einen Moment sprechen, Captain?« fragte er.

Kirk wandte sich an Jaris. »Eine Nachricht von meinem Schiff, Sir. Bitte entschuldigen Sie mich einen Augenblick.«

Kirk ging in einen anderen Teil des Raumes und sagte leise in den Kommunikator: »Ja, Mr. Spock.«

»Ich habe über die unglückliche Situation nachgedacht, wie Sie sie uns geschildert haben, Sir. Meiner Meinung nach ist der Gefühlskontakt der Argelianer ein Phänomen, das sicher einer Untersuchung wert wäre. Ich frage mich nur, ob diese Technik fehlerfrei genug ist, um das Leben eines Menschen davon abhängig zu machen.«

»Was schlagen Sie vor, Mr. Spock?«

»Scott heraufzubeamen und die Untersuchung unseren Computern zu überlassen, Sir.«

»Das ist undurchführbar, Mr. Spock. Wenn ich Ihren Vorschlag akzeptieren würde, ginge ich das Risiko ein, daß der Raumhafen von Argelius geschlossen wird. Wir können uns nicht einfach über das Ehrgefühl und den Stolz dieser Leute hinwegsetzen. Sie haben ihre eigenen Methoden, diese Angelegenheit zu behandeln, und solange wir hier sind, werden wir uns diesen beugen.«

»Ich verstehe, Captain«, sagte Spock nach einer Pause.

»Mir gefällt das Ganze genausowenig wie Ihnen, Mr. Spock,

aber wir können im Augenblick nichts anderes tun. Kirk Ende.«

Er drehte sich um. Die anderen hatten inzwischen um den Tisch Platz genommen, Sybo saß am Kopfende. Hinter ihr brannte die Flamme auf dem Altar – und begann plötzlich zu flackern. »Beginnen wir«, sagte sie. »Fassen wir uns an den Händen. Der Kontakt darf nicht abreißen. Blicken Sie in die Flamme, die auf dem Altar der Wahrheit brennt.«

Sie schloß ihre Augen. Die ungewöhnliche Autorität in ihrer Stimme machte die nun eintretende Stille noch eindrucksvoller. Kirk betrachtete sie gespannt. Sie hob ihr verzücktes Gesicht; bei der Beleuchtung warfen ihre ausgeprägten Backenknochen Schatten über ihre Wangen. Dann – plötzlich – schien sie zusammenzuschaudern und sprach mit völlig veränderter Stimme: »Ja, es ist etwas im Raum, etwas Schreckliches... aus der Vergangenheit. Ich spüre seine Gegenwart... Furcht, Wut, Haß.« Ein tiefes Stöhnen drang aus ihrer Kehle. »Das Böse ist unter uns... monströs, dämonisch...«

Sie hielt inne, als hätte sie alle Sinne auf ihr Inneres konzentriert. Sie lauschte gespannt in sich hinein, dann fuhr sie fort: »Ein unstillbarer Hunger, der niemals stirbt... Haß auf alles Lebendige... Haß auf alles Weibliche.« Ihre Stimme wurde schriller. »Es ist stark... ein archaischer Hunger, der sich vom Grauen und Schrekken nährt... näher, näher... er wächst unter uns... Lust am Töten... am Morden... Tod... Sein Name ist... Boratis... Kesla... Redjac...«

Sybos Worte überstürzten sich, sie rief laut: »Das verschlingend Böse... es frißt Leben, Licht... hungert nach Leben... Redjac...«

Plötzlich erlosch die Flamme auf dem Altar, und der Raum war in Dunkel gehüllt. Kirk hörte ein raschelndes Geräusch wie das Flattern von riesigen Flügeln. Sybo stieß einen gellenden Schrei aus.

»Licht!« brüllte Kirk.

Die Lichter im Saal gingen an. Hengist stand am Lichtschalter, seine Hand lag noch darauf.

Doch Kirk hatte nur Augen für Sybo. Sie lag in Scotts Armen. Langsam rutschte ihr Körper von seiner Brust ab. Ein langes Messer ragte aus ihrem Rücken. Scotts Arme lösten sich von ihr – und

Sybo fiel zu Boden. Scott blickte auf sie hinab. Dann sah Kirk, wie er von ihr wegschaute und verständnislos seine blutigen Hände betrachtete.

Jaris' Gesicht war vor Gram verzerrt. Kirk hörte Hengists Tiraden zu und dachte – nicht zum erstenmal –, was doch dieser Stadtvorsteher für ein gefühlloser Mann war.

»Drei Morde!« kreischte Hengist. »Und jedes Mal ist dieser Mann in unmittelbarer Nähe. Was wollen Sie denn noch mehr? Soll ich denn warten, Captain, bis er vor unser aller Augen noch einer Frau das Messer in den Rücken stößt?«

»Mr. Hengist. Bitte... nicht jetzt...«, sagte Jaris. »Meine arme Frau... ihr Leichnam wurde eben erst hinausgetragen...«

»Präfekt«, unterbrach Hengist mitleidlos. »Ich bin felsenfest davon überzeugt, daß dieses Besatzungsmitglied der *Enterprise* schuldig ist!«

»Aber nicht dafür verantwortlich«, sagte Kirk. »Diese Taten wurden im Zustand geistiger Umnachtung begangen. Wenn Mr. Scott sie begangen hat, ist er wahnsinnig. Er kann nicht dafür verantwortlich gemacht werden. An Bord des Schiffs haben wir Instrumente, mit denen wir seinen Geisteszustand analysieren können.«

»Um sein Leben zu retten«, nickte Hengist und grinste höhnisch. »Ohne mich!«

»Geistige Unzurechnungsfähigkeit wird in allen Gesetzen der Galaxis besonders berücksichtigt«, sagte Kirk, »weil sich der Täter in diesem Fall seiner Tat nicht *bewußt* ist.«

»Es tut mir leid, Präfekt«, sagte Hengist. »Ich versichere Sie meiner herzlichsten Anteilnahme, aber ich kann nicht mehr untätig zusehen. Dieser Mensch hat dreimal gemordet! Captain Kirk selbst kann nicht umhin, es zuzugeben. Dieser Versuch in letzter Minute, Scott dennoch seiner Bestrafung zu entziehen...«

Kirk beherrschte sich nur mühsam. »Nein, Mr. Hengist. Um der Gerechtigkeit zum Sieg zu verhelfen.«

»Ich... ich weiß nicht«, sagte Jaris.

»Wieviel Morde müssen noch geschehen, bis Maßnahmen ergriffen werden, Sir?« fragte Hengist. »Die alten Gesetze gelten noch immer. Ich werde die Wahrheit schon aus diesem Mörder herausholen.«

»Durch Folter?« fragte Kirk. Er wandte sich an Jaris. »Herr Präfekt, ich habe Ihnen zugesichert, daß wir die hiesigen Gesetze respektieren werden. Wenn Mr. Scott zurechnungsfähig ist, untersteht er selbstverständlich Ihrer Gerichtsbarkeit. Aber ich muß darauf bestehen, daß vorher alles unternommen wird, seinen Geisteszustand zu untersuchen und seine Zurechnungsfähigkeit festzustellen.«

Jaris' Lippen zitterten. Der Schock hatte ihn sichtlich altern lassen. »Wie ist ein Mensch überhaupt fähig, so etwas zu tun?« flüsterte er.

»Genau das ist es, was ich herausfinden möchte«, sagte Kirk.

Jaris mußte sich zwingen, seinen Blick auf Scott zu richten. »Und Sie, Mr. Scott, was haben Sie dazu zu sagen?« fragte er.

Scott erhob sich schwerfällig. »Sir, ich schwöre bei Gott und allem, was mir heilig ist, daß ich Ihre Frau nicht getötet habe. Weder Ihre Frau noch sonst jemanden.«

»Ihrer eigenen Aussage zufolge wissen Sie nicht, ob Sie es getan haben oder nicht, weil Sie diese sogenannten Erinnerungslücken haben...« warf Hengist ein.

»Mr. Hengist«, unterbrach ihn McCoy. »An Bord der *Enterprise* ist es möglich, alles aufzuzeichnen, was Mr. Scott bewußt oder unterbewußt registriert hat. Wir können alles wieder ans Licht bringen, was ihm zugestoßen ist. Diese Aufzeichnungen zeigen die Tatsachen. Sie werden uns exakt zeigen, was in letzter Zeit mit ihm geschehen ist.«

Kirk nickte zustimmend. »Damit könnten alle Zweifel ausgeräumt werden«, sagte er. »Wir würden es *wissen*! Und das ist es doch, was wir wollen, Herr Präfekt. Wir wollen es *wissen*!« Er wandte sich an Hengist. »Damit bliebe der Fall nach wie vor der argelianischen Rechtsprechung unterworfen. *Was wir anstreben, ist die Beseitigung aller bestehenden Zweifel.*«

»Was Sie da vorhaben, ist illegal«, sagte Hengist heftig. »Wer gibt uns die Gewähr, daß Sie Mr. Scott an Argelius wieder ausliefern, wenn Sie ihn mit an Bord Ihres Schiffs nehmen und Ihre Instrumente seine Schuld beweisen? Ich habe die Autorität...«

Jaris, der sich wieder etwas gefaßt hatte, unterbrach ihn. »Mr. Hengist, *ich* habe auf diesem Planeten die oberste Verfügungsgewalt«, sagte er mit Nachdruck. »Und die letzte Entscheidung, was unternommen wird und was nicht, treffe ich.« Er wandte sich an Kirk. »Captain, wie Sie wissen, hat Mr. Scott beteuert, er könne sich an keinen der Morde erinnern. Es kann sein, daß er getötet hat, ohne etwas davon zu wissen, in Trance vielleicht. Sind Ihre Maschinen in der Lage, die Wahrheit herauszufinden?«

»Sie werden alle verfügbaren Daten berücksichtigen und zu einem endgültigen Ergebnis gelangen«, sagte Kirk. »Alle Zweifel werden beseitigt sein!«

Jaris erhob sich. »Nun gut, dann setzen wir die Untersuchung an Bord Ihres Schiffs fort.«

Er ging langsam zu Scott hinüber und sagte zu ihm: »Wenn Sie schuldig sind, werden Sie nach unseren aus alter Zeit stammenden Gesetzen bestraft, auch wenn sie noch so barbarisch sind. Ich mache Sie darauf aufmerksam, daß Mord mit langsamer Folter bis zum Tod geahndet wurde. Dieses Gesetz ist auch heute noch in Kraft. Haben Sie mich verstanden, Mr. Scott?«

Scott fuhr sich mit der Zunge über die trockenen Lippen. Aber er sah Jaris furchtlos in die Augen und sagte: »Ja, ich habe Sie verstanden, Sir.«

Im Besprechungsraum der *Enterprise* herrschte Gedränge. Die Gäste von Argelius, einschließlich Tark und Morla, hatten auf der einen Seite des Tischs Platz genommen, ihnen gegenüber saßen Scott und McCoy und daneben Bootsmaat Tancris, eine hübsche junge Dame, die das Protokoll führen sollte. Kirk stand neben Spock an den Computerkontrollen.

»Tief im Herzen dieses Schiffs befinden sich riesige Datenbänke, die das ganze Schiff in Betrieb halten«, erklärte der Kapitän seinen Gästen. »Sie enthalten darüber hinaus das gesamte Wissen der Erde und der Föderation. Der Computer arbeitet absolut zuverlässig, unser Leben hängt von ihm ab.«

»Haben Sie noch etwas hinzuzufügen, Mr. Spock?« fragte er.

»Innerhalb weniger Sekunden«, sagte Spock, »können wir auf jede Frage, gleichgültig, wie komplex sie sein mag, eine Antwort erhalten, vorausgesetzt, sie ist präzis gestellt und sachlich richtig.«

»Sie können keinen Mord aufklären, indem Sie mit Zahlen herumjonglieren!« warf Hengist ein.

»Das nicht, Sir«, sagte Spock. »Aber wir können die Wahrheit ermitteln.«

»Wie wollen Sie das machen?« fragte Morla. »Eine Maschine kann Ihnen doch nicht erzählen, was in der Seele eines Menschen vor sich geht.«

»Nein«, sagte Kirk und deutete auf einen Lügendetektor, den sie an den Computer angeschlossen hatten. »Aber dieses Gerät kann es in gewissem Sinne doch.« Er zog einen Stuhl heran. »Jede Versuchsperson, die hier Platz nimmt und ihre Hand auf diese Platte legt, wird in allen Körperfunktionen von verschiedenen Sensoren überwacht. Weicht sie bei einer Antwort von der Wahrheit ab, so wird das von diesem Gerät registriert und an den Computer weitergemeldet. Dieser informiert uns dann darüber.«

Hengist rutschte unruhig auf seinem Stuhl hin und her. Kirk fuhr fort: »Doktor McCoy hat die Ergebnisse seiner medizinischen Untersuchung bereits in den Hauptcomputer eingegeben. Unsere Laborexperten sind eben dabei, die Mordwaffe zu untersuchen. Auch sie werden die Ergebnisse ihrer Untersuchung an den Computer weiterleiten, der sie in seine Analyse miteinbeziehen wird. – Mr. Scott, bitte nehmen Sie jetzt hier Platz.«

Scott stand auf und ging zu dem Lügendetektor hinüber. Er setzte sich und legte seine rechte Hand auf die Sensorplatte. Kirk schaltete die Computerkontrollen ein.

»Computer«, sagte er. »Identifikation.«

Der Mechanismus klickte, dann antwortete die monotone Stimme des Computers: »Verstanden. Fregattenkapitän Montgomery Scott, Kenn-Nummer SE 197-547-230 T. Bestätigt.«

»Gegenwärtiger körperlicher Zustand der Versuchsperson?« fragte Kirk.

»Verstanden. Versuchsperson hat vor kurzer Zeit eine schwere Kopfverletzung davongetragen. Die Verletzung ist weitgehend verheilt. Es sind jedoch noch einige Nebenerscheinungen festzustellen, die von seinem früheren Zustand abweichen.«

»Schwerwiegend genug, um Zustände vorübergehender partieller Amnesie hervorzurufen?«

»Verstanden«, antwortete der Computer und nach einer kleinen Pause: »Negativ.«

»Ich verstehe nicht, wie das möglich ist«, warf McCoy erstaunt ein.

»Es ist möglich, wenn Scotty mit seiner Behauptung lügt, daß er sich an nichts erinnern kann«, sagte Kirk.

»Ich lüge nicht, Captain!« rief Scott erregt. »Ich kann mich wirklich an nichts erinnern, was bei den beiden ersten Morden geschah!«

»Computer. Ist die Aussage der Versuchsperson wahr?«

»Verstanden. Versuchsperson sagt die Wahrheit. Keine physiologischen Veränderungen feststellbar.«

Scott, seine Hand fest auf die Sensorplatte gepreßt, hatte sich halb von seinem Stuhl erhoben. »Captain, ich habe nie behauptet, das Bewußtsein verloren zu haben, als die Frau des Präfekten ermordet wurde!«

»Also gut, Scotty. Fahren wir fort. An was können Sie sich dabei erinnern?«

»Wir saßen um den Tisch und hielten uns an den Händen. Das Licht auf dem Altar flackerte, und im Raum war es ganz dunkel. Plötzlich hörte ich die arme Frau laut schreien. Ich versuchte, aufzuspringen, um ihr zu Hilfe zu eilen – aber irgend etwas befand sich zwischen uns.«

»Irgend etwas?« fragte Kirk erstaunt. »Sie meinen, irgend jemand.«

»Nein, Sir. Irgend *etwas*! Kalt – es fühlte sich kalt an wie... ein stinkender Luftzug aus einem Schlachthaus. Aber – es war nicht wirklich da, es fühlte sich nur so an, als ob...« Er stockte und zuckte hilflos die Schultern. »Ich weiß nicht, ob Sie verstehen, was ich meine.«

»Computer?« fragte Kirk.

»Versuchsperson sagt die Wahrheit. Keine physiologischen Veränderungen während der Aussage feststellbar.«

»Also gut«, sagte Kirk. »Dann werde ich die Frage direkt stellen. Haben Sie Sybo getötet, Mr. Scott?«

»Nein, Sir. Dessen bin ich völlig sicher.«

Hengist schnaubte verächtlich. »Das behauptet er schon die ganze Zeit. Aber das besagt jetzt genausowenig wie zuvor.«

Kirk warf ihm einen prüfenden Blick zu, dann wandte er sich wieder Scott zu und sagte: »Lügen Sie mich einmal an, Scotty. Wie alt sind Sie?«

»Zweiundzwanzig, Sir.«

Ein Signal ertönte, und auf der Kontrollkonsole blinkte eine Lampe auf. Die Stimme des Computers sagte: »Unzutreffend. Unzutreffend. Die Angabe ist falsch.«

»Mr. Scott. Wessen Hände hielten Sie, als das Licht erlosch?«

»Rechts von mir saß Morla und auf der linken Seite Sie, Captain.«

Morla, kreidebleich im Gesicht, sprang auf. »Aber das besagt doch überhaupt nichts, Captain! Der Raum war nicht gerade groß, und es war dunkel. Jeder von uns hätte es tun können!«

»Unsinn!« fuhr Hengist dazwischen. »Ich muß Sie daran erinnern, daß es Mr. Scott war, der die Tote im Arm hielt. Das Messer steckte in ihrem Rücken – und seine Hände waren blutverschmiert.«

»Das trifft zwar zu«, sagte Kirk, »aber der Lügendetektor beweist, daß er jede Unwahrheit registriert.«

»Es sind noch zwei andere Frauen ermordet worden«, warf Hengist ein.

»Mr. Scott, haben Sie Kara getötet?« fragte Kirk.

»Ich kann mich nicht erinnern.«

»Haben Sie Leutnant Tracy getötet?«

»Ich kann mich nicht erinnern.«

»Computer!« sagte Kirk. »Reaktion?«

»Verstanden. Versuchsperson sagt die Wahrheit. Keine physiologischen Veränderungen während der Aussage feststellbar.«

»Das beweist, daß er die Wahrheit sagt, wenn er behauptet, daß er Gedächtnislücken hat«, sagte Jaris.

»Wir verschwenden doch nur unsere Zeit«, sagte Hengist geringschätzig.

»Mr. Hengist, wenn diese Untersuchung abgeschlossen ist, werden wir eine Psychotricorder-Analyse von Mr. Scotts Gedächtnis vornehmen«, sagte Kirk. »Genau das, was Leutnant

Tracy auch vornehmen wollte. Aber diesmal wird sie zu Ende geführt. Wir werden eine komplette Aufzeichnung seiner Erlebnisse zusammenstellen, gleichgültig, ob er sie vergessen hat oder sich an sie erinnert. Wird Sie das dann zufriedenstellen?«

»Wenn Sie mich davon überzeugen können, daß die Maschine sich nicht irren kann, und wenn sie den Beweis erbringt, daß er die Frauen nicht getötet hat.«

»Die Maschine kann sich nicht irren. Was den zweiten Teil Ihrer Forderung betrifft: die Ergebnisse der Untersuchungen werden das zeigen. – Mr. Scott, ich glaube, Sie können jetzt wieder aufstehen, wenn niemand Einwände dagegen hat.«

»Ich protestiere gegen diese ganze Vorgangsweise!« rief Hengist erregt.

»Mr. Hengist, bitte überlassen Sie die Entscheidungen in diesem Fall mir«, sagte Jaris ruhig.

»Präfekt, ich weiß, daß Sie es nur gut meinen, aber ich habe in solchen Dingen mehr Erfahrung, während Sie...«

»Bitte, schweigen Sie!« antwortete ihm Jaris schroff. »Für den Augenblick akzeptieren wir Captain Kirks Vertrauen in seine Maschinen. Wir behalten uns aber auch das Recht vor, die endgültige Entscheidung selbst zu treffen.«

»Das ist alles, worum wir bitten«, sagte Kirk. »Mr. Morla, würden Sie jetzt bitte am Lügendetektor Platz nehmen?«

Morla ging zu dem Gerät und setzte sich. Nervös legte er seine Hand auf die Sensorplatte.

»Wo hielten Sie sich auf, als Kara ermordet wurde?« fragte Kirk.

»Ich... ich weiß nicht genau, wahrscheinlich auf dem Heimweg. Ich war sehr durcheinander.« Er warf Kirk einen scheuen Blick zu. »Ich sagte Ihnen ja, daß ich sehr zornig war.«

»Zorn ist ein sehr weiter Begriff, Mr. Morla«, warf Spock ein. »Waren Sie so zornig, daß Sie hätten gewalttätig werden können?«

»Ich bin noch nie im Leben gewalttätig geworden. Ich bin Argelianer. Ich glaube nicht, daß ich überhaupt fähig bin, eine Gewalttat zu begehen«, sagte er mit bebender Stimme. »Glauben Sie mir doch, ich hätte sie nicht töten können! Sie liebte mich doch!«

Tark sprang auf. »Das ist nicht wahr! Sie hat ihn nicht geliebt! Das hat sie mir wiederholt gesagt. Er war furchtbar eifersüchtig!

Sie haben sich doch ständig gestritten!« Mit Tränen in den Augen wandte er sich an Jaris. »Meine Tochter war eine echte Argelianerin! Ein Kind, das das Leben liebte und das Vergnügen...«

»Ja, ich *war* eifersüchtig!« schrie Morla und sprang ebenfalls auf. »Das gebe ich auch offen zu! Aber ich habe sie nicht getötet! Ich wollte mit ihr Argelius verlassen – irgendwohin mit ihr gehen, wo ich sie ganz allein für mich gehabt hätte. Ich habe sie doch geliebt!«

»Haben Sie Leutnant Tracy getötet?« fragte Kirk.

»Nein!«

»Haben Sie Sybo getötet?«

»Nein!«

»Computer, Wahrheitsgehalt feststellen!« befahl Kirk.

»Verstanden. Versuchsperson sagt die Wahrheit. Einige Aussagen subjektiv. Keine physiologische Veränderung feststellbar.«

»Ich danke Ihnen, Mr. Morla«, sagte Kirk. »Sie können wieder am Tisch Platz nehmen.«

Kirk sah die Gesichter der am Tisch Sitzenden nachdenklich an. Nach einer Pause sagte er langsam: »Sybo sprach von einem unstillbaren Hunger, der niemals stirbt – von etwas, das sich von Schrecken und Tod ernährt.« Er blickte Spock an. »Vielleicht befinden wir uns auf einer völlig falschen Spur. Aber nehmen wir einmal an, daß Sybo eine Empathin war – und daß sie *tatsächlich* etwas wahrnahm, das sich im Raum befand, etwas Böses...«

»Die empathischen Fähigkeiten bestimmter argelianischer Frauen sind bewiesene Tatsache, Captain«, sagte Spock.

»Die Fähigkeiten meiner... geliebten Frau waren real«, sagte Jaris. »Wenn sie etwas sagte, dann entsprach es der Wahrheit.«

»Nun gut«, sagte Kirk. »Was sagte sie genau? Das Böse ist unter uns... aus der Vergangenheit... monströs, dämonisch... ein unstillbarer Hunger... Haß auf alles Lebendige... Haß auf alles Weibliche...«

»Lust am Töten«, fügte McCoy hinzu.

»Und dann sagte sie noch einige Worte, auf die ich mir keinen Reim machen konnte«, sagte Kirk.

»Ich erinnere mich«, sagte McCoy. »Sie sagte: Redjac, Boratis, Kesla.«

Kirk schüttelte den Kopf. »Unverständlich. Und nichtssagend.«

»Für uns vielleicht, Captain«, sagte Spock. »Aber für die Speicherbänke unseres Computers…«

»Prüfen Sie das nach, Mr. Spock!«

»Computer! Linguistische Speicher«, sagte Spock. »Definition des folgenden Wortes: Redjac.«

»Verstanden.« Der Computer summte kurz, dann kam die Antwort: »Negativ.«

»Dieses Wort ist in den linguistischen Speichern nicht enthalten?«

»Positiv.«

»Alle anderen Speicher durchprüfen!«

»Verstanden. – Positiv. – Ein Name.«

»Information«, befahl Spock.

»Verstanden. Red Jack. – Quelle: Erde. Neunzehntes Jahrhundert. – Sprache: Englisch. – Spitzname für einen Massenmörder. Frauenmorde. Anderes Erd-Synonym: Jack the Ripper.«

Alle schwiegen. Schrecken, Hoffnung und Unglauben machten sich breit.

»Lächerlich«, sagte Hengist. Er sprang auf. »Jack the Ripper lebte vor vielen Jahrhunderten!«

»Daten über Jack the Ripper«, befahl Kirk dem Computer.

»Verstanden. – Jack the Ripper: Erstes Auftreten: London, altes Britisches Empire, Erde, Jahr 1888 des alten Kalenders. Gewaltverbrecher, tötete mindestens sechs Frauen. Mordwaffen: Messer oder chirurgische Instrumente. Keine Zeugen der Verbrechen. Keine Identifikation oder Festnahme des Täters. Fälle blieben unaufgeklärt. Motiv unbekannt.«

»Motiv unbekannt«, wiederholte McCoy nachdenklich. »Sinnlose Mordtaten.«

»Sinnlos wie die Morde an Kara und Leutnant Tracy«, sagte Kirk.

Tark sah sie der Reihe nach an. »Das ist doch unmöglich. Kein Mensch kann jahrhundertelang leben.«

»Meine Frau«, sagte Jaris. »Meine Frau sprach – bevor sie starb – von einem unstillbaren Hunger, der niemals stirbt.«

»Aber alle Menschen müssen einmal sterben«, sagte Tark.

»*Menschen* ja«, sagte Spock, »aber Menschen und menschenähnliche Lebewesen stellen nur einen Bruchteil der bekannten Lebensformen in der Galaxis dar. Es gibt Rassen von extrem hoher Lebenserwartung, für menschliche Begriffe sind sie nahezu unsterblich.«

»Aber Lebewesen, die vom Tod anderer leben?« fragte McCoy kopfschüttelnd.

»Streng genommen leben wir alle durch den Tod anderer, Doktor«, sagte Spock, »selbst Vegetarier.«

»Aber Sybo sprach von einem archaischen Hunger, der sich vom Schrecken ernährt. So, glaube ich, drückte sie sich aus.«

»Es gibt tatsächlich Lebewesen, die sich von den Emotionen anderer ernähren, wenn sie auch sehr selten sind – und Angst ist eine der stärksten und intensivsten Emotionen, zu denen ein Lebewesen fähig ist.«

Hengists unruhiger Blick blieb an Spocks ausdruckslosem Gesicht haften, dann wandte er sich mit einem Ruck nach Jaris um. »Präfekt, das alles geht entschieden zu weit! Drei Frauen sind brutal ermordet worden. Wir haben eine ganze Menge Indizien und einen Hauptverdächtigen. Sollen wir ihn laufen lassen und nach Gespenstern jagen?«

»Nicht nach Gespenstern, Mr. Hengist«, sagte Kirk. »Vielleicht ist das, was wir suchen, nicht humanoid – aber ein Gespenst keinesfalls. – Mr. Spock, führen Sie eine Wahrscheinlichkeitsanalyse durch.«

»Computer. Analyse der Logbuch-Aufzeichnungen der letzten fünf Minuten Sternzeit. Verknüpfung mit in Frage kommenden Hypothesen. Vergleich mit dem Register aller bekannten Lebensformen. Frage: Könnte eine Lebensform mit zur Debatte stehenden Charakteristika in dieser Galaxis existieren?«

»Verstanden. Positiv. Beispiele existieren. Die Drellas von Alpha Carinae V leben von den sexuellen Emotionen anderer Lebewesen. Präzedenzfälle ausreichend für mögliche Existenz von Lebensform bislang unbekannter Natur, die sich von Emotionen des Schreckens ernähren könnte.«

»Extrapolation der wahrscheinlichsten Natur einer solchen

Lebensform.«

»Verstanden. Um spezifizierte Anforderungen bestmöglich zu erfüllen, würde Lebensform ohne Gestalt im konventionellen Sinn existieren. Höchste Wahrscheinlichkeit spricht für Energiewesen mit hoher Bindekraft.«

Nun übernahm Kirk die Befragung. »Computer. Könnte ein Lebewesen in dieser Existenzform jemanden mit einem Messer töten?«

»Negativ.«

»Könnte ein Wesen der beschriebenen Art feste Gestalt annehmen?«

»Positiv. Präzedenzfall: die Mellitus, Wolkenwesen von Alpha Majoris I.«

»Ammenmärchen!« protestierte Hengist wütend. »Geister und Kobolde!«

Kirk antwortete kühl: »Nein, Sir. Ich habe die Mellitus mit eigenen Augen gesehen. Diese Wesen sind normalerweise gasförmig, doch im Ruhezustand bilden sie einen festen Körper aus.« Er wandte sich nach Spock um. »Nehmen wir an, es gibt ein Lebewesen dieser Art, das nach Belieben Gestalt annehmen kann. Das wäre eine Erklärung dafür, warum sich Scotty an die beiden ersten Morde nicht erinnern kann.«

Spock nickte. »Vielleicht kann es eine Art hypnotischen Schutzschirm erzeugen, der die Anwesenheit des Mörders nur für das Opfer sichtbar macht.«

»Ist denn so etwas überhaupt möglich?« fragte Jaris kopfschüttelnd.

»Durchaus«, sagte McCoy. »Es gibt eine ganze Reihe Beispiele dafür in der Natur.«

»Aber ich bin nicht so leicht zu hypnotisieren«, gab Scott zu bedenken.

»Wir haben es hier sicher nicht mit einem menschlichen Hypnotiseur zu tun, Mr. Scott«, sagte Kirk.

Hengist erhob sich von seinem Stuhl und unterbrach ihn wütend: »Das sind doch Phantasieprodukte! Sie wissen doch ebensogut wie ich, daß der Mörder mitten unter uns sitzt. Dieser ganze Unsinn soll doch nur dazu dienen, unsere Untersuchung zu vernebeln! Und davon habe ich jetzt endgültig genug!«

»Bitte, nehmen Sie wieder Platz, Mr. Hengist«, sagte Jaris ungewöhnlich heftig. »Ich bin der Überzeugung, daß diese Untersuchung richtig geführt wird!«

Kirk warf einen Blick auf Hengists zorngerötetes Gesicht und sagte zu Spock: »Mit was haben wir es also zu tun? Ein Lebewesen ohne feste Gestalt, das von der Angst anderer lebt und das zum Töten wahrscheinlich eine körperliche Existenzform annimmt.«

»Und als Opfer Frauen bevorzugt, weil sie in der Regel stärker Angst empfinden als männliche Angehörige einer Spezies«, ergänzte Spock.

Kirk hieb entschlossen auf die Computertaste und fragte: »Computer. Unaufgeklärte mehrfache Frauenmorde seit Jack the Ripper.«

»Verstanden. – 1932, Schanghai, China, Erde: Sieben Morde durch Erstechen. 1974, Kiew, UdSSR, Erde: Fünf Morde durch Erstechen. 2005, Marskolonie: Acht Morde durch Erstechen. 2086, Heliopolis, Alpha Proximi II: Zehn Morde durch Erstechen. Weitere Beispiele abrufbereit.«

»Captain«, sagte Spock überrascht. »Die vom Computer genannten Orte liegen direkt auf einer Linie, die von der Erde nach Argelius führt.«

»Ja. Als die Menschen Schritt für Schritt in die Galaxis vordrangen, muß dieses... dieses Etwas mit ihnen gegangen sein.« Er wandte sich wieder an den Computer: »Identifikation der Eigennamen: Kesla und Boratis.«

»Verstanden. – Kesla: volkstümliche Bezeichnung für einen bislang nicht identifizierten Frauenmörder auf Deneb II. – Boratis: volkstümliche Bezeichnung für einen bislang nicht identifzierten Frauenmörder auf Rigel IV. – Zusatzinformation: Die Morde auf Rigel IV ereigneten sich vor genau einem Jahr Sternzeit.«

McCoy drehte sich überrascht nach Kirk um, dieser nickte triumphierend und fragte Hengist: »Sie sind doch von Rigel IV nach Argelius gekommen?«

»Von Rigel IV kommen viele Leute nach Argelius«, erwiderte Hengist geringschätzig. »Das ist kein Verbrechen.«

»Nein, aber wir wollen eines aufklären. Setzen Sie sich bitte an das Gerät, Mr. Hengist.«

Hengist lehnte sich in seinem Stuhl zurück. »Ich weigere mich.«

»Bitte, Mr. Hengist!«

Das rundliche Gesicht verhärtete sich. »Präfekt, ich setze mich nicht an dieses Gerät.«

»Mr. Hengist«, sagte Spock mit undurchdringlichem Gesicht, »ich verstehe Ihre Reaktion vollkommen. Gesetzt den Fall, Sie sind die Lebensform, nach der wir suchen: Welch bessere Tarnung hätten Sie sich aussuchen können als Ihre Stellung einer mit der Aufklärung von Mordfällen beauftragten Amtsperson?«

McCoy sprang auf und rief: »Und kurz nachdem Sie Jaris' Haus verließen, entdeckten wir, daß die Mordwaffe verschwunden war!«

»Und zu dem Zeitpunkt, als Leutnant Tracy ermordet wurde, waren Sie gerade unterwegs«, hakte Kirk nach.

Ein Muskel unter Hengists linkem Auge begann krampfhaft zu zucken. »Die Aufklärung von Kriminalfällen ist mein Ressort«, sagte er mit heiserer Stimme. »Sie verstricken sich in wirre Spekulationen, nur um ihre illegalen Ziele zu erreichen!«

Kirk ließ sich nicht im mindesten beeindrucken. »Mr. Spock, die Mordwaffe.«

»Computer«, befahl Spock, »Bericht über die Analyse von Beweisstück A auf Bildschirm.«

Der dreidimensionale Bildschirm wurde hell. Als das Bild der Mordwaffe erschien, berichtete der Computer: »Zusammensetzung der Klinge: Boridium. Zusammensetzung des Griffs: Murinit. Die Gravierungen auf dem Griff weisen typische Kennzeichen von Volkskunst auf.«

»Spezifiziere Herstellungsort!« befahl Spock.

»Artefakt, hergestellt von Bergvölkern der Argus-Region, Planet Rigel IV.«

»Mr. Hengist...«, begann Kirk.

Aber Hengist war schon zur Tür gestürzt. Scott versperrte ihm den Weg, und Kirk eilte dem Flüchtenden nach und packte ihn an den Schultern. Der Körper des untersetzten Mannes war überraschend muskulös. Hengist stieß einen heiseren Schrei aus und versuchte, Kirk in den Unterleib zu treten. Der Captain warf sich zur

Seite, holte aus und landete eine fürchterliche Rechte an Hengists Kinn. Hengist ging zu Boden. Im selben Augenblick erlosch das Licht, und der Raum war von einem raschelnden Geräusch erfüllt, das an das Schlagen riesiger Flügel erinnerte.

Im düsteren Licht der Notbeleuchtung untersuchte McCoy den reglos am Boden liegenden Hengist. Kirk sah den Doktor fragend an. McCoy schüttelte ungläubig den Kopf und sagte: »Jim, er ist tot!«

»Tot? Aber das ist doch unmöglich! Kein Mensch stirbt an einem Kinnhaken.«

Die Lautsprecher des Computers knackten, dann verstummte das Geräusch wieder, und plötzlich ertönte ein irres Gelächter. Die Anwesenden fuhren zusammen und hörten mit ungläubigem Staunen Hengists schrille Stimme aus dem Gerät. »Red Jack! Red Jack! Red Jack!« schrie er.

Die Lautsprecher überschlugen sich, als die geisterhafte Stimme ein Triumphgeheul ausstieß. Kirk warf Spock einen erschrockenen Blick zu. Der Vulkanier drückte verschiedene Knöpfe auf der Computerkonsole, aber das heulende Gelächter wollte nicht verstummen.

»Der Computer antwortet nicht mehr, Captain. Dieses Wesen hat von ihm Besitz ergriffen.«

»Aber der Computer kontrolliert das gesamte Schiff!« schrie Kirk. »Wollen Sie damit sagen, daß dieses Ding unser Schiff kontrolliert?«

Kirk eilte an die Computerkonsole und versuchte, mit den Schaltungen zurechtzukommen. Spock betätigte eine Überbrükkungsschaltung, aber ohne Erfolg. »Zwecklos, Captain«, sagte er. »Selbst die Überbrückung ist blockiert.«

Das irre Lachen drang noch lauter aus den Lautsprechern: »Red Jack!«

»Lautsprecher aus, Mr. Spock!«

Mit einemmal herrschte im Raum beängstigende Stille. Plötzlich sprang Scott auf und brüllte: »Der Bildschirm! Seht euch den Bildschirm an!«

Kirk fuhr herum. Die Fläche des Bildschirms war ein wirbelndes, farbiges Kaleidoskop, dann hoben sich Umrisse von Gestalten ab, die schließlich Form annahmen: sich windende Schlangen wurden sichtbar; Pentagramme; nackte Frauen, die mit flatternden Haaren auf den Rücken zottiger Böcke ritten; gehörnte Untiere, die riesige Kröten besprangen; kochende, dampfende Flüsse; Blasen, die aus brodelndem Schlamm aufstiegen; darüber Körper in inniger Umarmung, dahintreibend in heißem Wind; brennende Luft; nackte menschliche Schultern; Körper, von Felsen zermalmt; flehend emporgereckte Hände; dann – ein glühender Feuerschein, der den Bildschirm übergoß wie ein blutiger Nebel, und dann Schnee, tödlich weiß und kalt, eine unübersehbare Ebene – und über dieser Landschaft erhob sich ein dunkler dreiköpfiger Schatten, die Mäuler zähnefletschend zu einem häßlichen Grinsen geöffnet, zu einem lautlosen Gelächter. Ein aufgerichtetes Kreuz erschien dahinter – und das Wesen kroch das Kreuz empor und mimte die groteske Travestie der Kreuzigung – es breitete seine riesigen ledernen Fledermausflügel aus...

»Was ist das?« murmelte Jaris entsetzt.

»Eine Vision der Hölle«, sagte Kirk und schaltete den Bildschirm aus. »Diese widerliche Bestie hat uns den Platz seines Ursprungs gezeigt. Sie beherrscht unser Schiff und kontrolliert alle seine Funktionen – einschließlich der Lebenserhaltungs-Systeme.«

»Heißt das, daß uns dieses Wesen alle töten kann?« fragte Morla entsetzt.

»Ich vermute, daß es das versuchen wird«, sagte Spock. »Aber wahrscheinlich nicht sofort. Es lebt von Angst, vom Schrecken. Unser Tod allein genügt ihm nicht. An Bord befinden sich fast vierhundertvierzig Menschen. Es wird die Gelegenheit auskosten und die Furcht genießen, die es hervorrufen kann. Bevor es zuschlägt und tötet, wird es versuchen, den größtmöglichen Effekt aus der Angst zu erzielen.«

Kirk nickte, trat ans Intercom und schaltete es ein. »An alle!« sagte er. »Hier spricht der Captain. Der Hauptcomputer ist ausgefallen. Die Reparaturarbeiten sind angelaufen. Mittlerweile ist es von größter Bedeutung, daß jeder auf seinem Posten bleibt und die Ruhe bewahrt. Captain Kirk Ende.«

Er wandte sich an McCoy: »Wie steht's mit den Sedativen,

Pille?«

»Wir haben genug an Bord, um einen Vulkan damit zu beruhigen, Jim.«

»Sehr gut. Verteile die Vorräte an alle Offiziere und Mannschaften. Je länger wir alle Angstgefühle unterdrücken können, desto mehr Zeit bleibt uns, diese Ausgeburt der Hölle wieder aus dem Computer auszutreiben.«

Kirk drehte sich nach Spock um. »Mr. Spock, in den Computerkontrollen ist eine Notschaltung eingebaut, die in Katastrophenfällen...«

»Ja, Sir. Aber das Wesen hat von *allen* Kontrollen Besitz ergriffen.«

»Eben deshalb! Dieses Wesen sieht sich mit allem konfrontiert, was in den Datenbänken des Computers vor sich geht. Gibt es nicht ein paar mathematische Probleme, die unlösbar sind?«

Spock zog überrascht eine Augenbraue hoch; sein bisher recht besorgtes Gesicht zeigte plötzlich einen erleichterten Ausdruck. »In der Tat, Captain. Und wenn wir den Computer mit einem davon beschäftigen würden...«

»Genau! Das sollte genügen!« Kirk wandte sich an die Argelianer, die immer noch am Tisch saßen. »Bitte, bleiben Sie hier«, sagte er. »Pille, du kümmerst dich um deine Beruhigungsmittel. – Gehen wir, Mr. Spock.«

Aber sie hatten nicht bedacht, daß das Wesen auch den Lift unter Kontrolle hatte. Die Tür des Aufzugs öffnete sich, als Kirk auf sie zutrat, glitt aber wieder zu, als Spock ihm folgen wollte.

»Spock!« brüllte Kirk, packte den Vulkanier an den Schultern und zog ihn mit einem Ruck in den Aufzug, bevor die Tür ganz geschlossen war. Spock drehte sich um und musterte interessiert die Tür. »Faszinierend«, sagte er. »Unser Freund scheint schnell zu lernen.«

»Zu schnell«, sagte Kirk und drückte den Knopf zur Brücke, doch anstatt aufwärts zu fahren, sank der Lift nach unten – und wurde immer schneller. Die Decks huschten vorüber, ein kreischendes Geräusch war zu hören.

»Der Lift stürzt ab!« brüllte Kirk. »Auf Handsteuerung schalten!«

Beide eilten zu dem Schalter für die Handsteuerung und betätigten ihn. Das kreischende Geräusch verstummte, und langsam begann der Lift wieder zu steigen. Gleichzeitig begann eine Alarmglocke zu schrillen.

»Das mußte ja als nächstes kommen«, sagte Kirk grimmig. »Versagen der Lebenserhaltungs-Systeme.«

»Uns bleibt nicht mehr viel Zeit, Captain.«

»Ich fürchte, Sie haben recht, Mr. Spock. Es braucht unsere Angst – Todesangst. Der Tod steht danach auf seinem Programm.«

Der Lift hielt auf dem Brückendeck, aber die Tür öffnete sich nicht. Sie probierten alle Kontakte auf der Schalttafel, endlich glitt sie auf. Als sie in den Brückenraum eilten, sahen sie sich einer neuen Katastrophe gegenüber. Sulu, schwitzend und mühsam nach Atem ringend, war mit einem Techniker dabei, die Kontrollen der Lebenserhaltungs-Systeme zu überprüfen. »Captain«, keuchte er. »Die Hauptschaltung ist blockiert!«

Spock eilte an die Konsole, riß die Verkleidung aus ihrer Halterung und legte den Mechanismus frei. Er kniete nieder und untersuchte die Schaltungen. Er griff gerade nach einem Werkzeug, als Hengists Stimme aus dem Brückenlautsprecher kreischte: »Ihr werdet alle sterben! Sie verschwenden nur Ihre Zeit, Captain Kirk!« Die Stimme brach wieder in ihr schreckliches Gelächter aus.

»Schalten Sie den Lautsprecher ab, Mr. Sulu!« befahl Kirk. »Gehen Sie auf Ihren Posten und versuchen Sie, die Hauptschaltung wieder unter Kontrolle zu bringen! Versuchen Sie es mit Handsteuerung!«

Spock richtete sich auf. »Die Lebenserhaltungs-Systeme arbeiten wieder, Captain, aber es ist nur eine provisorische Lösung. Lange läßt sich diese Notschaltung nicht aufrechterhalten, aber mit Glück hält sie ein paar Stunden durch.«

»Was ist überhaupt los?« fragte Sulu.

»Gehen Sie auf Ihren Posten, Mr. Sulu!« sagte Kirk. Er merkte, wie nervös er war, und eilte der Krankenschwester entgegen, die mit einer Injektionspistole aus dem Aufzug trat. »Ist das das Beruhigungsmittel?«

»Ja, Sir.«

»Jeder bekommt eine Injektion – Sie auch«, befahl Kirk.

Der Kommunikationstechniker hatte eben den Ärmel hochgestreift, um sich die Injektion geben zu lassen, als Hengists Stimme wieder aus dem Lautsprecher tönte: »Sie können mich nicht aufhalten, Captain!«

Kirk beugte sich über Sulus Schulter und drückte verschiedene Knöpfe auf der Kommunikations-Konsole, aber die Stimme verstummte nicht.

»Sie Narr! Sie können mich nicht zum Schweigen bringen! Ich habe sämtliche Schaltkreise an Bord unter Kontrolle! Das Leben Ihrer manuellen Überbrückungsschaltungen ist ebenso limitiert wie euer eigenes. Bald verfüge ich über die totale Kontrolle.«

Kirk ging zu Spock hinüber, der auf seiner Computerstation arbeitete, und fragte ruhig: »Nun, Mr. Spock, sind Sie bald soweit?«

»Ich komme voran, Captain.«

Kirk hob die Stimme und schrie: »Ja, zerstören Sie uns! Aber damit töten Sie sich selbst!«

Ein glucksendes Lachen ertönte aus dem Lautsprecher. »Ich? Ich bin unsterblich, Sie Narr! Ich lebe, seit es Leben gibt, und ich werde existieren, solange es Leben gibt. Und in der Zwischenzeit ernähre ich mich von ihm, aber diesmal brauche ich kein Messer dazu. Ihr alle werdet unter unsäglichen Qualen sterben!«

Spock sah von seiner Arbeit auf. »Er versucht, die Angst zu schüren«, sagte er.

»Ihr Narren! Ich kann euch die Sauerstoffversorgung abstellen und euch ersticken! Ich kann den Luftdruck erhöhen und euch zerquetschen wie Ungeziefer! Ich kann die Temperatur an Bord erhöhen, bis euch das Blut in den Adern zu kochen beginnt!«

Sulu hatte seine Injektion erhalten. Er wandte sich nach Kirk um und sagte lachend: »Captain, wer immer dieser Hanswurst sein mag, der quatscht vielleicht ein wirres Zeug. So ein Blödsinn!«

»Sie haben völlig recht, Mr. Sulu. Aber bleiben Sie auf Ihrem Posten. Sollten noch mehr Systeme ausfallen, schalten Sie alles auf Handsteuerung um. Aber vor allem: Lassen Sie sich keine Angst einjagen.«

»Bei der Ladung Beruhigungsmittel bringt mich nicht einmal

eine Supernova aus der Ruhe, Captain.«

»Fertig, Captain«, meldete Spock.

»Dann los!«

Spock richtete eine Frage an den Bibliothekscomputer. »Dies ist eine Aufgabe der Dringlichkeitsstufe 1! Berechnung des Wertes Pi bis auf die letzte Dezimalstelle. Durchführung sofort!«

Scharfes Klicken mischte sich in ein immer lauter werdendes, summendes Geräusch, das aus den Lautsprechern drang. Spock wartete geduldig, und schon nach wenigen Minuten trat das ein, womit er gerechnet hatte.

»Nein...« ächzte Hengists Stimme über den Lautsprecher. »Nein...«

Spock sagte ruhig: »Der Wert von Pi ist ein Bruch mit unendlich vielen Stellen hinter dem Komma. Sämtliche Einheiten des Hauptcomputers sind jetzt mit dem unlösbaren Problem beschäftigt. Und sie werden weiter damit beschäftigt sein, bis wir den Befehl zum Abbruch der Berechnung geben.«

»Wir sollten in den Besprechungsraum hinuntergehen. Unsere argelianischen Gäste sind womöglich die ersten, die durchdrehen«, sagte Kirk.

Sulu sah ihnen nach, als sie zum Lift gingen, und schüttelte belustigt den Kopf. »Ich möchte bloß wissen, vor was ich mich fürchten sollte«, murmelte er.

Im Besprechungsraum saß der Körper Hengists immer noch in sich zusammengesunken in dem Sessel, in den man ihn plaziert hatte. McCoy umkreiste mit der Injektionspistole in der Hand den Tisch und verpaßte jedem Anwesenden einen Schuß Beruhigungsmittel. Als Kirk und Spock eintraten, fragte Scott besorgt: »Wie steht's, Captain?«

»Ich bin überzeugt davon, daß sich in unserem Hauptcomputer auf die Dauer nichts halten kann als Ziffern und Daten.«

Spock war an die Computerkontrollen getreten und beobachtete die Anzeigen. »Es gibt noch einigen Widerstand, Captain, aber Speicherbank nach Speicherbank wird nun benötigt, um die Zwischenergebnisse festzuhalten.«

McCoy hob seine Injektionspistole. »Wenn ihr dieses Ding aus dem Computer vertreibt, wird es einen anderen Unterschlupf suchen, Jim.«

»Ich bezweifle, daß es bei jemandem Zuflucht suchen wird, der unter Einfluß eines Beruhigungsmittels steht, Pille. Wie weit bist du mit den Injektionen?«

»Fast fertig. Nur noch Jaris und ich müssen…«

Er brach ab. Wieder erlosch das Licht, und das raschelnde Geräusch riesiger flatternder Flügel war zwischen ihnen. Ganz langsam ging das Licht wieder an. Spock drückte einen Knopf an den Computerkontrollen.

»Das Wesen befindet sich nicht mehr im Hauptcomputer, Captain«, meldete er.

Aber Kirk hatte noch McCoys Warnung in den Ohren. »Wo befindet es sich? Wo hat es Zuflucht gesucht? Pille – wenn es in den Körper eines mit Beruhigungsmitteln Gespritzten geflohen ist, was würde es tun?«

»Es würde vielleicht zu stricken beginnen oder so etwas«, sagte McCoy. »Zu etwas Gewalttätigem wäre es nicht fähig.«

»Und du hast gesagt, es hätten alle an Bord eine Injektion erhalten bis auf dich und Jaris?«

Jaris drehte sich langsam in seinem Sessel um und sagte: »Sie und Mr. Spock haben auch noch keine erhalten, Captain.«

Kirk sah ihn scharf an. »Sie haben recht, Mr. Jaris. Aber ich weiß, daß es sich nicht in mir befindet – und für Mr. Spock lege ich meine Hand ins Feuer. Pille, gib dir selbst eine Injektion.«

»Ich muß meine fünf Sinne beieinander haben«, protestierte McCoy.

»Das war ein Befehl, Pille!«

Der Doktor starrte ihn ungläubig an, dann zuckte er die Achseln, krempelte den Ärmel hoch und verpaßte sich selbst einen Schuß.

»Herr Präfekt«, sagte Kirk. »Würden Sie bitte auch Ihren Arm frei machen, damit…«

Jaris brach in ein Geheul aus und trommelte mit beiden Fäusten auf den Tisch. *»Nein! Nein!«* schrie Hengists Stimme aus ihm. Er sprang auf und warf sich auf Kirk. Mit einem Satz war Spock hinter ihm und versuchte, ihn am Genick zu packen. Der schwächliche Körper des alten Präfekten schien plötzlich über ungeahnte Kräfte zu verfügen. Er legte seine Hände um Kirks Hals und kreischte: »Ich töte euch! Töte euch alle! Quälen werde ich euch! Zu Tode quälen!« Spock rang mit ihm und hatte Mühe, den unglaublich kräftigen Jaris zu fassen. Endlich gelang es ihm, den vulkanischen Nackengriff anzusetzen. Jaris krümmte sich zusammen. Wieder erloschen die Lichter, wieder hörte man das Rascheln riesiger lederner Flügel.

Kirk kam wieder auf die Beine. Er musterte die Leute, die am Tisch saßen oder standen und unter dem Einfluß des Beruhigungsmittels standen. Sie grinsten apathisch und registrierten mit mäßigem Interesse den Ausgang des Zweikampfs, als hätte er zu ihrer Unterhaltung stattgefunden. Sergeant Tancris betrachtete Spock mit unverhohlener Bewunderung, ihr Aufzeichnungsgerät war ihr aus den Händen geglitten und zu Boden gefallen. Hinter ihr erhob sich eine Hand, legte sich um ihren Hals und riß sie zurück. Hengist war von seinem Sessel aufgesprungen, zog ein Messer aus der Tasche, ließ es aufschnappen und setzte es dem Mädchen an den Hals.

»Bleibt, wo ihr seid, oder ich bringe sie um!« sagte er.

McCoy, sichtlich unter Drogeneinfluß, sagte begütigend: »Stecken Sie doch das Ding weg, Sie werden noch jemanden damit verletzen.« Er streckte seine Hand nach der Waffe aus. Hengist machte einen wütenden Ausfall mit dem Messer und hätte ihn fast erwischt. Spock warf sich auf ihn, während Kirk dem Doktor die Injektionspistole aus der Hand riß. Spock drang auf den schreienden Verrückten ein und es gelang ihm, diesem den Ärmel herunterzureißen. Kirk gelang es schließlich, ihm die Injektion zu verpassen. Henigsts Bewegungen wurden langsamer, und dann sagte er ruhig: »Ich werde euch alle töten. Ich werde euch zu Tode quälen und mich an eurer Qual weiden. Ich werde...« Er brach zusammen.

Kirk packte den Bewußtlosen an den Schultern. »Schnell in den Transporterraum mit dem Ding!« rief er Spock zu.

Der Transporter war schon in Betrieb, als sie mit ihrer Last, dem schweren Körper Hengists, zur Tür hereinstolperten.

»Breiteste Streuung und maximale Entfernung!« befahl Kirk

keuchend. »Volle Energie!«

Der diensthabende Ingenieur an der Transportersteuerung warf ihm einen vorwurfsvollen Blick zu. »Kein Grund zur Aufregung, Captain. Ich mache das schon.«

»Spock! Übernehmen Sie die Kontrollen! Wer weiß, wie lange dieses Beruhigungsmittel anhält.«

Kirk schleppte den Bewußtlosen allein zur Transporterplattform. Der Ingenieur schlenderte zum Schaltpult, um den Transport einzuleiten, aber Spock schob ihn beiseite und übernahm die Kontrollen.

»Energie!« rief Kirk.

Die reglose Gestalt auf der Plattform löste sich in einem Funkenregen auf – und war verschwunden.

Spock hatte seinen Ellbogen auf die Konsole gestützt und strich sich mit der Hand über die Augen. Kirk klopfte ihm auf die Schulter. »Das wäre überstanden«, sagte er. »Unser Vergnügungsausflug nach Argelius war ein teurer Spaß, Mr. Spock«, begann er, aber der Transporteringenieur unterbrach sie: »Sie hätten mich nicht auf die Seite zu schieben brauchen, Mr. Spock«, sagte er beleidigt. »Ich hätte es schon geschafft.« Er blickte auf, als Scott und McCoy zufrieden grinsend zur Tür hereinkamen. »Da kommen zwei Offiziere, die wissen, wie man das Leben nehmen muß – nämlich leichter«, sagte er.

»Jaris ist wohlauf«, sagte McCoy beruhigend.

»Was haben Sie mit dem Ding gemacht, Captain?« fragte Scott. »Haben Sie es auf den Planeten zurückgeschickt?«

»Nein, Scotty. Wir haben es in den leeren Raum gebeamt, mit maximaler Entfernung und Streubreite.«

»Aber es ist unsterblich«, warf McCoy ein.

»Mag sein, Doktor«, sagte Spock. »Vielleicht wird sein Bewußtsein eine Zeitlang überleben, aber nur in Form von Materiepartikeln, die über etliche Kubiklichtjahre verteilt sind, verstreute Energiekonzentrationen, die im All dahintreiben, kraftlos, formlos, ohne Zusammenhang. Und wir wissen, daß es Nahrung zum Leben braucht.«

»Aber es kann sich nicht mehr ernähren, nicht in seiner jetzigen gestaltlosen Form«, sagte Kirk. »Es wird verhungern – und sterben.« Er warf McCoy einen fragenden Blick zu. »Pille, wie lange wirkt dieses Beruhigungsmittel?«

»Fünf bis sechs Stunden, schätze ich. Ich habe dafür gesorgt, daß jeder an Bord eine gehörige Dosis verabreicht bekommen hat.«

»Das sehe ich! Mr. Spock, ich habe das Gefühl, daß die Mannschaft der *Enterprise* in den nächsten fünf Stunden die glücklichste Schiffsbesatzung in der ganzen Galaxis sein wird, aber ich fürchte, daß wir in dieser Zeit nicht viel mit ihr anfangen können.«

»Sir«, sagte Spock. »Nachdem wir Argelius angeflogen haben, um uns ein paar Tage zu erholen, sehe ich keinen vernünftigen Grund, warum man das nicht ausnutzen sollte.«

»Recht hat er!« sagte Scott begeistert. »Auf nach Argelius! Landurlaub!«

»Landurlaub, Mr. Scott? Sie und Mr. McCoy müssen sich noch von den Nachwirkungen des letzten erholen. Wir dagegen…« Kirk wandte sich an Spock.

»Haben Sie Lust, Mr. Spock, sich mit mir in die Vergnügungen von Argelius zu stürzen?«

Spock zog die Augenbrauen in die Höhe. »Captain«, sagte er steif, »ich sprach von Erholung.«

»Ach ja«, sagte Kirk. »Das stimmt. Sie sprachen von Erholung. Der Irrtum lag auf meiner Seite, Mr. Spock!«

Die Welt ist hohl, und ich habe den Himmel berührt

Kirk wußte, daß »Pille« McCoy im Grunde ein einsamer Mensch war, und er vermutete, daß er sich zum Dienst bei der Sternenflotte nach einer ernsten persönlichen Tragödie entschlossen hatte. Was er bisher nicht gewußt hatte, war, daß McCoy geradezu einen Kult aus seiner Verletzlichkeit machte, was seine Privatsphäre betraf. Er war deshalb etwas überrascht, als er die Krankenstation betrat und Zeuge von McCoys heftiger Reaktion wurde, weil Schwester Chapel offenbar ihre »Befugnisse«, wie der Doktor es nannte, überschritten hatte.

Schwester Christine Chapel war den Tränen nahe. »Sie hatten nicht den geringsten Anlaß, den Captain zu verständigen!« sagte McCoy heftig. »Ich brauche Sie nicht mehr. Gehen Sie in Ihre Kabine!«

Sie schneuzte sich. »Ich bin in erster Linie Krankenschwester«, sagte sie, »und erst in zweiter Linie ein Mannschaftsdienstgrad, Doktor.« Sie wischte sich verstohlen die Tränen aus den Augen und reckte ihr Kinn vor.

»Ich sagte, ich brauche Sie nicht mehr, Schwester!« sagte McCoy hitzig.

Christine schluckte; sie war offensichtlich zutiefst verletzt. Sie schneuzte sich von neuem und bemerkte Kirk, der abwartend an der Tür stand.

»Hören Sie endlich auf zu heulen!« sagte McCoy gereizt. »Ich werde dem Captain einen vollständigen Bericht geben. Ich verspreche es Ihnen. Bitte!«

Schwester Chapel verließ beleidigt die Krankenstation.

»Das war ja recht dramatisch, Pille. Was ist denn los?« fragte Kirk.

McCoy zog die Schultern hoch und sagte: »Ich habe vor ein paar Minuten die medizinische Routine-Untersuchung der Mannschaft abgeschlossen.«

»Und das Ergebnis?«

»Es sind alle gesund – bis auf eine Ausnahme«, sagte McCoy.

»Ernst?«

»Tödlich.«

»Bist du sicher?« fragte Kirk und schüttelte ungläubig den Kopf.

»Absolut. Eine seltene Blutkrankheit. Beim fliegenden Personal der Sternenflotte ist die Häufigkeit ihres Auftretens eins zu fünfzigtausend.«

»Was ist das für eine Krankheit?«

»Xenopolycythemia. Unheilbar. Es gibt kein Gegenmittel.«

»Und wer ist es?«

»Er hat noch etwa ein Jahr zu leben – günstigstenfalls. Er sollte so bald wie möglich den Dienst quittieren.«

»Wer ist es, Pille?« fragte Kirk ruhig.

»Der Chefarzt dieses Schiffes.«

Nach einer langen Pause sagte Kirk: »Also du selbst, Pille.«

McCoy griff nach einer farbigen Computerkarte auf seinem Schreibtisch, nahm Haltung an und reichte sie dem Captain. »Das ist der vollständige Bericht, Sir. Es ist erforderlich, den Tatbestand möglichst rasch dem Oberkommando der Sternenflotte zu melden, damit rechtzeitig für Ersatz gesorgt werden kann.«

Kirk sah ihn schweigend an. Er war von der Nachricht so erschüttert, daß er kein Wort herausbrachte. Dann warf er die Karte, die McCoy ihm gegeben hatte, auf den Schreibtisch, als hätte er sich daran die Finger verbrannt.

»Du könntest mir die Arbeit für den Rest meiner Dienstzeit sehr erleichtern, wenn du es für dich behalten würdest.«

Kirk schüttelte den Kopf. »Ich kann es einfach nicht glauben, daß es nichts gegen diese Krankheit geben soll.«

»Sie dürfen es ruhig glauben. Es gibt keine Rettung«, sagte McCoy mit heiserer Stimme. »Ich bin über alle neuesten Forschungen auf diesem Gebiet informiert. Es ist hoffnungslos...«

Er stockte, als er Kirks entsetztes Gesicht bemerkte, und ließ sich auf den Stuhl hinter seinem Schreibtisch sinken.

»Die Krankheit ist tödlich, Jim. Unheilbar tödlich.«

Obwohl an Bord der *Enterprise* Alarmstufe Rot gegeben worden war, befand sich Kirk immer noch in seiner Kabine. Der Gedanke an einen »Ersatz« für Pille, wie es im militärischen Sprachgebrauch hieß, berührte ihn persönlich sehr tief. Wie sollte man einen Mitmenschen, einen Freund, der einem nahestand, der Tausende von Gefahren mit einem geteilt hatte, einfach »ersetzen« können. »Nur noch etwa ein Jahr zu leben – günstigstenfalls«, hatte er gesagt. Wenn man das Problem aufs rein Menschliche reduzierte, wünschte man, daß die Sprache nie erfunden worden wäre. Aber sie war erfunden worden – wie auch die Alarmstufe Rot, um den Kapitän eines Sternenschiffs daran zu erinnern, daß er seine Pflichten hatte, auch wenn ein langjähriger Freund und Kamerad dem Tod entgegensah.

Als er auf die Brücke trat, erhob sich Spock aus dem Kommandosessel, um ihm seinen Platz zu überlassen.

»Was sind das für Lichtpunkte auf dem Hauptbildschirm, Mr. Spock?« fragte er. »Sie sehen aus wie Nadeln. Sind es Raketen?«

»Von archaischer Bauart, Captain. Sie bewegen sich mit Unterlichtgeschwindigkeit.«

»Ja, Sir«, sagte Scott. »Sie werden mit chemischen Treibstoffen angetrieben.«

»Irgendwelche Funksignale, Leutnant Uhura?«

»Nichts, Sir. Alle Frequenzen frei.«

»Und das Ziel der Raketen?«

»Könnte die *Enterprise* sein, Captain.«

»Machen Sie zwei Phasergeschütze feuerbereit. Mr. Chekov, stellen Sie fest, von wo aus die Raketen gestartet worden sind.«

»Zu Befehl, Captain.«

»Mr. Sulu. Phaser feuerbereit!«

»Feuerbereit, Sir.«

»Zielen Sie mitten in den Schwarm. Feuer!«

Der Raketenpulk explodierte in einem gleißenden Feuerball.

»Das wäre erledigt«, sagt Kirk. »Mr. Chekov, ändern Sie den Kurs und steuern Sie den Punkt an, von dem aus die Raketen gestartet wurden.«

»Kursänderung durchgeführt.«

»Geschwindigkeit Sol drei, Mr. Sulu.«

»Das waren tatsächlich uralte Raketen, Captain«, meldete Spock von der Computerstation. »Die Sensoranalyse zeigt ein Alter von über zehntausend Jahren an.«

»Unglaublich«, sagte Kirk. »Wie können solche Waffen nach so einer langen Zeit überhaupt noch funktionieren?«

»Sie verfügten offenbar über ein Fernsteuerungssystem, das alle Funkkontakte überflüssig machte.«

»Und die Sprengköpfe, Captain«, sagte Scott. »Es waren atomare Sprengköpfe, wie unsere Messungen ergeben haben.«

»Wir nähern uns den Koordinaten, an denen sich das feindselige Raumschiff befindet, Sir«, sagte Spock.

»Auf den Hauptbildschirm schalten, Mr. Sulu! Maximale Vergrößerung!«

Es war aber kein Raumschiff, das auf der Mattscheibe erschien, sondern ein riesiger Asteroid, annähernd rund, mit kraterübersäter Oberfläche, Spuren von Meteoreinschlägen, die ihn in Tausenden von Jahren gezeichnet hatten.

»Mr. Spock. Ist dieses Objekt auf dem Bildschirm tatsächlich das, was es zu sein scheint: ein Asteroid?«

»Ja, Sir. Ein Asteroid von ziemlich genau 325 Kilometern Durchmesser.«

»Könnte sich das feindliche Raumschiff dahinter verbergen?«

»Unmöglich, Captain. Wir haben den gesamten Raumbereich unter Sensor-Kontrolle.«

»Dann ist dieser Asteroid ohne Zweifel der Startplatz der Raketen?«

»Ja, Sir.«

Kirk erhob sich aus seinem Kommandosessel und ging zu Spocks Computerstation hinüber. »Ich wünsche eine gründliche Sensoranalyse, Mr. Spock.«

Einige Minuten vergingen, dann hob Spock den Kopf und sagte: »Analyse abgeschlossen, Sir. Das Objekt zeigt eine für einen Asteroiden typische chemische Zusammensetzung. Auffallend jedoch ist seine Bahn, Captain. Er gehört nicht zu diesem Sonnensystem, sondern durchquert es auf einer Transferbahn.«

»Wie ist das möglich? Dazu müßte er über einen Antrieb verfügen – also ein Raumschiff sein.«

Spock zog eine seiner Augenbrauen in die Höhe, bei ihm Ausdruck höchster Überraschung, und sagte: »Es verfügt *tatsächlich* über irgendeine Form des Antriebs.« Er beugte sich wieder über seine Computerkonsole.

»Und woher bezieht es die Energie dafür?«

»Atomkraft, aber sehr archaisch. Hinterläßt Atommüll und harte Strahlung.«

Kirk runzelte die Stirn und befahl: »Stellen Sie den Kurs des Objektes fest, Mr. Chekov.«

Wieder hob Spock den Kopf. »Der Asteroid ist hohl. Seine äußere Hülle umgibt einen Innenraum, der mit atembarer Atmosphäre gefüllt ist, doch die Sensoren registrieren kein Leben!«

»Dann müssen es automatische Kontrollen sein, die das Ding steuern«, warf Scott ein.

Spock nickte. »Und seine Erbauer – oder Passagiere – müssen ausgestorben sein.«

»Kurs des Asteroiden – ich meine, des Raumschiffs – 241, Mark 17«, meldete Chekov.

Spock, der sich wieder über seine Kontrollen gebeugt hatte, drückte ein paar Knöpfe und stellte einige Berechnungen an, dann sagte er zu Kirk: »Sir, die Kursanalyse Mr. Chekovs ergibt, daß sich das Objekt auf Kollisionskurs mit dem Planeten Daran V befindet.«

»Daran V?« fragte Kirk erschrocken. »Wenn mich mein Gedächtnis nicht im Stich läßt, handelt es sich bei Daran V um einen dicht bewohnten Planeten, Mr. Spock!«

»Das ist richtig, Sir. Er hat eine Bevölkerung von rund drei Milliarden siebenhundertvierundzwanzig Millionen Menschen.« Er hielt inne und las seine Anzeigeinstrumente ab. »Die Kollision erfolgt – wenn das Objekt seine jetzige Geschwindigkeit beibehält – in dreizehn Monaten und sechs Tagen.«

Kirk nickte sorgenvoll. »Mehr als dreieinhalb Milliarden Menschen. Eine entsetzliche Vorstellung.« Er wandte sich an Sulu und befahl: »Gehen Sie auf Parallelkurs, und gleichen Sie unsere Geschwindigkeit dem des Asteroiden... des Raumschiffs an. Mr. Spock und ich werden uns dort an Bord beamen lassen. Inzwischen übernehmen Sie das Kommando, Mr. Scott.«

Als sie den Transporterraum betraten, war McCoy schon dort. Schwester Christine Chapel war bei ihm. Sie reichte ihm seinen medizinischen Tricorder und sagte: »Ein Jahr ist eine lange Zeit. Da kann viel geschehen. Sie sollten jede Minute ausnützen.«

»Danke«, sagte McCoy lächelnd, hängte den Tricorder über die Schulter und ging zur Transporterplattform, ohne von Kirk und Spock Notiz zu nehmen, und stellte sich auf eine der Desintegrationsplatten.

Kirk trat auf ihn zu und sagte: »Die Sache übernehmen Spock und ich alleine, Pille.«

»Ihr wollt ohne mich gehen? Das ist doch nicht dein Ernst, Jim. Ohne mich schafft ihr das nicht.«

»Ich glaube, daß es klüger wäre, wenn du...«

»Ich fühle mich bestens, Captain«, unterbrach ihn McCoy. »Und ich komme mit.«

Er wollte seinen Kopf durchsetzen und weitermachen wie bisher. Er war kein todkranker Mann – noch nicht. Das Wort »tödlich« hätte überhaupt nicht fallen dürfen.

»Also gut, Pille«, sagte Kirk nach einer Pause. »Du hast wahrscheinlich recht. Wir brauchen dich, wenn wir es schaffen wollen.« Er nahm seine Position auf der Plattform zwischen Spock und McCoy ein.

Das Landegebiet im Inneren des Asteroiden-Schiffs bot einen fremdartigen Anblick. War es, wie das jedes Asteroiden, schon bizarr genug, hier wuchsen darüber hinaus merkwürdige Pflanzen, spiralenförmige schwarze Ranken bildeten einen dichten Teppich, eigenartig geformte Wurzeln verschwanden in tiefen Spalten, aus denen Rauch aufstieg. In einiger Entfernung erhoben sich gewaltige Gebirge. Ansonsten waren nur Geröll und pockennarbiger Fels zu sehen.

»Man hat eher das Gefühl, sich auf der Oberfläche eines Planeten zu befinden«, sagte McCoy.

Spock ließ einen Stein fallen, den er eben untersucht hatte. »Ich frage mich, warum man dem Inneren dieses Raumschiffs die Illusion einer Planetenoberfläche gegeben hat.«

»Man hat nicht den Eindruck, daß man sich in einem Raumschiff befindet«, sagte Kirk. Er hakte seinen Kommunikator vom Gürtel und ließ ihn aufschnappen. »Kirk an *Enterprise.*«

»Hier Scott, Captain.«

»Wir sind gut unten angekommen. Kirk Ende.« Er befestigte das Sprechgerät wieder am Gürtel und machte ein paar Schritte vorwärts, als er aus den Augenwinkeln links in einiger Entfernung etwas Metallisches in der Sonne blinken sah. »Seht!« sagte er. »Dort drüben!«

Es war eine Reihe Metallzylinder, jeder etwa drei Meter hoch und etwa ebenso dick, die in genauen Abständen von etwa zwanzig Metern nebeneinander standen. Sie gingen auf den nächsten zu und sahen ihn sich gründlich an, ohne ihn zu berühren.

»Keine Öffnung zu entdecken«, stellte Kirk fest.

»Sie haben keine intelligenten Lebensformen registriert, Mr. Spock, aber diese Zylinder deuten doch einwandfrei darauf hin...«, sagte McCoy.

»Dieses Asteroiden-Schiff ist zehntausend Jahre alt, Doktor«, unterbrach ihn Spock. »Sie sind nur der Beweis dafür, daß es hier früher intelligente Lebensformen gegeben hat.« Er warf noch einmal einen prüfenden Blick auf seinen Tricorder. »Auf jeden Fall zeigt jetzt mein Gerät keine an.«

Sie umkreisten ein letztes Mal den rätselhaften Zylinder, bevor sie weitergingen und sich dem nächsten zuwandten. Er war ein exaktes Duplikat des ersten, der dritte ebenfalls. Sie waren eben dabei, zum vierten weiterzugehen, als sich die beiden ersten Zylinder öffneten.

Sie bemerkten nicht, daß eine Schar Männer herauskletterte, schäbig gekleidet und mit Dolchen und Kurzschwertern bewaffnet, und lautlos auf sie zuschlich. Einem der Zylinder entstieg ein junges Mädchen und folgte den Männern. Sie blieb abwartend stehen, als sie über Kirk, McCoy und Spock herfielen, und beobachtete den ungleichen Kampf.

Er war kurz und brutal. Spock erwischte ein paar Schläge mit der flachen Klinge über den Schädel und ging groggy zu Boden. Vier der Kerle warfen sich auf ihn und hielten ihn fest. McCoy gelang es, seinem Gegner die Beine wegzureißen, senkte den Kopf und bahnte sich einen Weg durch die Reihen der Angreifer. Er rannte dabei fast das Mädchen über den Haufen. Überrascht blickte er auf und betrachtete das hübsche Gesicht der Kleinen, das keine Spur von Furcht zeigte. Ihr dunkles Haar war zu einer phantastischen Lockenfrisur aufgetürmt, und sie trug ein glitzerndes, schwarzes Gewand, das von den Schultern bis zu den Knöcheln reichte und ihre schlanke Figur wirkungsvoll zur Geltung brachte. McCoy fand keine Gelegenheit, seiner Überraschung über soviel Schönheit in dieser öden Landschaft Ausdruck zu geben. Ein furchtbarer Hieb, den ihm einer der Männer von hinten über den Schädel zog, ließ ihn bewußtlos zu Boden stürzen.

Kirk, der sich immer noch verzweifelt gegen die Übermacht der Angreifer zur Wehr setzte, sah, wie der Mann, der McCoy niedergeschlagen hatte, sein Schwert hob. »Pille!« schrie er gellend.

Das Mädchen hob ihre rechte Hand.

Der Mann mit dem Schwert hielt inne und senkte die Waffe. McCoy wurde auf die Beine gerissen. Er drehte den Kopf hin und her, um seine Benommenheit abzuschütteln. Er bemerkte halb betäubt, daß sich jemand an seinem Gürtel zu schaffen machte, aber er konnte sich nicht wehren, weil man ihm beide Arme brutal auf den Rücken gedreht hatte und festhielt.

Inzwischen hatten die anderen Männer auch Kirk überwältigt. Sie nahmen ihnen die Gürtel mit den Phaserpistolen und Kommunikatoren ab und schleppten auch ihn und Spock vor das Mädchen.

»Sind das eure Waffen?« fragte sie und hielt die Gürtel in die Höhe.

»Ja«, sagte Kirk außer Atem. »Das sind unsere Waffen und Funkgeräte. Lassen Sie mich meinem Freund helfen.« Er trat wütend nach den Kerlen, die ihn festhielten. Das Mädchen bedeutete ihnen, Kirk loszulassen. Er eilte zu McCoy, dessen Kopf immer noch nicht klar war. »Wie geht's, Pille?« fragte er.

McCoy sah ihn mit glasigen Augen an und antwortete mühsam: »Schon wieder besser, Jim.«

Das Mädchen hatte ihre dunklen Augen auf den Doktor gerichtet und musterte ihn aufmerksam. »Mein Name ist Natira«, sagte sie zu ihm. »Ich bin die Hohepriesterin meines Volkes. Willkommen auf der Welt Yonada.«

»Ich habe schon herzlichere Begrüßungen erlebt«, sagte Kirk sarkastisch.

Sie ignorierte seine Bemerkung. »Nehmt sie mit!« befahl sie den Männern.

Sie ging voraus zu einem der offenen Zylinder. Er bildete den Eingang zu einem offenbar unendlich langen Tunnel, in dem Hunderte von schäbig gekleideten Gestalten standen. Sie verbeugten sich tief, als Natira an ihnen vorüberging. Nachdem sie ein gutes Stück durch den Korridor gegangen waren, erreichten sie ein hohes Portal, das von zwei reich verzierten Säulen flankiert wurde, in die seltsame Zeichen eingemeißelt waren, die offenbar eine Schrift darstellten. Natira verbeugte sich, berührte irgendeinen verborgenen Mechanismus, und die Flügel des massiven Portals öffneten sich langsam. Spocks scharfen Augen war nicht entgangen, wie der Mechanismus betätigt wurde, und betrachtete im Vorübergehen aufmerksam die Schriftzeichen.

Sie betraten einen großen, gewölbten Raum, der nur schwach von einem Lichtschein erhellt wurde. Die Lichtquelle befand sich in einem Podium, auf dem ein Gebilde stand, das wie ein Altar aussah und in derselben Art verziert war wie das Portal, durch das sie eingetreten waren.

»Kniet nieder!« befahl Natira.

Kirk sah keine Veranlassung, sich unter diesen Umständen dem Befehl zu widersetzen. Er nickte Spock und McCoy zu, und sie knieten sich nieder. Natira stieg auf das Podium und trat vor den Altar. In seine Oberfläche war die Darstellung eines Sonnensystems eingemeißelt. Als Natira vor dem Altar auf die Knie fiel, wurde der Raum in helles Licht getaucht.

»Sie hat von einer Welt gesprochen«, flüsterte McCoy. »Ich vermute, die Leute wissen überhaupt nicht, daß sie sich an Bord eines Raumschiffs befinden.«

Kirk nickte. »Das ist sehr gut möglich. Das Schiff ist schon sehr lange unterwegs.«

»Die Schriftzeichen«, sagte Spock halblaut, »sehen der Lexikographie der Fabrini ähnlich.«

Natira hob beide Arme dem Altar entgegen und sagte: »O Großes Orakel meines Volks, Fremde haben unsere Welt betreten, und sie tragen Geräte bei sich, deren Funktion wir nicht kennen.«

Auf dem Altar glühten Lichter auf, und als habe sie dadurch die Kraft gewonnen, ihnen Fragen zu stellen, erhob sich Natira und wandte sich zu ihnen um.

»Wer seid ihr?« fragte sie.

»Ich bin Captain Kirk vom Sternenschiff *Enterprise*. Das ist Doktor McCoy, unser Chefarzt, und das ist Mr. Spock, mein Erster Offizier.«

»Und aus welchen Gründen haben Sie diese Welt betreten?«

Wieder sagte sie »Welt«. Kirk und McCoy warfen sich einen vielsagenden Blick zu.

»Wir sind in friedlicher Absicht gekommen«, versicherte Kirk. »Als Freunde.«

Ein donnerndes Geräusch brach aus dem Altar, das in dem weiten Raum ein grollendes Echo verursachte, dann sprach die Stimme des Orakels:

»Lernt erst, was es heißt, unser Feind zu sein, dann erst werdet ihr begreifen können, was es heißt, unser Freund zu sein.«

Ein Blitz zuckte vom Altar herab und fuhr zwischen die Männer der *Enterprise*. Die elektrische Ladung war nahezu tödlich. Sie stürzten bewußtlos zu Boden.

McCoy brauchte am längsten, um sein Bewußtsein wiederzuerlangen. Er lag auf dem Bett in dem verschwenderisch ausgestatteten Gästezimmer, in das man sie gebracht hatte, kreidebleich im Gesicht und flach atmend. Spock massierte seine Schultern und Halsmuskeln, um die Lähmungen durch den Elektroschock loszuwerden, und trat zu Kirk, der am Rand von McCoys Bett saß.

»Er muß eine ganz schöne Dosis elektrischer Energie abgekriegt haben«, meinte Spock.

»Nein, das glaube ich nicht«, sagte Kirk. »Nicht mehr als wir beide.« Er griff nach McCoys Handgelenk, um den Puls zu messen.

Spock bemerkte den sorgenvollen Ausdruck auf Kirks Gesicht und fragte überrascht: »Aber was könnte sonst die Ursache sein?« Er stockte. »Meinen Sie, daß es nichts damit zu tun hat, was *hier* geschehen ist?«

Kirk sah Spock ernst an. Er spürte, daß der Vulkanier den Grund seiner Besorgnis ahnte. »Der Elektroschock hat bei ihm deshalb so stark gewirkt, weil er nicht in bester körperlicher Verfassung ist.«

»Darf ich wissen, was Mr. McCoy exakt fehlt?«

»Ja, Mr. Spock, das dürfen Sie. Er würde es Ihnen nie selbst sagen, aber ich glaube, er hätte nichts dagegen, daß Sie darüber informiert sind. Dr. McCoy leidet an Xenopolycythemia.«

Spock erstarrte. Nach einer langen Pause sagte er leise: »Ich kenne diese Krankheit, Captain.«

»Dann wissen Sie auch, daß sie unheilbar ist und wir nichts dagegen tun können.«

McCoy bewegte sich und schlug die Augen auf. Kirk beugte sich über ihn und fragte: »Wie fühlst du dich, Pille?«

»Ich... ich fühle mich den Umständen entsprechend, Jim«, sagte er und richtete sich auf. Er mußte sich sichtlich zusammenreißen. »Wie geht's *Ihnen*, Spock?«

»Bestens! Danke der Nachfrage, Doktor. Der Captain und ich müssen weniger von der elektrischen Ladung erwischt haben, während Sie offenbar die volle Spannung getroffen hat.«

»Dieses Orakel schien es tatsächlich auf mich abgesehen zu haben«, sagte McCoy und lächelte matt. »Oder ich muß für seine magischen Kräfte besonders empfänglich sein.«

»Spock weiß Bescheid, Pille«, sagte Kirk. »Ich habe es ihm gesagt.«

McCoys Gesicht zeigte einen Ausdruck der Erleichterung. Er stand auf. »Sollten wir nicht versuchen, den Kontrollraum dieses Schiffs zu suchen und es von seinem Kollisionskurs abzubringen?«

»Du bist noch zu schwach, um aufzustehen«, sagte Kirk.

»Lächerlich!« sagte McCoy. »Ich bin schon auf!«

Kirk sah, daß sich der Vorhang am Eingang zu ihrem Gästezimmer leicht bewegte. Mit einem Satz war er an der Tür und riß ihn beiseite. Ein alter Mann kam zum Vorschein, der sich furchtsam zitternd an die Wand preßte. Er sah Kirk ängstlich an, aber der Gesichtsausdruck des Captains schien ihn sichtlich zu beruhigen. Er löste sich von der Wand, machte einen Schritt auf sie zu und blieb zögernd stehen, dann nahm er einen kleinen Sack von der Schulter, griff hinein und streckte die Hand aus. Auf seiner Handfläche war ein Häufchen grauschwarzes Pulver.

»Das gibt Ihnen wieder Kraft«, sagte er leise. Er hielt Kirk das Säckchen hin. »Auch wir bekommen oft die Kraft des Orakels zu spüren«, fuhr er fort. »Dieses Pulver hilft, wieder zu Kräften zu kommen. Ihr seid nicht von Yonada.«

»Nein«, sagte Kirk freundlich zu ihm. »Wir kommen von draußen, von außerhalb eurer Welt.«

»Aber ihr seht aus wie wir«, sagte der Alte und umklammerte Kirks Arm.

»Wir sind Menschen wie ihr«, antwortete Kirk.

»Ihr seid die ersten, die zu uns kommen. Entschuldigt meine Unwissenheit, aber erzählen Sie mir von draußen?«

»Was möchten Sie gerne wissen?«

»Wo ist draußen?«

Kirk deutete an die Decke. »Da oben.«

Die Augen des Alten hoben sich zur Decke, dann sah er Kirk an wie ein Kind, das einen Erwachsenen bei einer Lüge ertappt hat. In seinem Gesicht spiegelten sich Ungläubigkeit und Enttäuschung. Kirk lächelte ihn an. »Draußen ist dort oben und ringsumher.«

»Das haben *sie* damals auch gesagt«, sagte der Alte traurig. »Es ist viele Jahre her, da bin ich in den Bergen herumgeklettert, obwohl es streng verboten ist.«

»Warum ist es verboten?« fragte Kirk erstaunt.

»Ich weiß es nicht. Ich weiß nur, daß viele Dinge anders sind, als sie uns erzählen.« Er hob die Hand vor den Mund und flüsterte ängstlich. »Denn die Welt ist hohl, und ich habe den Himmel berührt!«

Kaum hatte er die letzten Worte gesprochen, stieß der alte Mann einen furchtbaren Schmerzensschrei aus und fuhr sich mit beiden Händen an die Schläfen, dann stürzte er aufs Gesicht und krümmte sich qualvoll zusammen.

Kirk hatte entsetzt den Vorgang verfolgt. Er hatte beobachtet, wie an der Schläfe des Mannes ein Lichtpunkt erschien, der hell aufleuchtete, pulsierte und schließlich wieder erlosch.

McCoy untersuchte den Lichtpunkt. »Irgend etwas ist unter der

Haut eingebettet«, sagte er, dann öffnete er die ärmlichen Kleider des Alten, um sein Herz zu untersuchen. »Er ist tot, Jim.«

Kirk betrachtete das armselige Bündel Mensch zu seinen Füßen. »Die Welt ist hohl, und ich habe den Himmel berührt. Welch ein Totengedicht auf ein menschliches Leben.«

»Er sagte außerdem, es sei verboten, in den Bergen herumzuklettern«, meinte Spock.

»Natürlich ist das verboten«, sagte Kirk. »Wenn jemand auf die Berge steigt, könnte er entdecken, daß er sich in einem Raumschiff befindet und nicht auf einem Planeten. Und *das* – da gehe ich jede Wette ein – ist verbotenes Wissen.«

»Was ist geschehen?«

Es war Natira. Sie war in den Raum getreten, gefolgt von zwei Mädchen, die eine Schale mit Früchten, einen Krug Wein und Gläser brachten. Als sie die zusammengekrümmte Gestalt des Alten entdeckten, wichen sie entsetzt zurück. Natira kniete neben dem Toten nieder.

»Wir haben keine Ahnung, wie das geschehen konnte«, antwortete Kirk. »Er stieß plötzlich einen Schmerzensschrei aus und fiel tot um.«

Sie senkte den Kopf und betete: »Vergib ihm, oh weises Orakel. Er war ein alter Mann – und alte Leute haben oft merkwürdige Gedanken.« Sie erhob sich. »Aber es steht geschrieben, daß jene bestraft werden sollen, die sündigen in Wort und Tat.«

Ihr Gesicht, das zunächst einen sehr sorgenvollen Ausdruck gezeigt hatte, entspannte sich, als sie ihren Blick auf die drei Männer der *Enterprise* richtete. Sie sah sie mit traurigen Augen an und berührte mit der Hand eine Taste an der Wand. Zwei Wächter traten ein.

»Tragt ihn hinaus«, befahl sie leise. »Er hat mir viele Jahre treu gedient. Er war ein guter Mensch.« Und zu den Mädchen gewandt fuhr sie fort: »Stellt die Früchte und den Wein auf den Tisch und laßt uns allein.«

Als sich die Tür hinter ihnen geschlossen hatte, trat Natira auf McCoy zu. »Es scheint Ihnen nicht gut zu gehen. Das betrübt mich. Kann ich etwas für Sie tun?«

»Nein«, sagte McCoy. »Vielen Dank, aber mir geht es gut.«

»Es ist der Wunsch des Orakels, daß Sie als Ehrengäste behandelt werden. Ich werde Sie eigenhändig bewirten, wenn Sie gestatten.« Sie stellte die Schale mit Früchten vor McCoy hin und goß Wein in sein Glas. Als sie wieder gegangen war, um an der Tafel die anderen Schalen herzurichten, brummte Kirk: »Du scheinst ja bei ihr einen mächtigen Stein im Brett zu haben, Pille.«

»Sieht wirklich ganz so aus, Doktor«, pflichtete Spock bei. »Das Mädchen scheint vom ersten Moment an für Sie eine besondere Vorliebe gehegt zu haben.«

»Daraus kann ihr niemand einen Vorwurf machen«, sagte McCoy bissig.

»Ich persönlich finde ihren Geschmack – hm, sagen wir: etwas fragwürdig«, meinte Kirk.

McCoy nippte an dem Wein und sagte kühl: »Mein Charme wirkte auf Frauen schon immer unwiderstehlich.« Kirk entging nicht, daß er immer noch wie gebannt auf das über die Tafel gebeugte schöne Mädchen starrte.

»Wenn Ihr Charme so unwiderstehlich ist«, sagte Kirk, »was hielten Sie dann davon, wenn wir Sie ein wenig mit der Kleinen allein ließen? In der Zwischenzeit könnten Spock und ich uns hier ein wenig umsehen. Vielleicht gelingt es uns, die Steuerzentrale zu entdecken.«

Bevor McCoy antworten konnte, kehrte Natira mit weiteren zwei Krügen voll Wein zurück. »Ich muß auch für die Erfrischung meiner anderen beiden Gäste sorgen«, sagte sie lächelnd und goß zwei weitere Gläser voll.

Kirk hob sein Glas. »Auf unsere guten Freunde von Yonada und unsere charmante Gastgeberin.«

»Wir interessieren uns sehr für Ihre Welt«, fügte Spock hinzu.

»Das freut uns«, antwortete sie.

»Würden Sie uns gestatten, daß wir uns ein wenig auf ihr umsehen?« fragte Kirk vorsichtig.

»Das können Sie völlig unbesorgt tun. Es wird Ihnen nichts geschehen, das Volk kennt sie jetzt und weiß, daß Sie unsere Gäste sind.«

McCoy hustete unterdrückt, sofort wandte sich Natira ihm zu, und der Doktor fand keine Zeit, Spock und Kirk einen vorwurfsvollen Blick zuzuwerfen. »Ich glaube nicht, daß Sie schon kräftig genug sind, um Ihre Freunde begleiten zu können.«

»Sie mögen recht haben«, sagte McCoy lächelnd.

»Dann bleiben Sie doch hier. Sie ruhen sich aus, und wir werden uns ein bißchen unterhalten.«

»Einverstanden«, sagte McCoy.

Natira drehte sich zu Kirk um. »Sie und Mr. Spock können inzwischen einen Spaziergang unternehmen, vielleicht wollen Sie sich auch ein wenig mit den Leuten von Yonada unterhalten. Es steht Ihnen frei.«

»Vielen Dank«, sagte Kirk. »Auch dafür, daß Sie sich so reizend um den Doktor bemühen.«

»Aber das ist doch selbstverständlich«, sagte sie. »Wir werden alles tun, daß er sich wieder wohl fühlt.« Sie begleitete Kirk und Spock zur Tür und schloß sie hinter ihnen, dann eilte sie zu McCoy zurück und setzte sich neben ihn. »Entschuldigen Sie meine Neugierde«, fragte er sie, »aber wie hat das Orakel den alten Mann bestraft?«

Ihre Wimpern senkten sich. »Das... das darf ich Ihnen nicht sagen.«

»Dieses Orakel erhält auf irgendeine Weise Kenntnis davon, was Sie sagen oder tun, stimmt's?« sagte er.

»Nicht nur von dem, was wir reden oder tun, auch von dem, was wir denken. Es blickt in das Herz eines jeden von uns und kennt die geheimsten Gedanken.«

McCoy runzelte die Stirn, als hätte er plötzlich Kopfschmerzen. Sie hob teilnahmsvoll die Hand und legte sie ihm an die Schläfe, als wolle sie den Schmerz lindern. »Ich wußte nicht, daß es Sie so schwer getroffen hat.«

»Vielleicht müssen wir uns erst an die Macht des Orakels gewöhnen«, sagte McCoy.

»McCoy, ich muß Ihnen etwas gestehen. Vom ersten Augenblick an, als ich Sie sah...« Sie stockte und seufzte: »Es ist bei uns nicht Brauch, Gefühle zu verbergen.«

›Jetzt nimm Dich aber sehr in acht, bevor du den nächsten Schritt machst, alter Junge‹, sagte sich McCoy, und laut sagte er: »In diesem Punkt ehrlich zu sein, ist in der Regel am besten.«

»Haben Sie eine Frau?« fragte sie.

Er roch den Duft ihrer dunklen, seidigen Locken an seiner Schulter. Dieses Mädchen war ebenso ehrlich wie schön, und er sagte wahrheitsgemäß: »Nein, ich habe keine Frau.«

Ihre Wimpern hoben sich; er spürte, wie sie all ihre Weiblichkeit ins Feld führte. »Findet mich McCoy attraktiv?«

»Ja«, sagte er. »Das tue ich.«

Sie nahm sein Gesicht in ihre Hände und sah ihm tief in die Augen. »Ich hoffe, daß ihr Menschen, die ihr aus dem Weltraum kommt, die Wahrheit ebenso hoch haltet wie wir.«

McCoy wurde sich in bestürzender Weise bewußt, daß das Gelände, das er nun betreten hatte, immer gefährlicher wurde, aber er sagte: »Ja, wir halten sie ebenso hoch.«

»Dann ist alles gut«, sagte sie. »Dann wünsche ich, daß du hier auf Yonada bleibst und mein Lebensgefährte wirst.«

McCoy nahm eine ihrer Hände aus seinem Gesicht und küßte sie. Sein zweites Ich flüsterte alarmiert: ›Junge, trete schleunigst das Feuerchen aus, sonst gibt es einen ausgewachsenen Waldbrand.‹ Aber gleichzeitig wußte er, daß er zum Tode verurteilt war und nur noch ein Jahr zu leben hatte – und dieses Jahr an der Seite dieses Mädchens zu verbringen, das Leben bis zur letzten Neige auszukosten war ein immenser Impuls, ihren Wunsch zu erfüllen. Er drehte ihr die Hand um und küßte die Handfläche. »Aber wir kennen uns doch kaum. Wir sind Fremde.«

»Liegt es nicht in der Natur von Mann und Frau – daß das Vergnügen darin liegt, sich gegenseitig kennenzulernen?«

»Doch, das stimmt.«

»Dann laß dir meinen Wunsch durch den Kopf gehen, McCoy. Inzwischen erzähle ich dir von der Prophezeiung. Wenn die Zeit reif ist, wird das Volk eine neue Welt erreichen, reich und fruchtbar und so schön, daß jedem, dem es vergönnt sein wird, sie zu sehen, Tränen der Freude in die Augen steigen werden. Du kannst diese neue Welt mit mir teilen. Du wirst ihr Herr sein, weil du mein Herr sein wirst.«

»Wann werdet ihr diese neue Welt erreichen?«

»Bald. Das Orakel hat gesagt – bald.«

Sie sagte das alles mit einer Unschuld, die ihn zutiefst berührte.

Er hörte sich selbst überrascht zu, als er zu ihr sagte: »Natira! Wenn du nur wüßtest, wie sehr ich mich nach einer Zukunft gesehnt habe.«

»Du mußt sehr einsam gewesen sein«, sagte sie. Sie griff nach dem Weinglas und hob es an seine Lippen. »Aber die Einsamkeit ist jetzt vorbei, du wirst nie mehr einsam sein.«

Er trank einen Schluck und stellte das Glas auf den Tisch zurück. »Natira, ich muß dir etwas Wichtiges sagen.«

»Nein, bitte, nicht jetzt.«

»Doch, ich muß es tun.«

Sie zog die Hand zurück, die sie ihm auf den Mund gelegt hatte. »Dann sag es mir, wenn dir soviel daran liegt.«

»Ich bin krank«, sagte er, »unheilbar krank. Ich werde nur noch ein Jahr leben, Natira.«

Ihre großen, dunklen Augen sahen ihn unbewegt an. »Ein Jahr kann auch ein erfülltes Leben sein, McCoy.«

»Es wird mein ganzes Leben sein, Natira.«

»Bis ich auf dich traf, war mein Herz leer. Ich habe das Gefühl, jetzt erst richtig zu leben. Mich erfüllen Freude und Glück. Wie lange auch dieses Leben dauern mag, ob mir die Schöpfer nur einen Tag vergönnen, einen Monat oder ein Jahr, ich bin ihnen dankbar dafür.«

Er schloß sie gerührt in die Arme.

Neugierige Blicke folgten Kirk und Spock, als sie durch die Korridore des Asteroiden-Raumschiffs schlenderten. Je mehr Leuten sie begegneten, desto mehr bestätigte sich ihr Verdacht, daß sie keine Ahnung von dem wirklichen Aufbau ihrer Welt hatten.

»Wer immer dieses Raumschiff gebaut haben mag«, sagte Spock. »Er muß diesen Leuten eine Religion gegeben haben, die ihre Neugier überwacht und unterdrückt.«

»Das Schicksal des alten Mannes beweist, daß diese Unterdrükkung mit drastischen Maßnahmen durchgeführt wird«, sagte Kirk.

Sie standen vor dem Portal, das zu dem Raum führte, in dem sich das Orakel befand. Spock betrachtete interessiert die Schriftzeichen an den Säulen. »Ja«, sagte er. »Sie ähneln der Schrift der Fabrini. Ich kann sie entziffern.«

»Fabrini?« sagte Kirk nachdenklich. »War es nicht das Fabrini-System, dessen Sonne zur Nova wurde und alle ihre Trabanten vernichtete?«

»Richtig, Sir. Als es dem Ende zuging, lebten die Fabrini unter der Oberfläche, genau wie diese Leute hier.«

»Vielleicht wurde dieses Schiff gebaut, um einen Teil der Bewohner zu einem anderen Planeten zu schicken.« Kirk warf einen prüfenden Blick in den Korridor. Er lag fast menschenleer hinter ihnen. »Und das sind ihre Nachkommen.«

Als niemand mehr zu sehen war, versuchte Kirk hastig, das Portal zu öffnen, doch vergebens. Spock streckte die Hand aus und berührte den Mechanismus, der in den Ornamenten einer der Säulen verborgen war. Das Portal öffnete sich, sie traten ein und preßten sich an die Wand. Die Tür schloß sich hinter ihnen, sonst geschah nichts.

»Das Orakel scheint nicht zu registrieren, daß wir uns hier befinden«, flüsterte Kirk. »Was mag wohl seine Reaktion bewirkt haben, als wir das erstemal hier waren?« Spock ging vorsichtig auf das Podium zu. »Es reagierte in dem Moment, als die Priesterin vor dem Altar niederkniete, Captain.«

Neugierig betrat Kirk das Podium. Nichts geschah. »Mr. Spock, machen Sie weiter – aber vorsichtig! Der Schlüssel zur Kontrolle dieses Schiffs muß sich hier irgendwo befinden.«

Doch Spock hatte ihm den Rücken zugekehrt und untersuchte Schriftzeichen, die er an der Wand entdeckt hatte. »Hier sind noch mehr Inschriften«, sagte er. »Es besteht kein Zweifel, daß die Erbauer dieses Schiffs als Götter angesehen wurden, die absoluten Gehorsam forderten. Es gibt auch keinen Hinweis darauf, daß dieses Schiff etwas anderes als ein Planet ist.«

Kirk hatte weitergesucht und war in einer versteckten Nische auf einen regelmäßig behauenen Steinblock gestoßen. Auf seiner Oberfläche war dasselbe Bild eines Sonnensystems wie an dem Altar eingemeißelt. Spock trat neben ihn. »Acht Planeten, Captain. Ein System mit acht Planeten, genau wie das Fabrini-System.«

»Dann gibt es keinen Zweifel mehr. Die Passagiere dieses Asteroiden-Schiffs sind Nachkommen der Fabrini.«

»Mit Sicherheit, Sir. Und es besteht auch kein Zweifel, daß sie schon seit zehntausend Jahren unterwegs sind.«

Plötzlich hörten sie ein Geräusch, das Portal öffnete sich, rasch versteckten sie sich hinter dem Steinblock. Natira trat ein, stieg auf das Podium und kniete vor dem Altar nieder. Wieder wurde der Raum in helles Licht getaucht.

»Sprich!« sagte die Stimme des Orakels.

»Ich bin es, Natira.«

»Sprich!«

»Es steht geschrieben, daß es allein der Hohepriesterin des Volkes gestattet ist, ihren Lebensgefährten selbst zu wählen.«

»So steht es geschrieben.«

»Für das Volk gilt das Gesetz, daß eine Verbindung zwischen Mann und Frau und das Gebären von Kindern nur nach dem Willen der Schöpfer erfolgen darf.«

»Notwendigerweise. Unsere Welt ist klein.«

»Drei Fremde weilen unter uns. Einer von ihnen wird McCoy genannt. Ich möchte, daß er beim Volk bleibt – als mein Gemahl.«

Kirk pfiff leise durch die Zähne. Pille hatte offenbar keine Zeit verloren. Spock zog eine Augenbraue in die Höhe und warf Kirk einen vielsagenden Blick zu.

»Und der Fremde ist damit einverstanden?« forschte das Orakel.

»Ich habe ihn gefragt, aber er hat mir noch keine endgültige Antwort gegeben.«

»Er muß einer unseres Volkes werden. Er muß die Schöpfer ehren und die Zustimmung geben, daß ihm das Ohr des Gehorsams eingepflanzt wird.«

»Ich werde ihm sagen, was zu tun ist.«

»Wenn er all dem zustimmt, bin ich mit der Verbindung einverstanden. Lehre ihn unsere Gesetze, damit er kein Sakrileg begeht, kein Delikt gegen das Volk – oder gar gegen die Schöpfer.«

»Es sei, wie du befiehlst, o weises Orakel.«

Natira erhob sich, verbeugte sich zweimal und entfernte sich rückwärts gehend von dem Altar, dann wandte sie sich um und ging zur Tür. Kirk blickte ihr nach und berührte versehentlich mit dem Ellbogen die Schriftzeichen auf dem Steinblock. Plötzlich war der Raum von einem durchdringenden Pfeifen erfüllt. Natira fuhr erschrocken herum. Scheinwerfer gingen an, tasteten suchend den Raum ab und erfaßten Kirk und Spock. Sie erstarrten und waren nicht mehr in der Lage, sich zu bewegen.

Natira eilte zum Altar.

»Es ist jemand im Raum«, sagte die Stimme des Orakels. »Wer sind die Eindringlinge?«

»Zwei der Fremden.«

»Ist McCoy einer von ihnen?«

»Nein.«

»Die beiden Fremden haben ein Sakrileg begangen. Du weißt, was zu geschehen hat.«

»Ja, ich weiß.«

Bewaffnete Wächter stürzten in den Raum. Die Lichter, die Spock und Kirk festhielten, gingen aus. Natira deutete auf sie.

»Führt sie ab!« befahl sie den Wächtern.

Sie wurden gepackt und vor die Priesterin gezerrt. »Das war sehr dumm von euch!« sagte sie. »Ihr habt unsere Gastfreundschaft mißbraucht und eine große Sünde begangen – eine Sünde, auf die die Todesstrafe steht!«

Natira ließ unbeeindruckt die Wutausbrüche McCoys über sich ergehen. Als er aufhörte zu schreien und endlich innehielt, wie ein Tiger auf- und abzugehen, sagte sie zum drittenmal: »Aber sie sind in den Orakelraum eingedrungen. Das hätten sie nie tun dürfen.«

»Aber warum sollen sie dafür mit dem Tod bestraft werden?« schrie er sie an. »Sie haben es aus Unwissenheit getan. Woher sollten sie wissen, daß sie das nicht tun dürfen?«

»Sie haben uns versichert, daß sie als Freunde gekommen seien. Sie haben unser Vertrauen sträflich mißbraucht. Ich kann kein anderes Urteil fällen.«

Er wirbelte herum und sagte erregt: »Natira, laß sie auf ihr Schiff zurückkehren.«

»Das kann ich nicht.«

»Tu' es für mich«, flehte er sie an. Er nahm sie in die Arme und preßte sie an sich. »Ich habe mich entschieden. Ich bleibe bei dir. Ich bleibe auf Yonada!«

Sie seufzte erleichtert. Sein Gesicht an ihre Wange geschmiegt, flüsterte er ihr ins Ohr: »Warum willst du sie verurteilen? Sie haben geglaubt, daß es ihre Pflicht sei, sich Klarheit zu verschaffen, das Beste für euch zu tun! Du wirst es nicht bereuen, wenn du sie freiläßt, Natira, im Gegenteil! Zum erstenmal in meinem Leben glaubte ich, glücklich zu sein. Glaubst du, daß ich glücklich sein könnte, wenn du meine besten Freunde zum Tode verurteilst?«

Sie hob ihr Gesicht und küßte ihn. »Gut«, sagte sie. »Ich werde dir meine Liebe beweisen und deine Freunde freilassen. Sie sollen auf ihr Schiff zurückkehren.«

»Du machst mich unendlich glücklich«, sagte McCoy. »Laß es mich ihnen sagen«, bat er. »Aber sie brauchen ihre Funkgeräte, um an Bord ihres Schiffes zurückkehren zu können.«

»Es soll alles deinen Wünschen gemäß geschehen.«

Er trat in den Gang hinaus, wo Kirk und Spock unter schwerer Bewachung warteten, und winkte den Wachen, sich zu entfernen. Als sie verschwunden waren, händigte er dem Captain die Kommunikatoren aus. Kirk reichte einen an Spock weiter. »Wo ist deines, Pille?« fragte er. »Du kommst doch mit uns, oder?«

»Nein, ich bleibe hier«, sagte McCoy entschlossen.

»Aber das ist kein Planet, Pille. Das ist ein Raumschiff, das sich auf Kollisionskurs mit Daran V befindet!«

»Jim, ich bin in gewisser Weise auf Kollisionskurs mit mir selbst«, seufzte er.

»Ich befehle dir, mit uns an Bord zurückzukehren, Doktor McCoy«, sagte Kirk.

»Und ich widersetze mich diesem Befehl. Ich habe mich entschlossen, hierzubleiben – auf diesem Schiff! Sie werden mich nicht daran hindern. Natira hat mich darum gebeten. Ich werde ihr diesen Wunsch erfüllen.«

»Als ihr Mann?«

»Als ihr Mann! Ich liebe sie.« Er hatte Tränen in den Augen. »Ist es zuviel verlangt, Jim, lieben zu dürfen?«

»Nein«, sagte Kirk. »Aber weiß sie, daß euch beiden nicht viel Zeit für euer Glück bleibt?«

»Sie weiß es. Ich habe es ihr gesagt.«

»Du weißt auch, Pille, daß wir dieses Schiff vernichten müssen, wenn es seinen Kurs nicht ändert und sich weiter auf Daran V zubewegt.«

»Ich werde einen Ausweg finden. Oder du wirst ihn finden. Du wirst Yonada und seine Bewohner nicht vernichten.«

Kirk schüttelte den Kopf. »So kenne ich dich gar nicht, Pille, einfach aufgeben, ohne Kampfgeist, nicht weiterkämpfen wollen. Du bist krank, und verkriechst dich hinter Weiberröcken.«

McCoys Faust schoß vor und traf Kirk am Kinn. Der Captain stolperte und wäre zu Boden gegangen, wenn Spock ihn nicht aufgefangen hätte. »Ich, krank?« rief McCoy. »Und ohne Kampfgeist? Komm schon, Captain. Versuch's noch mal!«

»Dieses Verhalten paßt ganz und gar nicht zu Ihnen, Doktor«, sagte Spock sehr ernst.

Kirk schaltete seinen Kommunikator ein. »Kirk an *Enterprise! Enterprise,* bitte kommen!«

»Hier Scott, Captain.«

»Stellen Sie unsere Koordinaten fest, und holen Sie Spock und mich an Bord.«

»Was ist mit Dr. McCoy?«

»Ach ja, was war mit Dr. McCoy?« Er warf seinem Freund einen fragenden Blick zu. »Er bleibt hier, Mr. Scott. Kirk Ende.«

Spock trat neben Kirk und ließ seinen Kommunikator aufschnappen. McCoy wich ein paar Schritte zurück. Spock und Kirk lösten sich in einem Funkenregen auf. McCoy fuhr sich mit seinem Ärmel über die tränennassen Augen und wandte sich um.

Das Gesetz schrieb vor, daß er sich dem Orakel nur allein nähern durfte.

Es sprach:

»Wenn du ein Angehöriger des Volkes von Yonada werden willst, muß das Ohr des Gehorsams ein Teil deines Körpers werden. Bist du damit einverstanden?«

Natira trat vor, ging am Altar vorbei und öffnete einen kleinen Behälter.

»Ich bin damit einverstanden«, antwortete McCoy. Als sie das kleine Instrument aus dem Behälter hob, trafen sich ihre Blicke. Sie sah ihn mit ihren dunklen Augen liebevoll an.

»Antworte mir, McCoy«, sagte sie. »Was geschehen soll, soll geschehen.«

»Es soll geschehen«, sagte McCoy.

Sie trat neben ihn, drückte das winzige Gerät an seine Schläfe und aktivierte es. Er hörte ein zischendes Geräusch und spürte ein Pochen im Gehirn. Instinktiv fuhr seine Hand an die Stelle, wo es eingedrungen war.

»Nun gehörst du zu unserem Volk«, sagte Natira. »Knie mit mir nieder.«

Er griff nach ihrer Hand.«

»Ich gelobe, dich zu lieben«, sagte sie, »und für dich da zu sein, solange uns Zeit bleibt.«

»Nun sind wir eine Seele«, sagte er.

»Und ein Herz.«

»Und ein Leben«, fügte McCoy hinzu.

»Wir werden die neue Welt miteinander bauen, wie uns prophezeit wurde, o weises Orakel«, sagte Natira zum Altar gewandt.

Sie erhoben sich, er nahm sie in die Arme und küßte sie.

»Lehre ihn, was er als ein Angehöriger des Volkes wissen muß«, sagte das Orakel.

Natira verbeugte sich und führte McCoy zu dem behauenen Stein in der Nische neben dem Altar. Sie drückte auf einen verborgenen Knopf, und der Steinblock öffnete sich. Ein großes Buch kam zum Vorschein. »Das ist das Buch des Volkes«, sagte sie. »Wenn wir die Welt der Verheißung erreichen, werden wir ihm alles entnehmen können, was wir wissen müssen. Die Schöpfer haben es uns mit auf den Weg gegeben.«

»Weiß das Volk, was in diesem Buch steht?«

»Nur das, was in ihm über unsere Welt hier geschrieben steht, und daß wir sie eines Tages verlassen werden, um eine andere zu betreten.«

»Und weiß das Volk, warum es eines Tages Yonada verlassen muß?«

»Nein.«

Sie hatten also recht gehabt, dachte McCoy. Die Bewohner von Yonada hatten tatsächlich keine Ahnung, daß sie sich an Bord eines Raumschiffs befanden.

»Weißt du als Hohepriesterin des Volkes darüber Bescheid, Natira?«

Sie schüttelte den Kopf. »Ich weiß nur, daß die Welt, die uns verheißen ist, viel größer sein wird als Yonada – grün, weit, fruchtbar und unbewohnt. Sie wartet auf unser Kommen.«

»Und es hat dich nie interessiert, was das Buch sonst noch für Geheimnisse birgt?«

»Nein. Mir genügt es, zu wissen, daß das Geheimnis gelüftet werden wird, wenn wir unser Ziel erreicht haben.« Sie drückte wieder auf den Knopf, das Buch glitt zurück in die Höhlung, und der Steinblock schloß sich.

»Und welche Vorschriften enthält das Gesetz hinsichtlich dieses Buches?«

»Es ist verboten, es zu berühren oder es einem Ungläubigen zu zeigen. Ein Verstoß dagegen wird mit dem Tode bestraft.«

Nachdem Kirk an Bord der *Enterprise* zurückgekehrt war, gab er als erstes eine Meldung an das Oberkommando der Sternenflotte durch. Er berichtete über McCoys unheilbare Krankheit und von ihrem fehlgeschlagenen Versuch, das Asteroiden-Raumschiff von seinem verhängnisvollen Kurs abzubringen. Der Leiter der Einsatzabteilung, Admiral Westervliet, nahm persönlich seine Meldung entgegen. Kirk saß vor dem Bildschirm in seiner Privatkabine und sah in das kantige Gesicht seines höchsten Vorgesetzten.

»Die Medizinische Zentrale wird Ihnen eine Liste von Ärzten durchgeben, die für Sie in Frage kommen, Captain, mit biographischen Daten, selbstverständlich. Sie werden darunter sicher einen Ersatz für Doktor McCoy finden.«

Kirk nickte. »Gewiß, Admiral. Nur – der Befehl der Sternenflotte, unsere Mission weiterzuführen, Sir, bringt einige Schwierigkeiten mit sich.«

»Schwierigkeiten? Vielleicht habe ich mich nicht deutlich genug ausgedrückt, Captain. Sie sind mit sofortiger Wirkung aller Verantwortung für die Kursänderung des Asteroiden-Raumschiffs Yonada entbunden. Das Oberkommando der Sternenflotte nimmt sich des Problems an.«

»Das ist ja das Problem, Sir«, sagte Kirk.

»Ein Problem? Für wen?«

»Für meine Crew, Sir. Die Besatzung der *Enterprise* weiß von der Krankheit McCoys. Sein Zustand machte es erforderlich, ihn auf Yonada zurückzulassen. Seine Sicherheit hängt also unmittelbar von der Sicherheit Yonadas ab. Wenn wir dieses Gebiet verlassen, ohne daß die Sicherheit von Yonada gewährleistet ist, würde das ein moralisches Problem für die Mannschaft werden. Es ist natürlich ein rein menschliches Problem.«

Westervliet hatte die Angewohnheit, jedesmal auf seinen borstigen Schnurrbart loszugehen, wenn menschliche Probleme zur Sprache kamen. Er zog die Oberlippe in den Mund und biß verdrossen auf seinen Schnurrbarthaaren herum.

»Tja«, sagte er nach einer kleinen Pause. »Ich habe natürlich vollstes Verständnis für Ihre Lage und für Ihren Wunsch, in der Nähe Doktor McCoys zu bleiben, Captain Kirk, aber die Aufgabe der *Enterprise* besteht darin, die Galaxis zu erforschen. Tut mir leid, Captain, aber Sie müssen Ihren Forschungsauftrag weiterführen.«

»Zu Befehl, Sir«, sagte Kirk. »Doch eine Bitte hätte ich noch.«

»Und die wäre?«

»Sollte sich eine Möglichkeit ergeben, daß die Krankheit Doktor McCoys geheilt werden könnte, bitte ich Sie darum, sofort die *Enterprise* zu benachrichtigen.«

»Das ist keine Bitte, Captain, das ist ein Befehl. Ich fasse es als Befehl auf. Selbstverständlich werden Sie benachrichtigt.«

»Ich danke Ihnen, Sir.«

Als der Bildschirm erloschen war, blieb Kirk einige Minuten lang reglos auf seinem Stuhl sitzen. McCoy hatte seine Wahl getroffen. Kein Zureden hatte ihn von seiner Entscheidung abbringen können. Wer wollte sagen, daß er nicht die richtige Entscheidung getroffen hatte? Das letzte Lebensjahr an der Seite einer schönen jungen Frau zu verbringen, die ihn von ganzem Herzen liebte, stand zur Wahl gegen ein Jahr ohne diese Liebe. Pille. Er vermißte ihn. Das Summen des Intercom schreckte ihn aus seinen Gedanken. Er stand auf und schaltete das Gerät ein.

»Hier Kirk.«

»Doktor McCoy möchte Sie sprechen, Captain«, meldete Leutnant Uhura. »Er sagt, es sei dringend.«

»Geben Sie ihn mir.«

»Jim?«

»Ja, Pille.«

Wir könnten diese Leute wieder auf den richtigen Kurs bringen«, sagte McCoy.

»Hast du die Schiffskontrollen entdeckt, Doc?« fragte Kirk erregt.

»Nein, aber ein Buch, in dem die Kenntnisse der Erbauer Yonadas enthalten sind. Wenn ihr es holen könntet, Spock wäre sicher in der Lage, es zu entziffern und die nötigen Informationen zu entnehmen.«

»Und wo ist es?«

Statt einer Antwort ertönte ein furchtbarer Schrei aus dem Lautsprecher.

»Pille! Was ist los, Pille?« schrie Kirk.

Stille. Verzweifelt versuchte Kirk es noch einmal.

»So melde dich doch, Pille! Was hat man dir getan? Kannst du mich hören, Pille?«

Aber er wußte, was passiert war. Qualen und Tod.

Das Orakel hatte McCoy getötet, weil er versucht hatte, verbotenes Wissen zu verraten.

Kirk biß die Zähne zusammen und atmete tief. Dann schaltete er das Intercom wieder ein. »Transporterraum!«

Er und Spock materialisierten in Natiras Gemächern. Sie hielt McCoy in ihren Armen und hatte seinen Kopf in ihrem Schoß gebettet. Das Gesicht des Doktors war schmerzverzerrt. Kirk sah, daß er vergeblich versuchte, sich aufzurichten, er sank wieder in Natiras Schoß zurück.

Natira sah sie mit einem traurigen Blick an und sagte mit tonloser Stimme: »Sie haben Ihren Freund getötet. Nun werde ich Sie mit dem Tode bestrafen.«

»Wir möchten Ihnen helfen«, sagte Kirk.

»Solange Sie am Leben sind, denkt er an Sie und weigert sich zu gehorchen. Er kann Sie nicht vergessen, weil er weiß, daß Sie leben und in der Nähe sind. Deshalb muß ich Sie töten.«

Sie wollte sich erheben, aber Kirk packte sie und hielt ihr den Mund zu.

»Spock«, sagte er. »Kümmern Sie sich um McCoy!«

»Ja, Captain.« Spock hakte seinen Tricorder vom Schulterriemen, öffnete ihn und entnahm ihm ein kleines elektronisches Instrument. Er beugte sich über den reglosen Körper des Doktors, suchte die Stelle, an der das »Ohr des Gehorsams« eingepflanzt war, und drückte vorsichtig dagegen. Als er das Instrument wieder von der Schläfe löste, hing das Implantat daran, ein winziger Metallkegel. Er nahm ihn zwischen zwei Finger und hielt ihn hoch, dann reichte er ihn Natira. Sie starrte ihn ungläubig an und stöhnte vor Entsetzen. Kirk ließ sie los, sie sank zu Boden und schluchzte, dann kroch sie auf Händen und Knien zu McCoy hinüber und berührte mit der Hand seine Schläfe. »Nun bist du wieder ein Fremder, Liebster«, sagte sie leise. »Nun sind wir nicht mehr eine Seele und ein Leben.« Plötzlich fing sie an, bitterlich zu weinen. »Warum haben Sie uns das angetan? Warum?«

»Er gehört nach wie vor Ihnen«, sagte Kirk beruhigend.

Mit tränenerstickter Stimme sagte sie: »Es ist verboten. Er gehört nicht mehr zu unserem Volk. Sie haben ihm das ›Ohr des Gehorsams‹ genommen. Er darf nicht dableiben.«

»Wir haben ihn nur vom grausamen Joch Ihres Orakels befreit«, sagte Kirk.

Sie schloß die Augen, schüttelte den Kopf und weinte leise vor sich hin. Kirk bemerkte, daß McCoy die Augenlider bewegte. Er eilte zu ihm hinüber und beugte sich über ihn. »Du hast von einem Buch gesprochen, Pille«, sagte er. »Wo wird es aufbewahrt?«

Natira sprang auf und sagte mit schriller Stimme: »Das dürft ihr nie erfahren! Das dürft ihr nicht wissen!«

McCoy blinzelte und sah Kirk in die Augen. »Im Orakelraum«, flüsterte er.

»Das Buch werden Sie nie in die Hände bekommen!« schrie Natira. »Das wäre Blasphemie!« Sie stürzte zur Tür, öffnete sie und rief: »Wachen! Wachen!«

Kirk packte sie, hielt ihr den Mund zu und zog sie wieder ins Zimmer zurück.

»Nun hören Sie mir erst mal zu, Natira!« sagte er. Sie entwand sich seinem Griff und wollte wieder zur Tür hinaus, aber diesmal packte er sie energisch an den Schultern und schrie sie an: »*Sie sollen mir zuhören!* Wenn Sie nicht begreifen, was ich Ihnen sage, können Sie immer noch die Wachen rufen, und wir werden uns mit der Strafe abfinden, zu der Sie uns verurteilen, aber zuerst hören Sie mir einmal zu!«

Sie hob das Gesicht und sah ihn mit tränennassen Augen an. »Was wollen Sie mir sagen?«

»Die Wahrheit will ich Ihnen sagen, Natira, die Wahrheit über Ihre Welt, über Yonada! Und wenn Sie genau zuhören, wird Ihnen klarwerden, daß das die Wahrheit ist! Vor vielen Jahren, vor ziemlich genau zehntausend Jahren, starb eine Sonne und mit ihr die Welten, die sie umkreisten. Es waren die acht Welten, die auf dem Altar und dem Steinquader im Orakelraum eingraviert sind.«

»Yonada ist eine dieser Welten«, sagte sie.

»Nein! Es war die Welt eurer Vorfahren, die ihr Schöpfer nennt«, sagte Kirk. Er machte eine Pause, damit sie seine Worte verarbeiten konnte, dann fuhr er leise fort: »Diese Welt gibt es nicht mehr, Natira.«

»Sie sind verrückt«, flüsterte sie. »Völlig verrückt.«

»Lassen Sie mich ausreden, Natira! Eure Vorfahren wußten, daß ihre Welt vernichtet werden würde, aber sie wollten, daß ihre Rasse fortlebt. Deshalb bauten sie ein großes Schiff und brachten ihre besten Leute an Bord. Und dann schickten sie das Schiff auf die Reise durch den Weltraum.«

»Wollen Sie damit sagen, daß Yonada ein Schiff ist?«

»Genau das«, sagte Kirk.

»Aber wir haben eine Sonne. Sie lebt, sie ist nicht gestorben. Sie scheint Tag für Tag. Und nachts kann man die Sterne sehen!«

»Nein. Sie haben noch nie im Leben die Sonne gesehen und noch nie Sterne. Ihr lebt hier im Innern einer Kugel. Eure Vorfahren haben diese Hohlkugel geschaffen, damit ihr geschützt seid, damit ihr die Jahrtausende lange Reise überlebt und sicher zu einer anderen Welt gelangt – der Welt der Verheißung.«

Er sah, wie sich auf ihrem Gesicht die widerstreitenden Gedanken spiegelten, wie sich Zweifel und Einsicht ablösten, wie qualvoll der Prozeß war, sich zu dieser Einsicht durchzuringen. Endlich schien sie die Wahrheit begriffen zu haben, denn sie sagte leise: »Die Wahrheit – warum wollen Sie, das Yonada die Wahrheit erfährt?«

»Es ist unsere Pflicht. Euer Schiff hat euch zehn Jahrtausende gute Dienste geleistet, aber nun sind seine Maschinen am Ende ihrer Kräfte. Sie müssen überholt und repariert werden. Wenn das nicht geschieht, wird euer Schiff mit einer Welt zusammenstoßen, auf der Milliarden von Menschen leben.«

Offensichtlich schenkte sie ihm Glauben, aber gleichzeitig wurde sie sich bewußt, daß sie im Begriff war, Verrat zu begehen.

»Warum wurde uns die Wahrheit vorenthalten? Warum haben wir die lange Zeit in Unwissenheit gelebt?«

Kirk wollte ihr die Hand auf die Schulter legen, doch sie stieß ihn zurück, weil sie plötzlich Verrat zu wittern schien. »Nein!« schrie sie. »Sie haben gelogen! Ich glaube nur den Worten des Orakels! Ich muß ihm glauben!«

»Gestatten Sie, daß wir auch Ihnen das Ohr des Gehorsams entfernen«, sagte Kirk. »Nur um der Wahrheit willen.«

Sie schrie auf und rannte zur Tür, riß sie auf und war verschwunden.

»Glauben Sie, daß sie verstanden hat, was ich ihr zu erklären versuchte, Mr. Spock?« fragte Kirk.

Spock, der zur Tür geeilt war, nickte freundlich einem der vorübergehenden Wachsoldaten zu und schloß die Tür wieder. »Auf jeden Fall hat sie nicht die Wachen gerufen, Captain«, sagte er. »Das deutet darauf hin, daß sie verstanden hat – wenigstens zum größten Teil.«

McCoy richtete sich mühsam auf und ging mit unsicheren Beinen zur Tür. »Natira!« murmelte er. »Ich darf sie nicht allein lassen, wenn sie in den Orakelraum geht.«

Sie kniete vor dem Altar, hatte ihre Augen geschlossen und hielt den Kopf gesenkt.

»Du hast diesen Ungläubigen zugehört«, sagte der Altar mit Donnerstimme.

»Ich habe ihnen zugehört.«

»Du hast den Schmerz gespürt. Ich habe dich gewarnt!«

»Ich habe den Schmerz gespürt.«

»Warum hast du ihnen dann weiter zugehört?«

»Sie versicherten, die Wahrheit zu sagen.«

»Ihre Wahrheit ist nicht unsere Wahrheit!«

Sie hob den Kopf. »Ist Wahrheit nicht Wahrheit – für alle?«

»Für dich gibt es nur eine Wahrheit – und das bin ich! Bereue deinen Ungehorsam!«

»Ich muß die Wahrheit über die Welt wissen!« rief sie.

Plötzlich schrie sie auf. In demselben Moment stürzte Kirk in den Orakelraum, Spock und McCoy folgten ihm. Er rannte auf das Podium und schleppte das Mädchen aus der unmittelbaren Nähe des Altars. McCoy nahm sie in die Arme und bettete sie behutsam auf den Boden. Ihr Körper wand sich vor Schmerzen, trotzdem hob sie die Hand und streichelte McCoys Wange. »Deine Freunde haben mir soviel erzählt, sie...«

»Sie haben die Wahrheit gesagt«, sagte McCoy.

»Ich glaube ihnen. Ich glau...«

Wieder wurde sie von Schmerzen gepeinigt. Sie kämpfte dagegen an. »Ich glaube, was du glaubst, Liebster. Wir wurden in Unwissenheit gehalten, in Dunkelheit.«

McCoy streckte seine Hand aus, und Spock reichte ihm das kleine elektronische Instrument. Zum zweitenmal wurde die Operation durchgeführt. Als er es von ihrer Schläfe hob, klebte das »Ohr des Gehorsams« an seiner Spitze. Er zeigte es ihr. Trauer überschattete ihre dunklen Augen, als hätte sie einen großen Verlust erlitten, dann verlor sie das Bewußtsein.

»Wie geht es ihr?« fragte Kirk.

»Sie ist nur bewußtlos«, sagte McCoy. »Ich bleibe bei ihr.«

»Mr. Spock«, sagte Kirk. »Nehmen wir uns den Steinblock vor.«

Sie gingen auf den Quader zu. Der Altar sagte laut: »Ihr entweiht den Tempel!«

Kirk wandte sich dem Orakel zu und sagte: »Wir tun es, um das Überleben von Yonada und seinem Volk zu ermöglichen.«

»Es ist verboten, einen Blick in das Buch zu werfen!«

»Wir müssen seinen Inhalt kennen, um dem Volk von Yonada helfen zu können.«

»Darauf steht die Todesstrafe!«

Kirk drehte sich nach McCoy um. »Pille?«

»Links an dem Quader befindet sich ein Kontakt.«

Eine Hitzewelle hüllte sie ein. Die Wände um sie herum begannen dunkelrot zu glühen. Kirk fand den Kontakt und betätigte ihn, die heiße Luft verbrannte ihm fast die Lungen. Der Steinblock öffnete sich. Er riß das Buch heraus und reichte es Spock. »Es muß den Plan der Steuerzentrale enthalten. Sehen Sie so etwas wie ein Register?«

»Ja, Captain. Hier ist der Plan.«

Vergilbt und brüchig vom Alter sah die Seite aus. Sie zeigte wie die Oberfläche des Altars die schematisierte Darstellung des Sonnensystems von Fabrina, die acht Planeten nahmen genau dieselben Positionen ein, auf drei von ihnen wiesen Pfeile. Spock entzifferte die Schriftzeichen oben auf der Seite und übersetzte sie: »Die angezeigten Planeten gleichzeitig drücken.«

Die Temperatur stieg weiter an, die Wände ringsum glühten heller. Spock legte das Buch beiseite, und sie eilten zum Altar. Als Kirk auf die drei Planeten drückte, bewegte sich der Altar nach vorn und blieb stehen. Spock zwängte sich durch den Spalt, der sich hinter dem Orakel geöffnet hatte. Kirk folgte ihm nicht, sondern rief McCoy zu: »Bring das Mädchen raus, Pille!«

Spock hatte einen schmalen Durchgang gefunden, der auf eine Wand zuführte; als er auf sie zuging, hob sie sich und gab eine Öffnung frei. Man hörte das Brummen von arbeitenden Maschinen. Auf einer Steuerkonsole blinkte ein Licht, sie war von zahllosen Schaltern und Hebeln bedeckt. Spock studierte sie, dann drückte er einen Knopf, das Licht erlosch.

»Ich habe die Heizungselemente ausgeschaltet«, rief er über die Schulter den anderen zu.

Die Temperatur im Orakelraum fiel rasch. Kirk und McCoy trugen Natira auf das Podest und lehnten sie an die Altarwand.

»Sie sind jetzt völlig sicher hier«, sagte Kirk. »Das Orakel kann niemanden mehr bestrafen.«

Sie lehnte ihren Kopf an McCoys Schulter und sah ihn an: »Deine Freunde haben die Macht des Orakels gebrochen?«

McCoy nickte.

»Und ... und werden sie dafür sorgen, daß dieses ... dieses Schiff die Welt der Verheißung erreicht?«

»Ja«, sagte er. »Sie haben es versprochen. Aber nun muß ich ihnen helfen. Komm mit mir.«

»Nein«, antwortete sie.

»Nun brauchst du dich vor nichts mehr zu fürchten, Natira. Komm! Wir werden ihnen helfen.«

»Nein. Ich kann nicht mitkommen.« Sie stockte. »Ich habe keine Angst, Liebster. Jetzt endlich verstehe ich den großen Plan unserer Schöpfer – unserer Vorfahren. Ich muß ihrem Willen gehorchen.«

Er starrte sie ungläubig an. »Willst du damit sagen, daß du hier bleiben willst, hier auf Yonada?«

»Ich muß bei meinem Volk bleiben, bis wir das Ziel unserer Reise erreicht haben.«

»Natira, glaube mir! Das Orakel hat keine Macht mehr.«

»Ich bleibe, weil es meine Pflicht ist.«

»Ich werde dich nicht verlassen.«

»Will McCoy hierbleiben, um zu sterben?«

Die Frage schockierte ihn. Er schwieg und sank neben ihr auf die Knie nieder. »Natira, du hast in mir den Wunsch geweckt weiterzuleben. Aber dieser Wunsch allein genügt nicht. Ich muß das Universum durchstreifen und danach suchen, ob es keine Heilung für mich gibt – und für all diejenigen, die an derselben Krankheit leiden. Ich möchte, daß du mich begleitest, daß du bei mir bist ...«

»Dies ist mein Universum«, sagte sie. »Du bist hierhergekommen, um mein Volk zu retten. Soll *ich* es nun verlassen?«

»Ich liebe dich«, sagte McCoy.

Sie küßte ihn. »Wenn es uns vergönnt ist, werden wir eines Tages die Welt der Verheißung sehen, vielleicht auch du ...«

Er wußte, daß es ein Abschied für immer war. Durch einen Schleier von Tränen griff er nach ihr.

Im Kontrollraum des Asteroiden-Schiffs hatte Spock eine Schwachstelle auf einer der acht Kontrollen der Steuerkonsole entdeckt.

»Können wir den Kurs ändern?« fragte Kirk.

»Ja«, sagte Spock. »Aber ich muß zuerst den Antrieb überprüfen.«

Kirk studierte die Kontrollkonsolen, sie waren denen der *Enterprise* nicht unähnlich.

»Das Problem ist schon gelöst!« rief Spock aus dem Maschinenraum. »Und die Reparatur ist relativ einfach.«

Er kam zurück und hielt die Hand ausgestreckt von sich. »Ich glaube, wir können die Korrektur jetzt durchführen, Sir.«

»Wo lag der Fehler?«

»Als man den Passagieren eine vollständig natürliche Umgebung schuf, setzten sie auch alle erdenklichen Tiere in dem Schiff aus – einschließlich Insekten. In einem Schaltkreis habe ich – Sie werden es nicht glauben – ein Hornissennest gefunden.«

»Das ist doch nicht Ihr Ernst, Mr. Spock?«

Spock zeigte ihm seinen Zeigefinger. Er war auf das Doppelte seiner normalen Größe angeschwollen. »Ich habe das Nest entfernt«, sagte er. »Dabei bin ich gestochen worden.« Er setzte sich an die Steuerkonsole, um die Instrumente zu überprüfen. »Die Steueranlage scheint wieder voll zu funktionieren. Wir können die Automatik wieder einschalten.«

Sie schalteten von manueller Bedienung wieder auf Automatik und kehrten in den Orakelraum zurück. Plötzlich blieb Spock an einem mit Bildschirmen bedeckten Tisch stehen. Er deutete darauf. »Das ist die Datenzentrale«, sagte er. »Hier ist wahrscheinlich das gesamte Wissen der Fabrini gespeichert. Ich nehme wenigstens an, daß sie den Überlebenden ihrer Rasse alles an Daten und Informationen mitgegeben haben, um ihnen den Start in ihrer neuen Welt zu erleichtern.« Er beugte sich über die Bildschirme und betrachtete die Aufschriften an den Schaltungen. »Die Fabrini waren berühmt für ihre medizinischen Kenntnisse. Tatsächlich scheint ein großer Teil der Datenbänder mit entsprechenden Informationen gefüllt zu sein.«

Er nahm seinen Tricorder, legte ein Datenband ein und speicherte seinen Inhalt. »Die Kenntnisse der Erbauer dieses Schiffs könnten für uns sehr wertvoll sein – auch wenn sie schon zehntausend Jahre alt sind.«

McCoy kam in den Kontrollraum. »Was ist?« fragte er. »Sind

wir soweit, daß wir auf die *Enterprise* zurückkehren können?«

Kirk starrte ihn an. Er beschloß, jetzt lieber keine Fragen zu stellen. »Ja, wir sind soweit, Pille«, sagte er und hakte seinen Kommunikator vom Gürtel. »Kirk an *Enterprise*! Landekommando bereit zum Beamen. Holt uns an Bord!«

Der Bildschirm des medizinischen Computers in der Krankenstation der *Enterprise* war mit chemischen Formeln in fabrinischen Schriftzeichen bedeckt. Spock übersetzte. Kirk sah Schwester Chapel zu, wie sie eine weitere Injektion vorbereitete, und bemerkte, daß ihre Hände zitterten. Sie spürte, daß er sie anblickte, und versuchte, ihre Nervosität zu verbergen. Sie drehte sich um und musterte die Instrumente am Kopfende von McCoys Bett. Das stetige Blinken der Anzeigen beruhigte sie etwas. Sie zog die Injektionspistole mit einer grünen Flüssigkeit auf.

»Nicht schon wieder eine«, stöhnte McCoy, als sie an sein Bett trat. Er verzog das Gesicht, als er die schmerzhafte Wirkung des Medikaments spürte. Die Anzeigen der Instrumente, die seine Körperfunktionen kontrollierten, kletterten weiter in die Höhe.

»Ausgezeichnet, Doktor«, sagte Christine Chapel. »Bald sind Sie wieder ganz auf den Beinen. Der Anteil der weißen Blutkörperchen geht auf Normalwerte zurück.« Sie stützte ihn mit dem Arm, damit er sich aufrichten und selbst einen Blick auf die Anzeigetafel werfen konnte, doch McCoy schloß die Augen vor Schmerz.

»Wie ist das eigentlich möglich«, fragte Kirk, »daß manche Heilmethoden schmerzhafter sind als die Krankheiten, gegen die sie angewandt werden?«

»Jim, so etwas sollten Sie keinen Mediziner fragen, der gerade unter seiner eigenen Kunst zu leiden hat.«

»Dr. McCoy«, sagte Spock tadelnd. »Ich habe den Eindruck, daß diese fabrinische Heilmethode gegen die Degeneration des Hämoglobins den bedauerlichen Nebeneffekt hat, ihre Fähigkeit zu schlagkräftigen Antworten ernstlich in Mitleidenschaft zu ziehen.«

Schwester Chapel hatte eine weitere Spritze aufgezogen. »Das ist die letzte Injektion, Doktor.«

Spock beobachtete die Instrumente des medizinischen Computers. Es fiel dem Vulkanier schwer, Freude auszudrücken, aber nun strahlte sein sonst so unbewegtes Gesicht geradezu. »Ihr Blutbild ist wieder völlig normal, Doktor. Ihre Körperzellen werden wieder ausreichend mit Sauerstoff versorgt. Alle Organe zeigen normale Funktionen.«

McCoy setzte sich im Bett auf. »Das verdanke ich Ihnen, Mr. Spock. Wenn Sie nicht die medizinischen Kenntnisse der Fabrini...«

»Meine Fähigkeiten als Übersetzer sind relativ bescheiden, Doktor«, unterbrach ihn Spock. »Wenn Sie sie etwa mit meiner Begabung als Logistiker vergleichen, sind sie geradezu unerheblich.«

»Haben Sie die Datenbänder genau durchgesehen, Mr. Spock?« fragte McCoy. »Vielleicht findet sich auch eine Therapie gegen Schwellköpfe...«

»Die Nachkommen der Fabrini werden ihren Zielplaneten in vierzehn Monaten und sieben Tagen erreichen«, warf Kirk ein.

Das Lächeln auf McCoys Gesicht erstarb. Er drehte sich zu Kirk um und sah ihn an.

»Ich könnte mir vorstellen«, sagte der Captain beiläufig, daß du die Bewohner Yonadas auf ihrer Welt der Verheißung besuchen und ihnen danken willst. Das trifft sich nämlich ganz gut; wir haben zu dieser Zeit zufälligerweise in der Gegend zu tun. Du hast doch Lust, sie dort willkommen zu heißen, oder?«

»Danke, Jim«, sagte McCoy und schlug die Augen nieder. »Ich bin dir aufrichtig dankbar!«